千寻
文化

Qianxun-Culture

—图书·影视—

U0845390

想做许你的太太

Want to be your Mrs Xu

猫三公子 著

天津出版传媒集团
天津人民出版社

图书在版编目（CIP）数据

想做你的许太太 / 猫三公子著 . -- 天津 : 天津人民出版社 , 2020.3
ISBN 978-7-201-15599-9

Ⅰ . ①想… Ⅱ . ①猫… Ⅲ . ①长篇小说–中国–当代 Ⅳ . ① I247.5

中国版本图书馆 CIP 数据核字 (2019) 第 259682 号

想做你的许太太
XIANG ZUO NI DE XUTAITAI
猫三公子 著

出　　版　天津人民出版社
出 版 人　刘　庆
地　　址　天津市和平区西康路 35 号康岳大厦
邮政编码　300051
电话号码　（022）23332469
网　　址　http://www.tjrmcbs.com
电子信箱　tjrmcbs@126.com

责任编辑　玮丽斯
特约编辑　慢　慢
封面设计　小茜设计 Miniqian

制版印刷　长沙鸿发印务实业有限公司
开　　本　880 毫米 ×1230 毫米 1/32
印　　张　10
字　　数　260 千字
版次印次　2020 年 3 月第 1 版　2020 年 3 月第 1 次印刷
定　　价　39.80 元

版权所有 侵权必究
图书如出现印装质量问题，请致电话联系调换（022-23332469）

Contents
目 录

Contents

目 录

Part 1

你相信吗？对的人终会相遇

“我们90后不是垮掉的一代。”屏幕上的女生眉目清秀，清澈的眼睛里藏着一股倔强，她身穿白大褂，手里拿着试管，面对镜头，笑得轻松自然，她说，“这个时代，我们是有使命的，曾被认为垮掉的一代，也终究会成为社会的中流砥柱。”

“十八岁留学英国，二十二岁硕士毕业于剑桥大学，二十四岁博士毕业于牛津大学。读博士期间，以第一作者的身份在《自然》杂志上发表论文，文章引用量极高，而这也引起了众多高校以及公司的关注。博士毕业后毅然回国，二十五岁被T大聘为教授。二十八岁又多了一重身份，T大电子科技与新能源学院副院长。很多人都很好奇，当初你为何会选择回国呢？又为什么会选择新能源呢？”

“当时选择新能源除了是对国情的一个考量外，也确实是自己想在新能源方面做出点成绩，而国内对青年人才的优惠政策非常多，可以保障我们回国以后能迅速开展工作，并且能给我们一些强有力的支撑。现在很多海外学子的首选都是回国，国之所需，吾之所向。对这个国家，我们是有责任的……”

二十四岁博士毕业，二十八岁成了副院长，90后女学者蒋婷依：这个时代，只要努力就有机会成功。

冉素在微博上将这个采访视频来来回回地刷了无数遍，最终还是给她发了一条私信：恭喜，周六有时间吗？

冉素等了一会儿，没有得到想要的回复，便去忙自己的事了。

蒋婷依的私信是晚上十一点多发过来的：周六上午十点，你直接来我实验室吧，我发你地址。

下面附了T大实验室的地址。

其实就算她不说，冉素也知道。

周六，难得清闲，冉素却依旧起了个早。

自从车祸过后，她的身体就留下了一些不大不小的隐疾，为了身体健康，这些年她养成了晨跑的习惯。晨跑完后，她又做点精致的早餐，正式开始新一天的生活。

宋菀儿笑她已经活成了佛系女孩，她只是笑笑，也不反对。

人只有在经历了死亡之后，方知生命诚可贵。正所谓“生前何必久睡？死后自会长眠。”她现在得趁着年轻好好享受这大好的时光。

冉素驱车到达T大的时候，时间尚早，距她与蒋婷依约定的时间还有一会儿。

此时正值春暖花开之际，百花绽放，芳香四溢。因为昨晚刚下过一场雨，校园里还弥漫着雨后的清新，一张张稚嫩的面孔笑得无拘无束，灿若繁花。这一刻，走在校园里的她竟没由来心情大好，连带嘴角都微微上扬，这种突如其来的小欣喜让她感觉有些诧异。

冉素在校园里逛了一圈，仿若回到了自己的学生时代。离开学校太久，她都忘了做学生是什么感觉了，今日算是重新感受了一下。

估摸着时间，冉素朝实验室走去。

一般约会，她都喜欢提前一点点到，这样做既礼貌，也不会给对方太大的压力。

只是她没想到，蒋婷依早已经在实验室了。

白色的大褂穿在她身上，衬得她整个人看起来小巧素净；随意绑起的发丝松松垮垮地趴在后背，额间偶尔掉下几根头发，她随意地用手臂往后一拨便继续进行研究。

冉素站在玻璃窗外看着她，并没有出声打扰。

只见她一会儿看试管，一会儿记刻度，眉头时而皱起，时而舒展，完全沉浸在自己的世界里。窗外丝丝缕缕的初阳透过窗笼罩在她身上，柔和宁静。

许是冉素看得过于入迷，竟连身边多了个人都没发觉，直到他出声：“你也是来找她的？”他刻意压低了声线，低沉冰冷。

虽是疑问，却是肯定的问法，冉素有些摸不透他问这话的意思。

冉素收回目光，看了一眼身边的男人。只消一眼，她就认出了他——隆欣新能源汽车有限公司的老总，许岩廷。

“嗯。”她收回视线，淡淡地应了他一声。

蒋婷依察觉到了这边的动静，朝他们微微一笑，收拾好后便出来了：“阿冉，你来了。”温柔而俏皮。

冉素嘴角微微上扬，朝她微微颔首，没有说其他的话。

蒋婷依继而转向男人：“你怎么来了？”言语里多了那么一丝不耐烦，“我不会去你们公司的，我对商业性质的研究不感兴趣。”

面对蒋婷依的不耐烦，男人的面色始终如一的冷淡。

蒋婷依继续道：“我只对学术研究感兴趣，你别再来找我了，不管你来多少遍，我都是同样的答复。”她顿了一下，似是有所犹豫，最后还是说出了口，“虽然咱们是朋友，但是，你也得尊重我的选择，不是吗？”

直至冉素被蒋婷依拉走，男人都没有说过一句话，但是他周身的气压莫名的让人感到压抑。

“原来你是走清冷路线的呀！”待走出实验楼后，蒋婷依拉着冉素调侃，仿若两人是相识多年的好友。

冉素微微一笑，不答反问：“你是怎么认出我来的？”

“只因我在人群中多看了你一眼呀。”蒋婷依咧着嘴笑得没心没肺，与屏幕上和实验室里的她截然不同。

冉素嘴角微微上扬，附和着一笑。

其实她跟蒋婷依的认识还要感谢微博。

蒋婷依读博时一直在研究新能源，之后又在《自然》杂志上发表论文，还喜欢在微博上发一些学术和生活之类的动态。

而冉素私下一直在做有关新能源的大数据分析，某次遇到了瓶颈，她抱着试一试的心态发了条私信给蒋婷依，两人就此联系上了。

两人谈论的话题大多是跟新能源有关的，并且默契十足地不谈任何与生活有关的话题。

只是没想到，这一交流，竟然就已四年之久。

而这次，是两人的首次见面。

冉素能认出蒋婷依，很正常，毕竟有关蒋婷依的消息报道不少。只是没想到，蒋婷依竟然一眼就认出了冉素。

不知是惊还是喜。

“对了，恭喜。”冉素说着就从包里拿出一个精致的小盒子，“初次见面，希望你能喜欢。”

蒋婷依迫不及待地打开盒子，里面竟然是一条电池板模样的水晶吊坠手链，一看便知是定制的，要不然谁会出这么另类的设计呢？

蒋婷依两眼放光，喜悦之情溢于言表，恨不得直接将冉素抱抱亲亲举高高。她确实这么做了，可冉素下意识一退，避开了她的动作，两人顿时都有些尴尬。

蒋婷依眼珠一转，委屈巴巴地说："没想到粉丝过万的我，竟然连个拥抱都送不出去，好可怜。"

冉素也意识到了自己的不妥，却没做解释，只莞尔一笑，算是回应。

从T大出来后，冉素直接去了杨瑞那里。

自从车祸过后，她发现自己很难调动情绪，仿佛成了个提线木偶。有时看着别人哭哭笑笑，吵吵闹闹，她分外羡慕，怎奈自己始终无法融入。

初始的那一两年，她一直无法接受这个事实，整个人完全处于毫无生机的状态，宛如行尸走肉，只是后来她慢慢沉静下来，也学会了接受，性子也随之越发沉默、冷静了。

"今天怎么突然来了？"她推门而入，杨瑞正背对着她整理衣衫，见到是她之后，依旧继续手里的动作。

"我来得不是时候？"冉素好整以暇地靠着门框打趣他，看他的样子应该是准备出门。

"怎么？来都来了，还打算回去？"杨瑞笑起来像初阳一样，暖暖的，舒服又沁人心脾。

冉素也没再矫情，找了个舒适的位置坐下："我今天去T大了，然后莫名觉得心情好了那么一瞬。"她清清浅浅地叙述着，平淡无波。

杨瑞在她对面坐下，他一旦投入工作就会变得严肃沉稳，冉素经常笑他是双重人格。

他注视着她的眼睛："能给我描述一下你当时的感受吗？或者有没有见到什么特别的东西？"她的眼睛很漂亮，圆而大，且眼神清澈，但很多时候都透着冷意。可就是这样的一双眼，很容易让人沉沦其中而不自知。

冉素摇了摇头，情绪不过那一刹，等她想要捕捉的时候却发现已成了过去式："并没见着什么特别的。"之后杨瑞又问了她一些专业上的问题，她都如实回答。

杨瑞问完后就告诉她，这或许是一个见好的开端。

见好。

她倒是不抱太大的希望。

心理治疗整整持续了四年，她都已经从一个对心理学一窍不通的门外汉变成了心理学的精通者。

这四年来，她的情况一直毫无进展，现在他告诉她情况可能会见好，实在是给不了她多少安慰。

杨瑞自是知道她的想法，转而嬉皮笑脸地问她："我等会儿有个约会，要不一起？说不定能给你别样的感觉？"

"比如？"问完后，她又自答了一句，"吃醋？"

冉素认真地打量了他几眼，剪裁得体的银灰色西装，头发梳得一丝不苟，与他以往的休闲装扮大相径庭："不太可能。"

杨瑞若无其事地摸了摸鼻子，这是他心虚时的下意识动作。

"真约会？"冉素补接了一句，眉眼上挑，在思考他话里的真假。

冉素与他相识已久，他有几斤几两，她心知肚明。

"怎么？你该不会以为我这种风流倜傥、英俊潇洒的青年才俊没人约吧？"见她眉眼间骤冷，他立马贱兮兮地补充道，"要不我推了，跟你出去约会吧？"

冉素提包走人，杨瑞立马屁颠屁颠地跟上来，讨好道："生气了？去哪儿？我送你？"

她要是还知道生气就好了。她回答："你去吧，我自己开车来的。"

杨瑞知她的脾性，也不再多说，只是语气多了一份认真："小冉，有什么情况记得及时找我，你知道的，我的电话对你……"顿了一下，颇有些苦涩，"是二十四小时待机服务。"

冉素朝他点了点头："嗯，我走了。"

杨瑞站在窗口，看着她的车绝尘而去，嘴角露出一丝苦笑。

回到住宅区，冉素一阵翻箱倒柜，最后从柜子底层找出了一个落满灰尘的箱子，从里面翻出一堆相框。

封存已久的记忆如同开了闸的洪水，一股脑倾泻而来。

她看着当年的那些照片，上面的他们笑得或甜蜜，或悲伤，画面一帧一帧浮现在脑海，往日的一幕幕清晰如昨，可她却好像成了旁观者。

她发现她已经找不到任何情绪的共鸣。

她想，适当的刺激或许有效，可现在她看着这一堆自己原本舍不得扔的照片，那些她一直想深藏的回忆，内心却已经无法再起漪涟。如今，这些照片于她而言，不过是一张张纸片，或者说是证明过往的证据罢了。

她颓败地跌回沙发上，或许是时候丢掉了。

而他，也早已另抱佳人，不过是她一直拽着回忆不放手罢了。

一个星期后，蒋婷依竟然主动约冉素吃饭，而且地点是尘阙会所。

尘阙会所在宁城是上流社会的代表，终生会员制，冉素以前只听闻过其奢华，从未有机会一探究竟。

她驱车经过闹市，按照定位在一番弯弯绕绕之后才抵达。如果只观外围，她丝毫感受不到尘阙会所所谓的奢华，看着倒是与一般的民宿区别不大，不过地理位置倒可谓是闹中取静。

她的车刚停下，便有人过来问："请问是冉素小姐吗？"

冉素降下车窗，朝对方点了点头。

"冉小姐，您下车，我帮您去停车吧，蒋小姐已经在里面等您了。"

冉素观察了一下周围的环境，并没有看到有所谓停车的标志，便下车将钥匙交予了那人。

下车后，她在门口停了一会儿，目光被门匾上那遒劲有力的"尘阙"

两个字吸引了。

她学过一段时间书法，虽然说不上非常好，但也有一定的了解。而门匾上的这两个字，她竟觉得莫名的熟悉。

“看什么呢？我听人说你已经到了，怎么不进来？”蒋婷依的出现打断了她的思考。

冉素朝她微微一笑：“这儿倒是跟外界传得不太一样。”

“外界怎么传的？奢华的殿堂？上流社会的据点？”蒋婷依哈哈大笑，纯真得像个孩子。

不置可否，外界确实是这么传的。

冉素曾想过里面会不会真的是金碧辉煌，金光闪闪，但是推门而入的那一瞬间，映入她眼帘的却是另外一种场景。

假山、木桥、流水、月季、紫薇、海棠，错落有致。

潺潺的水声，淡淡的花香，岁月静好。

“是不是失望了？其实这儿不过就是个四合院。”蒋婷依打趣道。

“没有，很漂亮。”她觉得很舒心，正所谓宁静致远也不过如此。

蒋婷依带她穿过小院，直达大厅。大厅采用的是中式素雅风，桌与桌之间都用屏风隔开了。最后她们在吧台前停下，蒋婷依和那个正在泡咖啡的男人打招呼：“老陈，这就是我跟你说的那位朋友，冉素，高级数据分析师，最近正在做新能源的大数据。”之后又转向她，“阿冉，这位是陈南川。”

冉素看着蒋婷依脸上洋溢起的幸福，毋庸置疑，两人的关系已经一目了然。

冉素朝对方微微颔首，并未多言。

两人寻了个靠窗的位置坐下，点了杯咖啡。

冉素不动声色地打量着四周，目光却被坐在自己对角的一个老头吸引过去。

一人独坐一桌，悠闲地品着茶，可总有人往他那桌坐，一般都是坐那么三五分钟就撤了。老头一直保持着笑意满满，可来往的那些人却是表情各异。

“那人叫谢东山，最近常来这边，他好像是个自由投资人，据说是想寻找一个合适的投资项目。”蒋婷依见她的视线一直没有移开，以为她好奇，主动介绍着，“不过好像一直没找到合适的。”

原来如此，那也就难怪会有那么多人前赴后继了。冉素收回视线，并没有在这个问题上多问，而是转移了话题：“今儿个是有什么好事吗？”

蒋婷依从包里拿出一沓文件：“你前几天不是发了一份关于新能源的大数据分析报告吗？我帮你修改了一下现在的具体研究方向以及关于锂电池方面的一些细节问题，有时间我带你去实验室具体了解下，可能对你的报告有好处，但我们的研究仅针对学术，不针对商用。”

冉素接过文件，发现需要修改的地方都用红色笔标记出来了：“怎么不直接发电子档呢？手改多麻烦。”

“我比较喜欢手写的感觉。”蒋婷依笑说，“不过阿冉，你对新能源未来的发展真的分析得很透彻，不愧是优秀的数据分析师。”

“谢谢。”

“依依。”当她们聊得兴起的时候，一道声音从她们背后传来。

冉素微微抬眼，来人一身休闲装扮，身形颀长却很清瘦，头发慵懒地趴着，脸色泛着一股病态的白，眼睛微微内凹，越发衬得他神情冷漠。

“老许，我真的对你们那新能源电池的研究不感兴趣，你还要我拒绝你多少遍？”蒋婷依颇有不耐，她与许岩廷从小相识，对于他的执着，倒也不是这两天才有所见识。

“我可以单独给你提供实验室，软硬件设施绝对没问题，薪资只要你开口。”许岩廷无视她的拒绝，径自说着。

“老许，你这都赶上三顾茅庐了吧？”若不是对他有一定的了解，她真的会暴走，“老许，虽然我研究的方向也是锂，但是一直都是学术上的，而你们公司需要的是成熟的商业性研究，你完全可以高薪去聘请其他在这方面有深入研究的人才。真的，我志不在此。”

“我看过你的论文，你的研究方向完全符合我们对锂电池的要求。你有什么要求尽管提，我都可以满足。”

自从她的论文在《自然》杂志上发表过后，来找她的公司并不在少数，但是她都拒绝了，只是没有想到，她的这位老友成为了其中最固执的一个。

“都愣在这干吗？有什么事坐下来谈吧。”陈南川端着咖啡过来，自然地坐在了蒋婷依身边。

冉素不动声色地往里挪了挪，尽量让自己往里靠，她不习惯与陌生人靠太近。

许岩廷不自然地皱了皱眉头，在冉素旁边坐下，顺手拿起桌上摆着的《关于新能源未来发展前景的分析报告》：“这是？”

“不好意思，这是我的。”冉素伸手，语调清淡平稳，不卑不亢。

许岩廷侧眸打量了一眼坐在自己旁边的女人，眼里并无情绪，又看了一眼手里的报告，最后还是将文件递给了她。

蒋婷依八卦地盯着对面的两人来回打量，总觉得他们之间的气氛有点古怪。一个清冷寡淡，似是有意与人隔绝；另一个冷漠孤傲，浑然天成的生人勿近。

这样的两人坐在一起，总觉得有点格格不入，却又似乎透着某种程度上的融洽？

“哦，对了，介绍一下，这位是数据分析师冉素。”蒋婷依似乎忘了他们前几天还见过面，又介绍道，“阿冉，这是隆欣新能源汽车的老总许岩廷。”

许岩廷，冉素是认识的，在分析新能源数据的这几年里，她对于圈内的知名人士多少有些了解。

“许总，久仰。”伸出的手半天都没得到对方的回应，冉素倒也不尴尬，潇洒收回。

“你好。”数秒的沉默过后他突然开口，冉素一笑而过，之后再度陷入沉默。

蒋婷依最受不了这种气氛，她急切地需要一个突破口：“老许，如果你来这里还是为了找我去你公司的话就免了，不管你找多少次，我的答案都是一样的。”

陈南川也附和：“老许，你又不是不了解她，她这人比谁都倔，一旦做了决定，谁都改变不了。”

冉素坐在角落，安静地喝着咖啡，仿若自己与这个世界无关。

“现在国家对于新能源的开发很重视，其中新能源汽车便是最大的一个方向。近几年，新能源的普及速度远超我们的预估，但也存在或多或少的缺陷，所以对于‘三电’的研究完善迫在眉睫，你难道就不想看到自己的研究成果有一天能造福于民吗？”许岩廷完全无视他们的拒绝，继续自说自话。

在听到新能源的时候，冉素缓缓转向他们这边，眉宇间跃起一丝活力，而她自己却未察觉。

“老许，我当初之所以选锂作为研究对象，确实也是看中了它未来的发展，但是我的研究仅限于学术，我也暂时没有想过要做商业研究。当然，说不定几年之后我的想法会有改变，真到了那个时候，我会找你的。”蒋婷依坚定自己的选择，“而且，我并不认为我的研究不能造福于民。”显然，蒋婷依已经不愿继续这个话题。

冉素也想不通许岩廷为何会如此执着地想要聘请蒋婷依去为他做研究，毕竟有经验的研发人员不在少数。

“许总，不知现在新能源汽车在电池的选择上是更偏向于何种电池呢？隆欣的一直都是三元锂电池，而华盛汽车使用的却是磷酸铁锂电池，这两者有何区别呢？”冉素之所以会突兀地打断他们之间的谈话，问这样一个问题，一来是为了帮蒋婷依转移话题，二来也确实有想要了解了解的私心。

许岩廷没想到冉素会突然发问，沉默片刻后道：“所谓磷酸铁锂电池，就是指用磷酸铁锂作为正极材料的锂离子电池，不含贵重金属元素，在实际使用中，磷酸铁锂电池具有耐高温、安全稳定性强、价格便宜、循环性能更好的优势。而三元锂电池是指使用镍钴锰酸锂作为正极材料，石墨作为负极材料的锂电池。与磷酸铁锂不同，三元锂电池电压平台很高，这也就意味着在相同的体积或是重量下，三元锂电池的比能量、比功率更大。除此之外，在大倍率充电和耐低温性能等方面，三元锂电池也有很大的优势。相较于磷酸铁锂电池，三元锂电池的能量密度大，电压更高，所以同样重量的电池组电池容量更大，车子跑的距离也就更远，速度也就能更快。”

“所以，三元锂电池在某些方面是更具优势的？我最近还听闻钒电池有取代锂电池的趋势？”

许岩廷突然笑了：“取代？不过是资本市场捏造的故事罢了。钒电池储电容量虽然大，但主要应用于再生能源并网发电、城市电网储能、远程供电、UPS系统、海岛应用等领域，并不使用于车。”

冉素若有所思地点了点头，继而像是又想到了什么问题：“许总，正如您所说，新能源发展受政府扶持，新能源汽车的使用在未来必将普及，因为现代社会的许多作业都离不开石油，而石油是不可再生资源，它是有限的，所以，用其他资源来代替它已经成为当务之急。也因此，有许多外行想借机跨界入行分一杯羹。而隆欣一直在研究新能源汽车，这对汽车行业是否产生了较大的冲击？”

“冲击自然是有的。”他说，“至于跨界入行，这是一个适者生存的时代，而且科瑞的跨界也还算是成功的，只是他们的侧重点在互联网体验，而我们的重点在汽车本身，两者的出发点不同，但是，说不定以后我们可以合作。”

从新能源电池的研发，到新能源汽车的未来前景，从政府的扶持方向，到整个行业的风向，冉素自觉难得有机会能与专业的高层人士进行如此深入相谈，自然要抓住机会。而许岩廷见她不管是提问还是见解，都颇有自己独特的一面，也对她刮目相看。

“你们……怎么了？”许是对面两人投过来的眼神过于探究，冉素狐疑地看回去。

“你们……要不……换个地方继续？”蒋婷依笑得狡黠，两个浅浅的梨窝衬得人明媚生辉，“还有，咖啡真的凉了呀！”

话音未落，冉素与许岩廷竟然不约而同地端起咖啡，一口下肚，一气呵成。

对面的两人直接傻眼，这默契值，满分！

冉素微微转头，却不期然地对上一双冷漠、深沉的眼，一丝暗芒从他的眼底快速滑过，她好像听见了心的叫嚣声，这种感觉，久违了。

暗涌迭起，两人却都倔强地选择了直视，最后还是蒋婷依打破了这份诡异：“你们聊完啦？”

冉素这才收回眼神，缓缓一笑，未达心底。恰巧此时电话响起，冉素接通电话说了句“我就过来”后便与他们一一告别。

冉素走后，蒋婷依跟陈南川瞬间就不淡定了，激动道：“老许，你今天格外与众不同。”

“嗯？”外人眼里的异常他却浑然不觉，依旧淡定如僧。

“我们还以为你要与女人绝缘了呢！”

“嗯。”许岩廷答到。

“就这样？”

“嗯。”要不然还能怎样？他又不是对女人过敏，只是没有多少亲近女人的欲望而已。对于冉素，他只是没想到竟然会有女生对新能源这么感兴趣，而且还颇有见地，所以便多聊了几句而已。

“看来我以后得多多召幸阿冉了。”蒋婷依若有所思地自说自话。

“你当是三千后宫呢？”陈南川宠溺地捏了捏她的小脸蛋，而后又无比幽怨地说道，“你是不是好久都没召幸我了？”

宁城是个几乎只有冬夏两季的城市，春天短暂到几乎可以忽略不计，不过今年倒是有些不一样，这一段时间格外温暖舒适。

可许岩廷此刻的心情却没有那么温暖。

曾有媒体对他做过采访，伺机窥探他对感情的态度，毕竟他身边从未出现过女人，好奇在所难免。当时他不愿多谈，沉默以对，只是他没想到自己的沉默到最后竟然被解读成各种版本，更有甚者，说他取向有问题。

他虽不亲近女人，但也不排斥女人，不过今日冉素确实是让他生出一丝欣赏。

他自认见过不少美貌且能力出众者，但大多为点头之交，并未过多交涉。至于冉素，他想，或许只是因为她涉猎了自己的专业吧。

陈南川出来的时候竟瞧见许岩廷倚在院门口抽烟，脚边已经落了一地的烟蒂：“不是戒了吗？怎么又抽上了？喝一杯？”

许岩廷、陈南川、蒋婷依三人青梅竹马，陈、蒋两人过早地相互看对眼，并私订终身，之后的这些年，许岩廷算是没少被喂狗粮。

男人之间很多时候无须多言，一杯一杯的酒下肚，一切尽在不言中。

许岩廷不好酒，像今日这般豪饮，倒是意料之外。

“是不是公司最近出什么事了？”陈南川何其通透，“电池研究得不顺利？要不我去跟依依谈谈？她那人没什么商业意识，一直以来都是读书、研究。”

许岩廷喝酒的动作一顿，继而一仰脖，一饮而尽，拍了拍陈南川肩膀：“谢谢兄弟了，不用。”说罢便踉跄着离开了。陈南川目送着许岩廷上了出租车才放下心来，不过他还是给陈诺打了个电话，顺便询问了公司的近况。确实如他所想，新电池的研究一直没有找到新的突破，许岩廷作为整个公司的掌舵人，压力自然很大。

冉素从尘阙会所离开后便直接驱车前往杨瑞的心理诊所，不知是不是为了照顾她的心情，路况竟出奇地畅通，一路过来仅用了二十分钟不到。

“想我了？”杨瑞见她急匆匆过来的模样，不禁打趣道，他正脱着身上的白大褂，应是前一个咨询者刚走，还未来得及脱。

他与她见面时，一般不会穿白大褂，更多的是像朋友般聊天。

脱了白大褂，他里头竟然是正正经经的白衬衫搭配天蓝色马甲，配上他的金丝边眼睛，活生生整出一股斯文败类的错觉。

冉素白了他一眼，分明是他叫她过来的。不过她也没反驳，只是沉声说了一句：“我今天对一个男人有了心动的感觉。”

即使杨瑞有心理准备，却依旧被她的这句突如其来的话惊得半晌没有说出话来，但他很快便收拾好情绪，瞬间进入工作状态：“怎么回事？”

冉素将自己直视许岩廷那一刻所产生的情绪变化细细道来，虽然她叙述的毫无激情，但这于她而言，已经有了很大的突破。

杨瑞的手有节奏地敲击着桌面，若有所思：“除此之外，你还有对其他人或事物产生过其他的情绪吗？”

冉素摇头，现在回想起来，那一刻的心动也已不复当初。

杨瑞又跟她聊了些无关紧要的事情，比如她与许岩廷谈了些什么话题，做了些什么事。其实这些都不过是些例行询问，她早已习惯。

对于杨瑞来说，冉素是他接触过的咨询者中最为特别的一个。说穿了，心理咨询其实也不过是一门学科，通过对人类行为、情绪的各种总结分析，对咨询者进行了解与探索，从而达到某种效果，而冉素却没有情绪的变化。

杨瑞建议她与许岩廷多接触几次试试，如果他真的是她的敏感源的话，那她的情况或许会有所突破。

冉素本来就没抱多大的希望，她甚至做好了一辈子当个无情无欲之人的准备，不过这样也就少了许多人世间的烦扰。

可最近总是有异样发生，让她沉静了多年的心多了那么一丝躁动，又或是希冀。

冉素走后，杨瑞沉默了许久，心头的情绪杂乱无章，最后，他还是拨通了导师谭燕明的电话，将冉素的情况大致说了。

冉素的情况谭燕明有所了解，毕竟这样的案例少之又少，若是能成功治愈，绝对是心理学上的一大里程碑。

“你是怎么想的？” 谭燕明问。

“我觉得有可能是应激性或者偶发性的症状，毕竟她对其他人、事物并没有产生情绪变化。”杨瑞斟酌后还是说出了自己的想法。

谭燕明并不否认他的说法，只是在电话那头清了清嗓子，说道：“阿瑞，其实心理学并不受囿于书本或经验，它更多的是需要大胆地打破，敢想，敢做，敢验证。

“虽然她是你的朋友，但在这个基础上，她还是你的病人。你不能存有其他的心思，如果你把她只当作是你的病人的话，你或许还能有其他定夺。”杨瑞是他的得意门生，专业过硬，又爱钻研，他愿意指点杨瑞。

“老师……”杨瑞欲言又止，最后还是三缄其口。

“阿瑞，你跟冉素……有些事情，明知求不到结果，为何非要执着呢？冉素这个病例确实具有代表性，但是你已经研究四年了，你摸着良心说，她痊愈的可能性有多大？还是说你一直是在自欺欺人？”谭燕明怎会不懂他想要说的，这些年为了她的事，他没少奔波。

“可是，如果有万一呢？”杨瑞似是说给对方听的，可又像是在说给自己听的，明知一个如果就已经难求，更何况是万一？

冉素从诊所出来后并未急着走，坐在车上思前想后，最后返回了诊所。她想知道，四年的坚持已经够久了，现在自己还有没有再往下的必要。只要他的一句肯定，她便打定主意，以后就做个绝无二心的木偶。

“如果有万一呢？”带着压抑的声音从房间里传出来。

是啊，自己不是早就已经知道了吗？为何一直执着呢？冉素站在门口不自觉地苦笑，而后转身离开了。

最近周波接了一单网络商城上线的数据分析，因着对方要得十万火急，导致他们整个数据小组的人都忙得脚不着地，到处做数据采集、数据研发、数据挖掘、数据建模，之后再针对广告投放进行前后的数据分析整合，忙完已经是一个月后的事了。

“下辈子我打死都不做什么鬼数据了，真不是人做的事，通宵加班不说，脑细胞估计都死得差不多了。我都觉得我要提前谢顶了，我还没找老婆呢。”孙文亮一边喝着咖啡一边嚷嚷，这一段时间加班加点，大家的耐性都已经熬到了极限。

其实对于做他们这行的人来说，这种项目并不大，强度还算适中，若是放在平时，算是小案子，但是甲方要得太急，既然拿人钱财，那就得替人做事。

“老大，要不咱们几个去嗨一场吧？”王锐平日里比较沉默，今日难得开口。

“老大，我想去吃烤肉，好久都没好好进荤食了，都瘦了。”

“嗯嗯，我朋友新开了一家泰式烤肉，口味超赞的，我去预约。”张宇拿起手机就开始操作，这执行力很可以了。

“泰式的？会不会不辣？我要吃辣的，我可是无辣不欢的。”

“改良过的，放心吧，味道绝对不差，要不然我也不会推荐给你们去吃的呀。”

冉素看着他们吵吵闹闹，东西已经收拾妥当，拿起车钥匙朝他们挥了挥：“你们去吧，我报销。”

“老大你不去？”他们几个几乎是同时出声。

“嗯。”冉素朝他们莞尔一笑，“你们玩得开心点。”说完便提包离开了。

“亮哥，你说老大为什么从来都不跟我们一起聚餐？”吴琳看着冉素的背影渐渐消失，有些惆怅地问道。

谁知道呢？

“你们说，老大是不是藏了一个神秘的男友？”张宇突然插了一句，“我上次还看到有个帅哥送老大来公司呢。”

“很帅吗？”吴琳立马追问，恨不得分分钟就将对方扒个清楚明白。

“挺帅的，而且那车也不错，卡宴的最新款，一看就是有品位的。”张宇想起那天看到的那张清俊的面孔，不得不感叹，果然是人以群分，物以类聚。

“你们老大呢？”正当他们几个聊得欢快时，周波突然过来，也不知道他们的聊天他听到了多少。

“老大先走了。”

周波也没多问。

而这厢，冉素刚上车，尚未来得及启动车子，便接到了周波的电话，说是跟她一起走，听他话里的意思，应该是有话要跟她说。

周波的电话刚挂，宋菀儿的电话紧接着打了进来，突兀的铃声在空旷的地下停车场尤为响亮。冉素刚接通便听到了宋菀儿劈头盖脸的一通骂，说是这么久都没宠幸她了，是不是将她忘到脑后了，骂完后还不忘让冉素带着烤鸭去她家赎罪。冉素知她秉性，开着免提让她在电话那头骂得畅快淋漓。而周波过来的时候听到的便是这一段话。

“这就是你那聒噪的闺密？”周波指了指电话。

虽然他的声音不大，但还是被电话那头的人听见了，于是宋菀儿更加卖力地扯着嗓子喊：“你说谁聒噪呢？”

冉素暗道不妙，立马掐断了电话，转头问周波：“怎么了？”

“我的车早上出了点故障，送修理店了。你若方便的话，送我一程。”在她尚未作答之前，他就已经上了副驾驶座。

冉素看着不请自来的人，本想问句“你助理呢”，可转念一想，只问了句“去哪儿”，得到地址后便启动了车子。

舒缓的音乐在车厢内缓缓流淌着，不急不躁，温润人心。

“听他们说，你交男朋友了？”周波将音乐声稍微调低了点，看着她的侧脸问道。

此时恰好红灯，冉素侧头，便看到了他略带探究的眼神。他特意找她该不会就是为了问这事吧？只是此刻她竟鬼使神差地不想否决，亦不想解释，只浅浅淡淡地道了句：“周总好雅兴。”

周波一时半会儿也猜不透她话里话外的意思，转了个话题：“等这个案子落定了，你带你们小组的人出去玩两天吧，公司报销。”

绿灯亮了，车流涌动，冉素收回视线：“嗯。”

冉素与周波是大学校友，都是统计专业的，他高她两届，两人在一次校园创业活动上认识的。大学毕业后，周波跟几个大学同学一起创业，成立了云智数据有限公司，简称云智数据。

再后来，周波找到她，说是希望能和她一起将公司做大，做成国内数一数二的大数据公司。当时正值她毕业，忙着到处找工作，也不怎么顺遂，便没怎么犹豫就答应了，谁知一脚踏入便扎了根。

这些年来，风雨兼程，虽然当初的豪言壮志多少有些打脸，但是云智的知名度多少还是上来了，在数据分析这一块，云智数据多少还是有话语权的。

加之周波对员工的体谅，公司福利也不错，所以员工也都是死心塌地跟着他。孙文亮、王锐、张宇他们几个只比她入公司晚一年，进来后便一直跟着她。久而久之，大家变得默契，竟成了云智的金牌分析团队。

周波一向奖惩有度，这次这个案子虽然不大，但甲方给的利润可观。所以，现在他提出报销，在她意料之中。

待将周波送到目的地后，冉素便顺便在小组群里将这件事说了一下，让他们自行安排。

“学长。”冉素对周波的称呼会随着时间、地点、场合的不同而随之改变。

周波刚下车，还没来得及关车门，没料到冉素会突然叫住他，有些吃惊回应道：“嗯？”

“别喝太多。”冉素看了一眼对面的酒店，说得真诚。

这些年，云智数据从一个小小的工作室，到如今在最繁华的金融大厦占据一层楼的位置，这期间的付出并非常人可以想象。

周波笑而不答，只道：“路上注意安全。”

冉素想到耽误了点时间，按照宋菀儿那性子定然又会唠叨个不停，于是绕道去给她买了只枣木烤鸭。

果不其然，刚摁响门铃，宋菀儿的唠叨就如雷贯耳，只不过在闻到烤鸭香味后，她立马停止了。

“对了，说我聒噪的那人是谁？”宋菀儿迫不及待地拆开包装袋，一边撕咬一边问，口齿不清。

“周波。”冉素也没跟她绕弯子，如实相告。

对于宋菀儿，她是心存感激的，在她出事的那段时间，基本是宋菀儿忙前忙后地照顾着。当时她的状态很不好，喜欢胡思乱想，也多亏了聒噪的宋菀儿，让她连瞎想的时间都没有。

以前两个人在一起的时候，经常吵得天翻地覆。现在，基本是宋菀儿一个人嘻嘻哈哈闹个没停，而她，在习惯之下，成了一个安静的倾听者。

奇怪的是，她竟对这种状态很是依赖。

“就是你那个学长兼老板？”宋菀儿躺在沙发上，抱着鸭腿啃得津津有味，电视里正放着电视剧。

冉素看得聚精会神，一时没听清她说什么，气得宋菀儿丝毫不顾双手的油腻，拿起遥控器就换了个台。

宁城新闻频道正在播报政府对新能源开发的扶持报告。

“对了，你最近不是正在做新能源的数据分析吗？怎么样了？”

“嗯，还行。”

“2018年3月12日，华盛汽车在宁城拿下了第二个新能源汽车基地，其董事盛世涛宣布在此投资四百个亿，建设一个规划产能达一百万辆新能源汽车的基地，届时将形成一千亿的产值，带动三点五万人就业。这将是宁城首个产值达千亿元的工业产业项目……”

“华盛这波操作够财大气粗的？”宋菀儿道。

“既然是蛋糕，哪有不吃的理？”冉素突然想到了许岩廷，他今天还在跟她说着这个行业的竞争性，华盛一出手就是大手笔，那隆欣又该如何打好这场仗呢？

“一百万辆，这口气有点大吧，现在新能源汽车还远远未能达到这个使用量吧？”

“华盛旗下的车型多，大中轻型汽车、客车、私家车都有，这个数量倒也不算夸大。”冉素看着新闻里的报道若有所思。她疑惑的并非是数量，毕竟2017年新能源车的使用量就已经达到了万辆以上，而且，到2030年，北京就要实现全部都是新能源车的水准，她只是好奇，他们之后是推出纯电动车还是插电混电动车。

“如果是我的话，我就不会成为他们的客户。你说买辆车，我还要安装个私人充电桩，那这样的话，我是不是还要买个车位？那车位得多少钱？够我再付个首付了。这样算下来的话，根本就没买车的必要，都不买的话，那空气环境岂不是更好……”宋菀儿算完一笔账，顿觉豁然开朗。

冉素并不否定她说的，现在的新能源车确实存在诸多缺陷，也急待改进：“但是，你不能否定这将会是一个趋势，有一天，你就算不想用也会用到。”

宋菀儿撇嘴表示不想继续这个话题，便开始八卦其他话题。她胡乱说了几句之后，电视屏幕上有关隆欣的报道再次将她的视线拉了回来：“你觉得隆欣未来的发展趋势会怎样？”

这个问题太过广泛了，冉素没有作答，倒是新闻播报替她回答了这个问题。

“隆欣汽车2017年的新能源汽车业务收入约为人民币385亿元，同比增长约13.06%，预计2018年一季度，新能源乘用车销量同比暴增200%以上，乘用车销量同比增长超20%。隆欣总裁许岩廷表示，尽管2017年受到新能源补贴退坡的政策以及市场竞争渐趋激烈的影响，但作为新能源汽车技术创新和商业推广的引领者，积极把握新能源汽车市场蓬勃发展的机遇，持续投入研发及提升技术，并扩充产能，推进新能源汽车业务持续发展……”

宋菀儿很识趣地不在这个问题上继续，而是拉着冉素问东问西，最多的无非是“病史”和“情感史”。

奈何最近这两项都没啥可供她吐槽的，也就胡乱说了些最近的趣事，两人七七八八地聊了一通。

翌日，冉素是被张文亮的电话吵醒的。她看了一眼时间，竟然才六点，真是扰人清梦。她刚接通便收到了对方的一通轰炸：“老大，你该不会还没起来吧？我们都在机场了！说好今天去厦门的呀，您老人家怎么回事呀？飞机还有半个小时就起飞了。”

厦门？

“去厦门干什么？”昨晚与宋菀儿闹腾到太晚，回来时已经深夜两点多了，洗漱完毕将近三点，睡了不足三个小时就被人吵醒，她的脑袋里一片糨糊。

张文亮嘴巴张得老大：“老大，你该不会自始至终都没看微信吧？”

“嗯。”一来，她对这些聊天软件本就不太热衷；二来，昨天宋菀儿拉着她说个没完，哪有时间看手机。

不过听他这么一说，她还是打开微信查看了信息。

“金牌小组”99+；张文亮12。

冉素将信息大致地看了一下，都是商量着去哪儿玩好。最终大家决定去厦门，那边风景宜人，天气舒适，来回路上也不至于太累。而张文亮的消息无疑是告诉她已经买好票，哪趟行程，几点飞，提醒她带些什么东西之类的。

冉素扶额，她昨日忘了说自己不去了。

本就没做去的打算，这下倒是让人帮着瞎忙活了。

“亮子，要不……你们去玩吧，我就……”话还没说完，张文亮就在电话那头急吼吼地嚷嚷开了：“老大，你又不跟我们一起出去？我们都算好你的份了，要不就一起玩一次吧？”

“不了，亮子，你帮我跟他们几个说一下吧，你们玩得开心点，所有花费回来报销。”冉素对他们虽有歉意，但是她确实是不想出去。对于出去玩这种事，她宁愿在家多睡会儿觉，多看本书。

张文亮知她主意已定，便也没再强求。

冉素收拾了一下准备下楼晨跑，却没想到竟然还能碰到熟人。

“许总。”既然碰到了，就没有不招呼的理，冉素朝他微微颔首。

许岩廷看了她一眼，微微点头，算是应承。两人就此擦肩而过，然后向着相反的方向渐行渐远。冉素没想到自己不过较平时晚起了那么一点，竟然就遇到了“熟人”。

只是，许岩廷竟然也住在咸嘉花园？她搬过来几年了，怎么从来没见过这号人物？还是说她太过两耳不闻窗外事了？

对于这事，冉素也没太放在心上，晨跑完回去休息会儿，然后吃个早餐，接下来的时间她将在楼下的二十四小时书院度过。

对于冉素来说，周末最幸福的事情莫过于待在书院了。当初她之所以会在咸嘉花园买下现在住的小公寓，一来是这里绿化不错，二来地段交通都不错，而让她最中意的就是小区里的二十四小时书院了。

书院里的书单每周五更新一次，冉素有时会把自己的需求写在便签纸上。一般情况下，她下周六过来的时候就能看到自己想要的那几本书。

之前做的有关新能源的那份报告的很多书籍素材，她就是从这里边找到的。

书院面积虽然不大，却提供了专门的阅读区域，而最角落的位置基本已成为冉素的专有位置。

她不喜受人关注，也不喜受人打扰，角落的位置于她刚刚好。

只是没想到，今日那位置已经有人了？她走近了才发现，竟是他？

冉素并没想过要与他有过多的交集。既然他也没瞧见她，那便觉得没有打招呼的必要了吧？她正打算绕过他另寻坐处，却听到他出声喊道：“冉小姐。”

“许总。”

“坐。”他指了指对面空着的位置。冉素迟疑了几秒，虽有不解，却依言坐下：“许总怎么会在这儿？”

“你对新能源很感兴趣？”许岩廷的视线所落之处正是她面前放着的

几本有关新能源的书籍。

“毕竟新能源是未来趋势。”言下之意，她这不过是在了解社会发展趋势罢了。

不过许岩廷似乎并不在乎她的言外之意：“上次你的报告分析也是有关新能源的？”

不是都看到了吗？为何还多此一问？冉素虽有腹诽，面上却依旧镇定自若：“嗯，最近正在做有关新能源未来发展的一些调查分析。”

“新能源的范围太广，你可以将范围锁定在某一个区域，比如蜡，比如锂，比如风力、水力。”

许岩廷说得轻巧，但冉素却因他这句话而双眼放光：“我的主要方向锁定在锂电池新能源车未来的发展趋势上，不知我能否问许总几个问题？”她的分析报告里正好还有几个问题尚未得到解决，若是能得到许岩廷指点一二，说不定能成为她的突破口。

而她自己也没发现，此时此刻求知若渴的她格外迷人。

“嗯。”许岩廷轻声应了一声，算是对她的回应。

冉素此时完全忽略了自己的内心竟是雀跃的，也顾不上观察许岩廷脸上的细微表情变化。若是她稍微注意一下，便能发现他眼里不经意流露出的笑意。

此刻，她脑海中唯一的想法就是要将之前那些一直没有得到完美答案的问题尽数抛出，然后期待着从他这里得到突破口。

如她所愿，她抛出的那些困住自己的问题，在许岩廷那里似乎并非难题，他一一为她解答，且耐心地给出了清晰易懂的说法。

“对了，你是做数据分析的？宁城好像有几家还不错的做数据分析的公司，宁翔、尔佳、华雅、科野都算是数一数二的。”

冉素点头表示赞同，她只是没想到他怎么会突然转到这个话题上：“嗯，尤其是宁翔，在金融数据分析这一块很厉害，他们的领队谭松更是厉害。”

谭松是金融数据分析领域的大神，冉素自认只有顶礼膜拜的份。

“嗯，谭松确实不错，不过比起来，云智的周波倒是更让人佩服。”冉素没想到他会突然提及周波，毕竟周波自从公司走上正轨后就很少接业务了。不过周波的业务能力确实厉害.当初冉素刚毕业，虽有专业作陪，但实践操作终究是欠缺的，是周波一步一步带她走过来的。所以说，周波的存在于她而言，是亦师亦兄亦友。

“许总认识周总？”

许岩廷笑了笑：“周波在你们圈应该也算个人物吧。”白手起家，短短几年便在宁城站稳了脚跟。

冉素抬眼直视他：“我是云智的。”

他倒也不吃惊：“云智的知名度虽比不上那几家，但关键胜在务实、诚信。”

“许总尚未与我们合作，也知道我们以务实、诚信为信条，想来云智用不了多长时间便可打响更高一层的知名度了。”冉素不卑不亢，既顾了许岩廷的面，也不动声色地肯定了自家公司。

许岩廷莞尔轻笑了几声。

冉素从不是主动找话说的人，许岩廷没再开口，她也就选择了沉默。她看了下时间，竟已在不知不觉中就到了饭点：“许总，不知有没有荣幸请你吃个饭？”毕竟他也算帮她解惑了。

许岩廷看了看时间，一脸正色道：“不了，我约了人。”

所以，她这鲜少主动邀约的人的第一次竟然破天荒被拒了？她觉得在正常情况下她应该来点情绪表达下自己的心情，奈何最后只能淡定地微微一笑：“那多谢许总今日的指教。”

如果说一天之内两个人遇见一次是偶然，遇见两次是巧合，那么遇见三次呢？

冉素没想到自己在餐厅上个洗手间，竟然能第三次遇到许岩廷，难道这就是传说中所谓的缘分？

她从书院出来后，本是想着随便吃点，结果宋菀儿说发现了一家不错的餐厅，非得去尝尝味道，没想到再次碰到了他。

不过他的状态好像有点不对？

他虚弱地倚着墙壁，低着头，背对着这边。冉素站在他后面不远处，看着这一幕悄然入神。夹在指间的烟即将燃到手指处，他却仿若未觉。

烟圈缓缓上升，还没来得及消散，只见他手指咻地动弹了一下。烟蒂与灰白色的烟灰瞬间分离，烟灰向四处飘散，烟蒂落在红色的地毯上，泛着星星点点的红光，寂静无声。

应是烫到了手吧，她想。

她回过神来，嘴角无声上扬，继而快步从他身边走过，却被他突兀地抓住了手腕。

冉素顿住脚步，静观其变。她想，若是她有情绪的话，此刻她会做出怎样的反应呢？惊诧？不耐？还是其他？

他微微抬首，一双眼盛满迷雾，让人瞧不真实。此时此刻，他就这样定定地看着她，而她，再次不期然地坠入了他的眼。

心在敲鼓。

“扑通……”转瞬即逝的情绪尚未来得及细细体味，便只见那人生生拽着她往前扑，而她也连带着往前推了几步。

“许总！”冉素看了一下周围，并未见有人来往，便蹲下来轻柔地唤了一声。

许岩廷微微睁眼：“是你。”

莫不然他还以为是谁？随手抓的？

许岩廷挣扎着靠墙坐好，满头大汗，脸色惨白，白色的衬衫已经浸湿了大半，整个人虚弱不堪。冉素觉得坐在这儿实在有些不妥，观察了周围，看到走廊尽头拐角靠窗处有个休息处：“要不换个地方？”说完便来扶他。

他抬眸盯着她看，久久沉默不语，久到她以为他会拒绝，而她亦执拗地与他对视，却没想到他竟虚弱地朝她咧嘴一笑：“好。”

就着她的搀扶，他将全身的力量都倾斜在她身上，两人踉踉跄跄地走向休息处。他被她安置妥当后，便发现她额头上已沁出点点汗珠。

“需要我帮你找人吗？”虽不知他到底喝了多少酒，但他现在的状态并不适合一个人待在这里。

“没事。”他淡淡地拒绝了她的好意。

“那我……”冉素欲言又止。

“谢谢。”

“哦。”

冉素走也不是，不走也不是，最后还是许岩廷开口：“你不是要去洗手间吗？”

“那我过去了，如果你不舒服就给你朋友打个电话吧。”走之前她还不忘交代一句。

许岩廷看着她离开的背影，雪纺衫被汗浸透，贴着后背，脊骨突出，清晰可见。想起刚才靠着她的时候，似乎都没肉感，硌得慌。突兀地，他竟想到一个词：骨瘦如柴。不过看着脸蛋上倒是还有点肉。

不自觉的思绪竟已飘远。

这似乎是他第一次对一个女人产生好奇。

陈南川曾说，好奇是一段感情的开始，一个人一旦对另一个人产生了好奇心，那接下来就会想要窥探，想要了解，想要占有。

他甩了甩头，将思绪拉回。

冉素从洗手间出来的时候，下意识地朝那个方向看了一眼，一片空荡，看来他是走了。回到包间，宋菀儿问她怎么去了那么久，说自己都准备去找人了。

“遇见了个朋友。”冉素无意解释太多。

不过宋菀儿却敏感地察觉出了她的异样：“阿冉，你最近……好像……有了点变化。”宋菀儿盯着她的眼睛，不许她有丝毫的躲避。

“怎么说？”异样吗？她自己都没察觉到。

宋菀儿撇了撇嘴：“说不上来，总感觉以前的你缺少了点生气，但是现在嘛，似乎有了那么一点点烟火气。”

烟火气？冉素不知宋菀儿怎么会想到用这个词来形容她。

“话说，你最近有没有去杨瑞那里？是不是有所好转？”宋菀儿紧接着问了句。

冉素笑着摇了摇头，不过继而像是想到了什么一样，不过那想法稍纵即逝，连她自己都不敢相信：“你觉得我这情况还能好转？再说了，你都习惯了这样的我吧，若是哪天我又能对着你又哭又闹的，你肯定会适应不了的。”

宋菀儿一怔，突然正色道：“阿冉，以后我陪着你过日子吧，你这样，有哪个男的受得了？”

“好啊，只要你不怕周姨就行。”周玲是宋菀儿她妈，最怕的就是自家女儿嫁不出去，到处给女儿寻找相亲对象，若是周玲知道自己的女儿要守着她过日子，也不知道脱层皮的会是谁。

“……”

一语中的。一说到周玲，立马能让聒躁不已的人变得沉默。

正所谓，一物降一物。

Part 2

你的光照进我的世界

许岩廷今日与宁城各分区的代理商谈具体合作事宜，这些人一个两个都是人精，竟用华盛给他施压，试图抬高中间的代理费。

言笑晏晏，分不清谁言真，谁言假。

推杯换盏间，你一杯我一杯，假意迎合，却猜不透彼此的心思。

一场酒桌谈判结束，人走茶凉，看着满桌凌乱，许岩廷嘴角滑过一丝苦笑。陈诺进来的时候便瞧见他额头抵着桌面，双手无力地下垂着，陈诺喊道："许总！"

唤了声没有回应，陈诺试图将他搀扶出这酒气熏天的包间，却听到他说："去尘阙。"

"陈哥，许总今日又喝多了，又不肯回家，非要来这儿，您看……"

"这次又喝了多少？该不会又喝掉了半条命吧？你们隆欣的销售部是摆着看的吗？业务跟不上，还得堂堂老总拉下脸去喝酒赔笑？"陈南川语气不善，每次许岩廷喝醉了就往这儿送，他这儿又不是收容所，他一边唠叨一边往外走。

待他出去，便瞧见那人蹲在路边吐得七荤八素。

许是听得脚步声，许岩廷缓缓回头，朝他看来，接着竟像个傻子一样呵呵傻笑了两声。陈南川尚未来得及骂上几句，只见他又是一阵狂吐。

照他这样下去，迟早会英年早逝。

“你说你，轻得只剩一把骨头了，还这样不要命地喝酒，是不是想着早死早超生。”陈南川轻易便将许岩廷扶起，这个人瘦得背脊骨都能硌到他了。

“川子，你能不能安静会儿……”许岩廷此刻真是没有半点力气了，肚里翻云覆雨，难受得很。

他想，若是能醉过去，那也是极好的，可偏生他就没醉过，每次都是越喝头脑越清醒，只是身体越来越虚，这大概是所有的表现都反馈在身体上了。

陈南川像个老妈子一般将他安置妥当，不一会儿，他便昏昏沉沉地跌入梦境。但他睡得似乎并不安稳，眉头紧皱，双唇紧咬，双手抱胸，这是人下意识的自我保护动作。

陈南川示意陈诺拿张毯子过来，这三月的天阴晴不定，一个不注意就容易着凉。

陈南川本想给他盖上，让他多睡会儿，便蹑手蹑脚地走到他身边，欲将毯子给他盖上。谁知陈南川的动作还未来得及完全展开，沙发上的人就醒了。许岩廷双目清明，丝毫没有睡过后的迷糊，见到是他，才收了防备的眼神，再次入眠。

“他这戒备心不知道什么时候可以放下点儿？”陈南川碎碎念着，也不忘帮他把毯子盖上。

从春天到夏天，百花从绽放到凋零，季节轮流交替，时间在不知不觉地走着，工作在一丝不苟地做着，生活在周而复始地重复着。

冉素与许岩廷再见已是三月之后，两人再次同时出现在T大的实验室。即使两人之前有过交浅言深的交情，但是并没有缓解再次见面的僵硬气氛。

两人微微点头，算是打过招呼。

蒋婷依出来的时候见到的便是两张冷而不自知的脸：“阿冉、老许，你们干吗呢？弄得如临大敌一般？”

蒋婷依似乎无时无刻都是热情洋溢的，她拉过冉素进入实验室：“不是早就让你过来的吗？硬是拖到现在，工作很忙？”

“还好。”

“今天老许说有问题要跟我请教一下，我便让他一起过来了，你没意见吧？这实验室一般是不对外开放的，今天我可是破例了。”

难怪他会在这儿。

之前听闻隆欣已经高薪聘请了高级工程师刘洋进他们的研发部，想来也就不会再执着于蒋婷依了。可是会是什么问题需要他亲自过来?

冉素的脑子飞速转动着，面上却不动声色：“那我今天可是沾了许总的光。”

“哪有，是老许沾了你的光。”蒋婷依欢快地反驳道。

冉素尬笑了一声，跟在身后的许岩廷却置若罔闻。

“阿冉，你不是对我们的研究很好奇吗？今天研究室的大门就对你敞开。你到处看看，有什么不懂的都可以问我，我先帮老许解决下问题。”

她哪懂什么研发，不过就是好奇罢了。

“你怎么自己过来了？刘洋呢？”她听见蒋婷依问，看来她也是认识刘洋的，而且今天来的本该是刘洋。

“他今天有事，到时你们另约个时间，让他过来一趟。”许岩廷站在一排试管墙前，神色严肃，“依依，你觉得刘洋这个人怎样？”

问得太突兀，蒋婷依呆愣地看着他，试图从他眼里看出一丝他问这个问题的动机。

前段时间刘洋留学归来，研发能力不错，蒋婷依牵线介绍他进入隆欣研发部，只是现在许岩廷为何会有此一问？

“是怎么了吗？”蒋婷依心中突生出一股不好的预感，做研发的最严重的便是研发数据外泄，该不会……

可是这还不足三个月。

许岩廷轻笑了一声，表情得到了稍许缓解：“不是你想的那样。”蒋婷依的情绪过于外露，心里所想都展现在脸上，他随便就能看穿，“单纯地想了解下而已。”

那你还弄得这么严肃？

她暗暗松了口气：“他是我同门师兄，专业能力没得说，为人也挺老实的，在研究上也很是严谨，挺好的一人。”

“嗯。”

蒋婷依摸不准他这个“嗯”是否代表认同她的说辞，心头依旧隐隐存着点疑惑。她与刘洋虽是同门，却相知不深，并非知根知底，当时导师无意间跟她说起，便想着推荐给许岩廷了。虽然聘用与否的决定权在隆欣，但若是真的出了问题，导火索还是她。

冉素虽有意避开他们的谈话，可有些话音还是零零散散地落入了她的耳中。她素来不喜八卦，也就不关心他们之间到底在聊什么，也就更加不会去深究话里的其他含义。

她认真地打量着实验室的一切，各种见过的、没见过的化学器材、写在便签纸上的化学公式，各种颜色的化学材料，都能吸引住她的注意。

他们两人的谈话许是结束了，蒋婷依朝她这边过来，准备给她讲解知识点。许岩廷打算离开，却被蒋婷依叫住：“老许，你若是没事的话，就等下一起走吧，老陈一直在念叨着，说你好久都没去他那儿了。”

许岩廷稍作思考，下午并没有什么重要的事，便应下了。

蒋婷依给冉素授业解惑，讲解了一些专业知识。平时通过百度都很难懂的知识点，在她有趣巧妙地解说下，冉素很快就能理解并吸收，听得津津有味。这也是冉素第一次真正意义上见识到在学术上严谨认真的蒋婷依。

许岩廷颇有兴致地跟在后面听着，偶尔也会提问。相比之下，他提的问题显然跟冉素不是一个水平的。不过经过蒋婷依的讲解，冉素虽不能全懂，但也多少能悟到点精华。

“啪”，试管坠地，一道清脆的破碎声突兀地在实验室里响起，打断了三人之间的交流。

“对不起。”冉素立马弓腰下意识地就要去捡地上破碎的试管，手腕却被一只大手突然拽住。冉素抬头，她透过他深邃的双眼，清晰地看到了自己脸颊微微泛红的模样。

“小心。”他说。

低沉的两个字清晰地传入她的耳膜，她心跳得好快……

“阿冉？”

不知何时冉素的手已经紧紧反扣住了许岩廷的手腕，越掐越紧。

“阿冉！”蒋婷依连续唤了几声，见她都没反应，整个人像魔怔了一般，费了好大劲才掰开她的手。

冉素猛然回神，一睁眼便看见了被自己掐出血的手臂，红白相衬，异常刺眼。再抬首，发现许岩廷直刺刺地看着她，眼里全是打量。

“你怎么了？”蒋婷依无比担忧，刚才的冉素让她在担心之余又有些害怕，她那眼神冷得像淬了毒的利剑。

怎么了？她自己也不知道。不过她不仅摔了试管，还让蒋婷依担心了，而许岩廷也被她掐伤了。

“对不起。”她说。

“不是，阿冉，你是不是身体不舒服啊，要不要去医院……”

“依依，我有点事，先走了。”她迫不及待地打断蒋婷依，她知道蒋婷依肯定有很多问题想要问，但是她无法给出任何回答，只能逃离。

而她的离开落在他们眼里，像是落荒而逃。

冉素几乎是一路狂奔到车上，浑身无力地趴在方向盘上。她都不知道自己刚刚到底经历了什么，情绪猛然之间如洪水涌过，只觉太过诡异。

此刻冉素的脑子里一片浑浊，始终不得其解。她思来想去毫无头绪，恰巧杨瑞的电话进来了：“你最近怎样？怎么这么久都没过来了？”

“嗯，还行。”她这几个月忙得焦头烂额，哪有什么心思去想其他的事情。

杨瑞听出了她话里的疲惫：“怎么？你该不会告诉我这段时间你都在加班吧？”

“嗯。”冉素揉了揉太阳穴，没有心思跟他扯。

杨瑞听她的语气似乎是不愿多说，便唠叨了句“那你自己注意休息，身体是革命的本钱”后就自觉地挂了电话。

许是职业病的原因，冉素回到家后，便将自己有情绪波动的时刻一一记录下来做比对分析，而她发现，事件发生时有诸多相同点，比如激发情绪产生的对象多次是许岩廷，情绪的产生程度一次比一次激烈。

冉素将自己的分析来来回回理了好几遍，最后还是给杨瑞打了个电话，将自己的经历与总结说与他听。

电话那头的杨瑞听完，沉默了半晌，最后沉声道：“阿冉，你可以再试试。”

杨瑞说试试。但是，单论她与许岩廷的社会地位，交集微乎其微，何来试试一说？然而，她也没想到，两人的交集竟然会来得那么快。

“阿冉，十五分钟后，你带你们组的人到会议室开会。”周波风风火火地从外面进来，面色喜庆，声调愉悦。

孙文亮：“老大，你说老板是不是接了什么大单？”

吴琳：“我觉得有可能是我们上一单做得还不错，效益也不错，老板要给我们奖励呢？”

王锐：“我觉得你们还是不要太过乐观，免得乐极生悲。”

“你会不会说话？”王锐话音刚落，便遭到一致抵抗。

生活已经如此不易了，为何还要给自己找不愉快呢？

其实冉素也摸不准周波的用意，不过难得看到他这般愉悦，应该不会是什么坏事吧：“你们先去准备，顺便把上个案子的收益数据反馈也准备了，等下一起报备。”

“老大，你说老板到底要说什么呀？总觉得这架势有点不一般。”几人在会议室等待，却迟迟不见周波进来，一颗八卦之心再次燃起。

“我觉得也是，老板一向走沉稳路线，今日感觉有点走活泼路线了。”吴琳附和道。

冉素埋首整理数据，没参与他们的插科打诨。

“怎么？我偶尔换下路线，你们就承受不了了？”周波突然进来，吓得他们立刻正襟危坐。一个个的，吐槽的时候费心费力，这会儿正主在面前，倒是怂得快。

“都是几个没胆子的。”冉素终于从文件堆里抬头，“不过周总确实不太适合可爱路线。”

刚刚还一本正经的几个人这会儿倒是笑得欢。

周波敲了敲桌子，顿时变得严肃：“好了，今天叫你们进来是有一件事跟你们说。”说完将手里的文件递给冉素，“隆欣新能源这边需要做新产品的上市数据分析，”顿了一下，“指定让阿冉你去。”

被点名到的冉素一脸默然，安静地接过文件看了会儿：“我没问题。”看完后将文件递给孙文亮，让他们依次看看，又道“他给出的条件不错。”

“嗯，而且听说隆欣这次会出新的系列，做了全新的整改。这一单对我们云智来说，不仅仅是高收益，更是打响口碑的基础。”

冉素自然明白周波所讲，如果能利用隆欣的影响力来给云智做宣传的话，这将是最好的双赢。

“你们呢？”周波问他们几个。

“没问题。”志气高涨，不愧是她的人。

周波看着他们斗志昂扬，但还是提醒到：“你们做数据分析也都不是一年两年了，但是隆欣是做新能源的，你们中间除了冉素外，都没有多少了解，到时肯定会有诸多困难，能搞定吗？”

几人一致看向冉素，最后坚定地一致回答：“没问题。”

“好，那你们回去吧，这几天多了解一下，阿冉你留下。”

就算周波不说，冉素也有问题想要问他：“学长，隆欣为何会找上我们？”上次聊天的时候许岩廷虽然明确说过欣赏周波，但是比起其他几家优秀的数据公司，找云智做算不上最好的选择。

周波的笑脸似乎一直都没放下过，看来接下这个单他是真的高兴。

“我正想跟你说这件事呢，我也觉得奇怪。不过许总说是看到了你发表的一篇报告，什么报告？”

当时许岩廷找上他的时候他也奇怪，若是论资排辈的话，宁翔、尔佳，哪一家都比云智强。虽然他相信自家的业务能力，但是很多时候，口碑也是重要的凭证。

不过许岩廷却说：“我看过冉素写的一篇有关新能源未来数据分析的报告，不错。”

周波没想到会是这样的答案，很是诧异。冉素的业务能力自然是没问题的，但是突兀地被人这么一说，难免还是有些受宠若惊。

许岩廷似乎并不想多说，周波自然懂眼色，立马顺承下来。虽然知道冉素私下是有做新能源的调查，可周波知道得不多。

冉素想起前不久在论坛上发表的那篇《关于新能源未来发展前景的分析报告》，若论专业性，定然是够不着的，不过是因着自己对新能源的那点兴趣，加之专业使然，说了些自己的观点，没想到他竟然会看到。

“哦，就是我之前写的一篇有关新能源未来发展前景的分析报告。”冉素解释，“可是，就因为这个？”若是真的只是这个原因的话，未免也太草率了吧？

周波倒是有不同的想法，一个决策者，在做一个决定之前，定然是经过再三思虑的：“没事，既然隆欣选择了云智，我们就用专业说话，这对我们来说，是个机会。如果你觉得没问题，我们就选个时间把合同事项敲定了，到时你也一起去。”

“好。”

张曼丽，女，51岁，隆欣新能源集团前任董事长。

许雷生，男，隆欣集团前前任集团董事长，因车祸已故，享年44岁。

屏幕上的女人凌厉冷漠，岁月仿佛并未在她脸上留下多少印记，而男人笑得一脸憨厚，给人温和善良的感觉，两人一看便是女强男弱的组合。

冉素盯着屏幕上的两人发呆，许雷生车祸去世众所周知，当时还上了新闻头条。而张曼丽呢？好像自从许岩廷回国接手隆欣后，有关她的消息就少之又少了，甚至好似突然人间蒸发了一般。

“老大，想什么呢？老板叫你呢。”吴琳轻推了冉素一把，她这才回过神来：“好，我就过去。”

自从答应接下隆欣这个单后，冉素就在查阅隆欣相关的资料，在看到隆欣的人物关系网时，就不自觉地盯着许雷生跟张曼丽看了会儿，有种说不清的情绪缠绕，不知为何。

冉素整理了思绪，大步朝周波的办公室走去：“周总，你找我？”

周波头也没抬：“嗯，你收拾一下，等下跟我一起去趟隆欣。”

“好。”冉素答到。

其实她没有什么可收拾的，只是回到自己座位的时候又看到了那两人的照片，索性直接退出页面，眼不见为净。

“老大，你认识他们吗？”吴琳见她对着两人的照片看了许久，一副若有所思的模样，不免起了八卦的心思。

“嗯？”冉素一时没反应过来，不知她口中的他们是谁，随即意识到，“哦，不认识。”是真的不认识，只不过是在查许岩廷资料的时候顺势查到了。

冉素与周波到隆欣后便被安排进了会议室。不久后便进来一个男人，他在他们对面坐下，招呼助理端咖啡进来。

“周总、冉小姐，你们好，我是林俊平。”

林俊平，当年与许岩廷一同回国加入隆欣，之后的多年，成为许岩廷的左膀右臂。许岩廷曾在多次采访中明确表示过对他的感激。

“林总好。”

“今日许总有事外出，合同事宜我这边全权负责。合同已经拟定好了，你们先看，若是没有问题，我们就可以签约了。”合同一式四份，林俊平将其优雅地推至他们面前。

林俊平不同于许岩廷，他给人的感觉是如沐春风，没有丝毫压迫感。各大杂志上对他的形容是：他是一个让人很舒服的男人。

现下看来确实如此。

对方给出的合同条目明晰，价格诱人，唯有一条，就是合作期间他们团队必须在隆欣坐班。对于这点，冉素并无异议，双方爽快签约。

“周总、冉小姐，若是不介意的话，晚上一起吃个饭？可以叫上你们团队，为我们之后的愉快合作。”

林俊平主动做邀，他们没有拒绝的理由：“那就多谢林总款待了。”

冉素对于饭局一般是能推则推，不是她不喜美食，而是不喜跟一堆仅限于业务来往的人虚与委蛇地推杯交盏。

周波熟知她的秉性，但这次不一样，在她还未开口之前，他就已经先断了她的后路："阿冉，这次隆欣做邀，以后你们要打交道的地方很多，我知你不喜这种氛围，但是提前熟络下，总归是好的。"

"好。"若是她这个组长不出现的话，确实不妥，他们几个估计也放不开。

晚上七点，周波带他们几个按约定时间到达时代帝景的时候，隆欣的人已经到齐了。林俊平一一为其介绍，研发部、生产部、销售部、宣发部、市场部、策划部，都是以后可能会打到交道的人。

冉素一一握手问好，之后简洁地介绍了下自己团队，恰到好处地展现了他们各自的优势，谦恭而不自卑，而后端起酒杯，一饮而尽："那以后就请各位老总多多关照了。"

林俊平眉眼间带着笑，打量着，冉素不知他的用意，朝他微微颔首。

这顿饭倒是不同于以往的酒桌文化，称得上是真正的饭局，而非酒局。隆欣的几位老总都是善谈之人，且话题恰到好处，就连吴琳这种平时不善于与领导座谈的都聊得很欢，一顿饭在谈笑风生间愉快地结束。

周波因约了另外的合作方，与其他人分开而行，其他几个一同回云智。路上，吴琳仍旧沉浸在饭局给她带来的欢喜中："老大，我觉得我们这次合作一定会非常顺利的。"

冉素并没有开口，而是在想自己的事情，她总觉得林俊平看她的眼神颇为异样，但又说不上到底是什么。

"这结论为时尚早吧。"孙文亮道。

吴琳反驳："你不觉得隆欣的这些老总素质都很高吗？而且对人亲切，很好沟通，合作起来肯定很方便，哪像我们以前合作的有些公司，吃个饭不断灌酒不说，有时找他们做下数据调取之类的都很不耐烦。"

"小姑娘真是天真。"

“你才天真。”

王锐立马调和：“女孩天真点才更讨人喜欢，你亮哥这是在夸你。”

“表面上越是喜气一团，底下就有可能越是风起云涌。小姑娘，看事情不能只看表面，吃个饭就把你给卖了。”孙文亮看着吴琳那倔强的小脸，语重心长地说着。

吴琳朝他翻了个白眼：“那饭桌上你不是也挺欢的吗？”

孙文亮感受到了吴琳的怒气，立马，贱兮兮地凑到她面前：“咱二木生气啦？”

“谁跟你‘咱’了？”

“是是是，咱们二木可是有‘我爱穿秋裤’宠着的人呢。”

吴琳有个微博美食号，偶尔发点有关美食的文章，长年累月，也积累了不少粉丝，“我爱穿秋裤”就是其中一个。

大家左一句右一句，话题胡乱扯开，驾驶位的张宇看着后视镜里的三人，唯有无奈摇头。不过今天老大倒是有些异样，自从酒店出来后，便一直沉默着：“老大？”张宇试探性地喊了句。

冉素回神：“怎么了？”

“哦，没事。”张宇本就只是随便喊一声。

冉素想起之后要去隆欣，想着多交代一句：“接下来几天，你们都去了解下相关行业，将自己之后的工作安排做个计划，周一我们就直接去隆欣，我不希望到时你们一问三不知。”

“老大，这个你就放一百个心吧，我们会让隆欣的人刮目相看的。”吴琳脸上写满斗志，弄得车上几个大老爷们也跟着慷慨激昂。

冉素之后又嘱咐了几句，便没再多说，也都不是初入行的菜鸟了。

与此同时，隆欣大楼顶层，许岩廷双手插袋站在偌偌大的落地窗前，眉头紧锁，微微抬头，似是仰望，或是在冥思。

林俊平进来的时候，瞧见的便是这样一幅场景，走过来与他并肩而立，看着落地窗里倒映出的身影：“想什么呢？”

“都妥了？” 许岩廷依旧保持着刚刚的动作，并未看他。

“嗯，他们没有任何异议，合同很顺利，只是……”

林俊平欲言又止，许岩廷这才看向他：“只是我为什么要选云智，而且指定冉素？”

林俊平点头。其实除此之外，他还疑惑，为何非要他去代替走流程。

对于冉素，他在饭局上有多加观察，虽是个通透明白之人，但是也还没到非用她不可的地步。

许岩廷轻笑，只道：“她不会让你失望的。”

周一，冉素带队准时出现在隆欣，人事总监赵绮红亲自接待他们，一身干练的黑色职业套装，头发梳得一丝不苟，透着一股雷厉风行。

冉素突然就想到了张曼丽，她们应该是同一种人。

许是上面的交代，赵绮红已经为他们准备了独立办公间，虽然不大，但胜在独立：“冉小姐，这是你们之后一段时间的办公地点，你们先做调整，之后我会安排人带你们先了解熟悉公司的基本情况，如果有其他需求，直接找我就行。”

冉素打量了一下，麻雀虽小，五脏俱全：“谢谢赵总监，这样已经很好了。”

两人寒暄了几句后，赵绮红便正式投入工作。吴琳他们似乎还沉浸在某种兴奋当中，一个劲地感叹大公司就是好，不仅公司规模恢宏，工作氛围紧张，就连服务都这么到位。冉素但笑不语，不参与他们的八卦，只让他们稍作调整，赶紧进入状态。

这次合作主要是针对隆欣即将生产上线的新系列产品进行上市数据分析，而他们前期需要做的就是先了解公司，再进行面对用户与商户的需求调研。

十点整，赵绮红安排周意带他们初步了解公司。周意是个活泼善谈的姑娘，偶尔还能蹦出些有趣的吐槽自家公司的网络段子。听她介绍倒也不觉得无聊，冉素对她也多了几分好感。

吴琳与周意更是相见恨晚，相谈甚欢。两人本来就年纪相仿，加之兴趣爱好也都差不多，聊起来更是话题广泛。

中午，周意带他们去食堂用餐，给他们八卦食堂的改革史，吐槽水果种类太少，鸡腿总是限量，蛋炒饭酱油太多，蔬菜喜欢放辣椒……他们突生感悟，其实所谓的大企业，最后也逃离不开这些人间烟火啊。

“话说你们那几位老总也会来食堂吃饭吗？”吴琳八卦道，“你们许总很帅呀，应该有不少女员工想着能跟他来个偶遇什么的吧？”

许岩廷？偶遇？冉素光是想着他那张不苟言笑的脸就不由得觉得好笑。不过如果真有的话，她倒是还蛮好奇的。

“许总跟林总倒是经常来食堂吃饭，靠窗的那个位置就是他们的专位。”周意努了努嘴，“但是，偶遇基本是不存在的。”

“为啥？”

“你们知道许总的外号叫啥吗？”周意一脸正色，“杜冰雁。”

“噗……”作为旁观者的几人难得默契，竟一齐喷笑出声。

“杜冰雁？”孙文亮笑得无法自控，音量也不自觉放大，立马遭到周意的噤声提醒。

然后周意像做贼一样看了看四周：“你小点声，若是被听见了，我就惨了。”

冉素暗想，你们都已经广为流传了，还怕被当事人听见不成？

“不是，为啥叫杜冰雁？”

“有毒的冰山艳人，毒冰艳呀。”周意解释道，“我跟你们讲，我听前辈们说，有一次一个女员工想在食堂和许总偶遇来着，然后就装摔倒，碰到许总了，结果你们猜怎么着？哈哈，她就被开除了。毒冰艳的外号就是那时候来的，哈哈。”周意越说越兴奋，最后实在是控制不住，瞧了周围没有可疑人之后，又是拍桌子又是跺脚的，笑得不可自控。

冉素倒不是觉着这外号好笑，纯属是看着周意这一连串的动作，实在是，解放天性。

饭后，大家回到办公室，吴琳他们几个似乎还停留在周意告诉他们的八卦里，讨论得异常热烈。

冉素自身并不热衷八卦，但不能阻止他们那颗火热的八卦心，只是提醒他们注意影响，毕竟他们代表的是整个云智的形象。

根据周意的介绍以及资料的收集，他们在短时间内对隆欣有了一个大概的了解。冉素本来计划下午申请去隆欣的研发基地去观摩一下，没想到许岩廷先行邀请了他们，时间约在下午三点。

隆欣的研发基地建在宁城的城乡交界处，也是宁城的第一个新能源研发基地，地处偏僻，路程稍远，所以他安排自己的秘书陈诺与他们同行。

虽然陈诺年纪不大，却给人一种沉稳可靠的感觉，话少，行事细腻周到。在上车前他就事先询问了是否有人晕车之类的事宜，而后又打听了他们的口味，并体贴地准备了零食，说是路程有点远，若是堵车，可能会觉得无聊，来点零食可以打发下时间。

只是没想到竟一语成谶，车子在市区的时候还真的堵车了，零食也就派上了用场。

不过，冉素他们团队的几个人都不是冷场的人，倒也不担心无聊。这不，吴琳就首先打开话匣子：“陈秘书，我能问你个问题吗？”

“你说。”

冉素从后视镜里打量着陈诺，发现他真的是个很温和的人，嘴角始终上扬，挂着淡淡的笑意，说话温柔得恰到好处，让人心生愉悦。

冉素想：他这般人物，无论置于哪个职位都能发光发亮吧，可他为何会跟在许岩廷身边呢？她并不觉得许岩廷是个好打交道的人。

想得入神了点，许岩廷那张冷漠脸竟不自觉地冲入了她的脑海，扰了她的思绪。她轻晃脑袋让自己回神，却只听得车上一片和谐的笑声。

她不知他们在笑什么，不过一晃神的工夫，她就错过了一场好戏？

不过她毕竟不是追根溯源的人，也并不在意他们到底在为何发笑，该配合他们表演的她可以视而不见。

“老大，你不觉得好笑吗？”吴琳突然间问她。

她都不知道在笑什么，自然不觉得有啥好笑的：“你们刚说了什么好笑的事情吗？”她一本真经地反问。

所以，她是根本就没在听？吴琳惊得睁大了眼，仿佛她错过了一个亿一般：“老大，你刚才真的是错过了本年度最好笑的笑话。”

“嗯？”

“陈秘书说他们许总还有个外号叫‘冰山上的来客’。”

“冰山上的来客？”怎么这外号一个比一个深奥难懂？不过她倒是听过有这么一部电视剧。

“冰山嘛，是很冷很远的，你说那遥远的来客是啥？”吴琳一边比画一边说。

“企鹅？”许岩廷那人哪有企鹅的半分可爱？

吴琳没想到她竟然会说企鹅，一副痛心疾首又分外好笑的样子：“冰雕，冰雕。”

冰雕……

冉素看向陈诺：“陈秘书，你作为秘书，这么卖主子真的好吗？”不过不管是“杜冰雁”还是“冰山上的来客”，形容得还真的挺到位的。

抵达隆欣研发基地的时间是两点五十，距离约定时间早了十分钟。众人稍作休息后便有人过来招呼他们，说是许总和林总已经在车间等着了。

冉素去过大型贸易车辆市场，到处摆放着各种品牌的成品车，一眼望不到头。今日到这生产车间一看，更觉面积之广，而且相比起成品车来说，看着这些组件更觉神奇。

林俊平为他们介绍了生产总监黄星河以及生产主任宋奎，之后宋奎跟他们大致说了一下生产车间的一些事项以及主要流程，并表示以后若是有任何问题都欢迎提问。

冉素对于生产几乎不懂，对于汽车配件也不甚明了，倒是王锐对这一块颇有了解，之前他一直有在研究改装车，所以聊起来也得心应手。

参观完车间后，一行人前往研发中心。

研发中心是整个车间的核心，在进入之前，研发室经理李景就跟他们明确表示，研发中心禁止外人进入，就算他们想要了解，也只能在外围稍微观察，或者由工程师进行部分讲解。

冉素表示理解，并表明他们需要了解的只是隆欣的新系列产品采用的是什么电池，与市场上其他新能源汽车有何区别，优劣势分别是什么，并不需要真正看到他们的实验研发。

李景将对新电池的研发跟他们做了比较详细的说明，将真正的核心隐去。冉素庆幸自己之前对锂电池做的那些研究，所以在听起来的时候不会显得太白痴，相反，她还能提出一些关键性的问题。

在她提出这些问题后，李景最初还有那么一丝震惊，毕竟冉素他们只是做数据分析的，对于研发而言，那只是锦上添花的一些数据展示，所以李景最初确实存了轻视他们的心理，却没想到，她不仅能跟上他的思维，还能提出一些关键的问题，一番交流下来，他倒是对冉素刮目相看。

事后李景问道：“冉小姐在给任何一个公司做分析之前都会先透彻了解相关行业吗？”语气里多了分赞赏。

当初得知会有团队来对这次新产品上市做数据分析时，他本以为会是名声大噪者，后来被告知是云智的一支年轻团队，且听说还是许岩廷亲自指定，终究存了疑虑。可是交流过后，他的疑虑消半。

冉素岂会不知他们心中所想，只是多年的职场浸润让她知道了什么叫沉稳，她轻笑道："读书时尚且会提前预习，更何况事关饭碗呢？"接着她话锋一转，"不过最近几年我都有在做有关新能车的未来发展趋势的数据分析，此次有幸得到许总的点拨。"并非刻意显露，只是她知道，恰到好处的展示能让她立足更稳。

李景眼中的惊讶一闪而过，冉素接着继续道："当然，我们做的不过是一些语言上的小打小闹，比不得科研的一星半点，若是之后有需要李总指点的地方，还请李总不吝赐教。"

"那是自然。"

从研发中心出来，途经电池存储中心，看着分门别类地摆放在不同架位上的电池板，冉素颇有疑虑："李总，这些都是可以投入使用的锂电池板吗？"

"这个有做类别处理的，有些是可以直接投入使用，有些是存在问题的，回收后做第二次处理。"

冉素若有所思："对了，李总，我记得你们隆欣去年下半年推出的插电式混合动力汽车销量不错，听说今年上半年的计划是推出纯动力？"

"看来你的消息还蛮灵通的。"李景颇为自豪地笑说，"去年的插电式混合动力颇受市场欢迎，希望今年即将推出的纯动力汽车也能一炮打响。其实，纯动力巴士已经在一些城市开始运营，并且反响都还不错。"

冉素想起宁城的公交好像确实已经换了一拨。

从车间出来后，陈诺将他们带到会议室，许岩廷跟林俊平已经等候在里面了。

"怎样？"许岩廷坐在会议桌主位，见到他们进来便直接开门见山。

冉素不慌不忙，将自己的思路在脑海中过了一遍，缓缓道来："若是许总问的是我对隆欣生产基地的印象的话，我只能说，给我的最直观的感觉是大，真的很大。”她不动声色地观察着许岩廷的神色变化，他并没有显现出任何不悦，继续道，“未来新能源车的发展隆欣将会成为一支主力军。”

“哦？怎么说？”平淡无波的语调，让人瞧不出他话里的情绪。

“新能源这几年在政府的扶持下，诸多传统车行纷纷转向新能源车，但是盲目地进军一个陌生领域是不理智的，而隆欣早已经在新能源车这条路上摸爬打滚了多年，各方面的技术也都已经相对成熟，只是差了一个时机，而未来便是隆欣的时机。”

当初新能源的概念还不够成熟，对低碳环保的口号喊得还不够响亮，也尚未发生中美贸易战，而许岩廷一回国便带领着隆欣这支摇摇欲坠的队伍毅然走上新能源的道路。

多年下来，几番风雨飘摇，直到两年前总算将脚跟立稳，但未来依旧道阻且长。

许岩廷有那么一刻的眉眼舒展，被冉素敏锐地捕捉到了。不知是不是对她说辞的赞同，还是突然想到了什么高兴的事。

“冉小姐很看重新能源未来的发展？”林俊平问她。

“这是未来发展的必然趋势，许总多年前就已经看透了，我若是还窥探不到丁点儿，那岂不是对不起许总的赏识？”冉素莞尔一笑，她故意如此说，是想看看许岩廷的反应，毕竟当初周波说许岩廷指定是她的时候，她就存了疑心。

但是，结果让她失望了，许岩廷并未有任何变化，倒是林俊平嘴角溢出一丝诡异的笑意。冉素有些捉摸不透，而这种琢磨不透的感觉就像百爪在挠，撩得人浑身瘙痒难耐。

“那以后的事务就有劳冉小姐跟你的团队了，若是有什么需要帮助的地方只管说。”

林俊平的这波官腔冉素坦然受下：“还请许总、林总放心。”

晚上，周波给她打电话，问她进展如何，有没有什么为难的地方，她表示一切顺利，从明天开始团队就开始做前期数据调查。

周波跟她强调了几点，无外乎严谨、全面、细致这几点了。冉素笑他太过紧张了，她独立带队完成的项目不少，唯独这次显得格外的关注。

“毕竟关系到我们云智的未来，重点关注是在所难免的。总之，若是有什么解决不了的问题及时跟我沟通。”周波一而再地提醒她。

“周总，这话你都说了不下三遍了，放心吧。”

“嗯嗯，好，我相信你。”周波并不是不相信冉素，而是对项目重视过了头。

这厢周波说相信她，这是领导对下属的信任，只是她不知道，还有另一个人也给予了她莫名的信任。

“怎样？”许岩廷站在落地窗前，背对着林俊平。

他瞧不见许岩廷的神色，不过倒是听出了几分得意，是怎么回事？

“不错。”

“仅仅不错？”他转身在林俊平对面的沙发上坐下，自然惬意地跷起二郎腿，林俊平觉得他今天格外的轻松。

“许总是想让我说你眼光不错？”林俊平打趣道，“不过，看她的谈吐确实不错，得体、谨慎，有点小机灵，不知道业务方面如何。”

“嗯。”

“嗯”是什么意思？

“不过我咋觉得你对这位冉小姐挺特别的？”从他回国起，林俊平就一直跟着他，倒很少见他对女人如此这般“看重”。

许岩廷没有理会他，径自换了个话题：“对了，市场部那边最近怎么回事？之前连个区域代理都谈不下来，现在连一份像样的市场调查方案都交不出来？”

“原先的市场部总监离职，王佳恒接替后，内部颇有动荡，人员散漫，所以最近状态不是很好。”

“若是王佳恒连这点威信都树立不起来的话，那他也就没有必要坐在那个位置了，能者居之，将冉素他们暂时安排到市场部去。”

林俊平一惊：“这不合适吧？再者，绮红那边已经给他们安排了地方。”虽然市场部最近确实表现差了点儿，但这都是公司内部的事情，尚且不足外人道。

“鲶鱼效应你不会不懂吧？冉素他们也需要市场部的配合，没有什么不合适的，你让绮红那边去安排一下。”

对于调往市场部冉素并没有觉得不妥，倒是方便他们之后与市场部沟通，只是以后大家处事就都在一个办公室了，多少还是有些陌生感，没有单独的空间来得方便自在。

团队里有人虽有抱怨，却也只能听从安排。

作为市场部总监，王佳恒并没有高人一等的架子，看着倒是觉得过分亲和了点，在下属面前立不起威信。冉素有时在想，他这个总监的位置到底还能做多久？

作为管理层，需要的不仅是自身能力出众，更多的是要有领导才华。王佳恒的个人能力不置可否，但是领导能力相对弱了点。

不过，冉素他们的出现倒是恰如其分地给了他们一个团结，或者说一致对外的契机。

“王总，各位同事，大家好，我是冉素，接下来的三个月时间，我们要在您这边打扰了，还请多多支持。”

“没事没事，有什么需要帮忙的尽管说。”王佳恒约莫四十的年纪，脸上总挂着憨憨的笑意，显得整个人很是温和。

相比起王佳恒的好说话，其他员工的表现并非如此，毕竟他们团队也算是抢了他们一半工作的人，颇有敌意是必然。

不过冉素并不在乎，事后她让吴琳去收集他们的口味，给每人点了一杯咖啡，算是正式入驻市场部。

Part 3

哪有什么岁月静好

熟悉了公司内部情况之后，孙文亮、张宇负责数据的收集和挖掘，而冉素带着王锐、吴琳开始做前期的用户调研。他们分开行动，王锐针对用户人群做问卷调查，吴琳针对4S店以及中小型售车行做调查，冉素走访洗车行以及车改行等相关地方。

连续几天的外出走访，大家收获颇丰，将收集到的数据进行整合后，他们发现大部分人群现在还只停留在“知道层面”，并没有买的打算，因为他们依旧觉得传统油车更为保守安全，使用起来也熟悉。

而对于车行来说，即使他们知道电动车将是未来的方向，但是一般购买电动车的人群会集中在中高层，一来是他们的认知度要高，二来是价位限制，三是续驶里程及安全问题。基于对这些的考量，新能源车的用户也就形成了一个既定的范围。

“老大，你今天打算去哪儿？”从隆欣出来后，吴琳问她，“今天我打算去城西那边的汽配城看看，你往那边吗？”

“我去枫林路。”枫林路二路那边的洗车服务中心比较集中，冉素查了一下路线，正好顺路，“上来吧，我载你一程。”

吴琳上了副驾驶，这还没到夏天呢，就已经开始热得她不想出门了。

“老大，你说我要不要去买个两座的电动车？我昨天在车行看的时候，有款小蚂蚁的纯电动挺不错的，也不贵，用来代步挺好的。”昨天吴琳在一家4S店了解情况的时候，顺便打探了一下符合自己需求的款型，“你说夏天的时候热得要死，冬天的时候又冷得要死，有个四轮的总归是舒服点是吧。我问了一下，配置中等偏上的，把所有手续什么的都弄好，大概二十万的样子，我自己有点存款，让我爸赞助一点儿就搞定了，是不是挺好？”

有车代步确实在很多时候要方便许多，尤其像他们这种需要经常外出的：“有辆车确实好点。不过你如果真的要买的话，可以看看隆欣有没有你喜欢的款，买的话能不能有优惠，能便宜点就便宜点。”

“哈哈哈，我没要求，只要是四轮的，车型稍微好看点，配置不要太低就可以了。”虽然说着没要求，却噼里啪啦地说了一串，“老大，要不你到时帮我问问，省下来的钱请你吃饭。”

“嗯，我有机会帮你问问。”

冉素将吴琳送到汽配城后再折转到枫林二路，本来打算选一家洗车行顺便将车洗了，但是想来又觉得没必要。诸多的洗车中心，莫不是每家都要去洗一次？她如此想着，便也就放弃了这个想法，找了个地方将车停妥。

虽然冉素平时看着冷漠了点儿，但是在工作方面从不含糊。因着外貌的优势，加之她的高情商，话题面广，在外交这块倒是颇为得心应手。

周波曾笑她就不应该待在数据部，待在销售部倒是挺好，毕竟长得好看的女人在市场上是有绝对优势的。不过冉素是美而不自知，也不喜欢瞎附和。

经过前几天的一些走访，冉素已经有了自己的一套专业问辞。她也不急，进店之前就会开门见山地说明自己的来意，毕竟现在这个世界恶意的揣度太多，许多时候还不如直接交代来得方便。

很多时候，一个美女问几个问题，大家都不会拒之门外。更何况，冉素的问题并不肤浅，且落落大方，洗车行的小哥或者经理都愿意跟她交谈，甚至大多数人还愿意留个联系方式，方便后续的交流。

一路调查过去，她竟意外地发现了一家较为独特的喜憨儿洗车服务中心。之前在微博有关注过喜憨儿，比如喜憨儿面包坊、喜憨儿洗车服务中心、喜憨儿咖啡馆之类的，却没想到在宁城这边竟然真的有这样的机构。她不禁在心里佩服起了这家洗车店的老板。

“你……好……你……是……要……洗车……吗？”一个十七八岁、剃着寸头、眼神清澈的男孩磕磕巴巴地问完一句话后，还害羞地搔了搔后脑勺。

看着面前这个带着点憨态的男孩，冉素想到了之前网上的一个视频。视频里也是一个男孩，说话也不流畅，但是他坚定地笑着：“我的理想，要自立，要生活。”

纯真而又质朴的笑容，对生活乐观向上的态度，在这一刻，两张笑脸交错时空重叠。

生活从不曾虐待谁，也不曾偏爱谁，只是给了每个人不同的面对生活的勇气。

“你好呀，我今天不洗车，想找下你们老板，不知道他在不在？”冉素不知道自己的语气有多温柔。不过她在想，等下还是要把车开过来洗洗，自己也确实好久没洗过车了。

“在……在……在的……”男孩说完就转身往里走，应该是去叫老板了。没过一会儿，一个五十多岁的、挺着个大肚腩的大叔出来了，一眼就瞧见了冉素。毕竟光鲜亮丽的人，尤其是漂亮的人，总是格外打眼。

“听说你找我？”大叔的语气并没有很和善，她本来觉得一个能给喜憨儿提供工作机会的人应该是充满善意的，但显然，老李的面相看上去并不和善。

冉素结束了跟另外一个男孩的聊天，朝他微微颔首：“您好，冒昧打扰，很是抱歉。”

大叔随意地摆了摆手，上下打量了她一番：“你有什么事吗？”看她不像是来洗车的。

对于大叔的态度，冉素也不恼，始终保持着得体的假笑：“是这样的，我是隆欣的员工，这次我们想做一个关于新能源车的数据调查，想问您几个问题。”她没有说云智，而是说的隆欣，因为只要对车有所了解的都是知道隆欣的，这样她被驱逐出去的可能性也要小很多。

大叔接过她的名片，隔着老远眯起眼看。原来大叔是远视老花眼，跟老冉一样，人一上了年纪毛病就多了。如此一来，她倒觉得整个人祥和了许多。

“你叫我老李就行，跟我进来吧。”

进去之后，冉素发现老李口中所谓办公室，其实也不过就是他们平时吃饭休息的地方，只不过有张书桌摆摆样子罢了。

“想问什么？”

还真是公事公办。

冉素眉心舒展：“老李，这里的这些孩子都挺不容易的吧。”近乎拉家常的口吻，老李猛然抬首看向她，似乎想要从她眼里瞧出点什么。

“我刚跟小松聊了会儿天，他说他在这待了三年，是您给了他重新生活的动力，在这里的孩子都很感激您。”

“谁都不容易，既然遇到了能帮一点是一点。”一说到自己手底下的这帮孩子，老李就好似打开了话匣子，“小松这孩子，看着虎虎的，但是心里可敞亮了，谁帮过他，心里头都记着，逮着机会就想还回去……”老李说完深深地叹了口气。

生而为人，为了活着，谁都不容易。

两人的话题渐渐打开，老李也不再抗拒跟她的对话。谈话间，老李对冉素也有了另外的认知，他觉得这个姑娘虽然看着清冷，但身上透着善意的温柔，聊着聊着竟聊出了一种相见恨晚的感觉。

“许……哥，你……来……来了。”小松高兴地接过车钥匙，熟练地开始洗车。

“嗯，老李呢？”看来是这儿的常客。

“在……在里面，有……有人找。”

许岩廷自然地朝里面走，等到小松说完里面有人的时候他已经走到了门口，一眼就看到背对他坐着的冉素。

简单的白色衬衫扎在牛仔裤里，一双白色运动鞋，一头乌黑微卷的长发被利落地扎在脑后，干练又清爽。

老李面对着门口，见到他到来，欲起身却被他一个眼神制止了。

“您这店开了好多年了吧，这些孩子也一直在这儿吗？”聊了一些专业问题后，冉素仍然想要更多地了解这些孩子。

他们普遍年龄不大，虽然命运不公，却依旧肆意地绽放着属于青春的光彩。而能让这光彩一直闪耀夺目的背后付出者功不可没，因此她对老李由衷地多了一份敬佩。

“嗯，这家店开了七年，有几个孩子是一直在这儿的，等他们长大了，也会想要离开去看看其他地方的世界，而我能做的就是尽量给他们提供一个大后方。”一说到这家店、这些孩子，老李眼里都是盛不住的骄傲和宠溺。

冉素颇有感慨：“看着这些孩子，有时候会觉得自己何其幸福。但我们可能还没有他们活得明白自在，内心想要的东西太多，也就少了许多快乐和自由。有时候看到一些弱小群体，也想着要去帮忙做点什么，却总以势单力薄为借口，而没有付出行动，可是您却真实地在做着这件事，我觉得您很伟大。”

许岩廷站在门口，听着她的这番言论，眼里多了一份复杂的情绪：“老王。”象征性地敲了敲门，立马引来了冉素的侧目。

见到是他后，她微微点头：“许总。”

许岩廷“嗯”了声，在她旁边找了个位置坐下：“虎子呢？”

“说是老家出了点事，回去了。”老王递了瓶矿泉水给他，他接过拧开就喝。两人之间的相处熟稔自然，仿若多年老友，一切尽在不言中。

看来他应该是这儿的老熟客了。

只是，从咸嘉花园或者从隆欣到这儿的距离可不止一点半点，若是单单洗个车，至于跑这么远？

冉素安静地坐在一旁，想着找个合适的时候撤退，却没想到许岩廷话锋一转：“怎么在这儿？”

“哦，冉小姐说想找我做点调查。”老王嘴快，“不是你们公司的？”老王狐疑地问了一句。

许岩廷看了一眼她抓在手里的笔记本，若有所思：“完了吗？”

什么意思？意识他说什么过后，冉素立马准备走人：“许总、老王，再见。”

“我跟你一起。”

什么？

“老王，我先走了，下次再过来。”他说完跟着她出了门。

冉素虽有疑问，面上却仍是一派淡定：“许总不是要洗车？”

“一起吃个饭？”虽是询问，但是看他已经径自走在前头的架势，她似乎没有反驳的余地，便亦步亦趋地跟在后面，内心却是一阵狂飙。

“嗯？”见她没回应，他一回头便瞧见她低着头磨磨蹭蹭地跟在后面，小脑袋一耸一耸的，竟跟她之前的形象颇不对等。

“啊？好。”冉素后知后觉，待反应过来时已经骑虎难下。她看了看时间，原来不知不觉已经过了饭点。

不过，她可还记得某人上次对她的邀约拒之门外呢。

许岩廷在前面带路，两人一路无言。

冉素怎么都没想到，所谓的请她吃饭竟然是吃蛋炒饭。

看着面前的蛋炒饭，颗粒分明，Q弹饱满，色泽丰润，香葱、虾仁、青豆做点缀，多少也算是减少了点凄凉感。

“怎么？嫌弃？”许岩廷虽吃得快，但吃相仍旧保持从容优雅。

冉素不答，径自尝了一口，蛋香葱香在口中渐渐扩散，虾仁滑嫩细腻，味道竟然真的不错：“许总怎么发现这家店的？”他可不像是会走街串巷挖掘美食的吃货，不过到时可以跟吴琳介绍一下，毕竟她作为一个拥有小万粉丝的美食吃货博主，对挖掘美食再是欢喜不过了。

“无意间吃过一次。”

真是无意间撞上的？冉素暗忖，堂堂老总竟然穿梭在这小巷子里？闲庭信步？

许岩廷并不在乎她的想法，也没想做多余的解释。至于为何会突然想起带她过来吃饭……嗯，就当是为了拒绝她上次的邀约做的补偿吧。

“调查情况怎样？”他问。

他面前的一碗蛋炒饭已经见底，而她才刚刚开始吃，由此可见，男人和女人的悬殊不仅体现在体力上，还体现在吃饭速度上。

冉素放下勺子，秒变正经脸：“走访调查的结果并不是很乐观，但或许是一种好现象。”

许岩廷有一刹的疑惑，却听得她继续道：“结果不乐观是因为在宁城新能源汽车的使用量并不高，好现象是正因为使用量不高，所以市场也就更为广阔。”正所谓祸兮福所倚，福兮祸所至。

“那你觉得今年结束，宁城的新能源汽车的普及率能达到多少？”

“今年初，北京的新能源车占市场的六成，新能源汽车的指标申请已经突破二十万，而指标在年初就已经用完，排队都已经排到了2021年。宁城虽然跟北京不可比，但经济发展不弱，我觉得……”冉素抬眸，眼神坚定地看着他，炙热而激昂，“比去年市场翻一番指日可待。”

许岩廷若有所思，再开口话里已含了笑意：“翻一番？”

“翻一番。”冉素相信自己的判定。

许岩廷不急不缓：“你们做大数据的难道不是应该用数据说话？翻一番？你知道现在宁城的汽车使用覆盖量是多少吗？而电动汽车又占了多少比例？”

“2017年，宁城的汽车覆盖量突破两百万，截止到2017年，电动汽车的使用量超过八万，电动桩超过一万。而前不久，华盛更是大手笔投资建设生产基地，隆欣也即将有新产品上市，到年底突破二十万，涨幅超过一点二五。许总莫非对这个数字都没有信心？”面对他的咄咄相逼，冉素沉静地用数据分析，“当然，这其中还要考虑到一个指标问题。”如果光是数字论的话，冉素对于自己的预测丝毫不怀疑，只是社会的发展需要调控，而这是个未知因素。

“你觉得华盛如何？”许岩廷突然跳转话题。

冉素一愣，但很快就稳住了状态：“华盛一直是做传统汽车的，近两年才投资做新能源车。去年他们也出过一款，但是反响并不怎样，转型有风险，却也是必然。”

“那你又如何看隆欣？”许岩廷此刻竟像极了一个打破砂锅问到底的小孩，带着点期盼，又带着点倔强。

“如果说华盛是鹰的话，那隆欣就是隼。”

“哦？”这说法倒是新奇。

“鹰强大而猛烈，隼尖锐而凶残。”

冉素与许岩廷从小饭馆出来后，又走访了几家店，得到的说法大多相似，却也有精髓可提炼。回到公司已是下班时间，同事走了个七七八八，冉素独自将这一天收集的数据进行整理，弄完已经是晚间八点了。

电话突兀地响起，在空荡的办公室回响，就生出了一股惊吓感：“怎么了？”

“你该不会又在加班吧？拜托，你好歹也是个单身未婚女性好吗？能不能注重点自身交际？还没吃饭吧，赶紧出来，姐请你。”不等她反驳，对方已率先挂了电话。

冉素收拾好东西只能赴约，能让宋菀儿那个抠货主动请客，估摸着不会是什么好事。

冉素站在电梯口看着数字变化，随着一声响，她进入电梯。眼瞅着电梯门即将关闭，却没想到再次被打开，而站在她面前的竟然是……

“许总。”

“嗯。”

两人各站一边，各自淡定，竟诡异地觉出一份和谐。出电梯后两人同时朝停车场走去，许岩廷在前，冉素在后，没走几步，没想到走在前面的人却突然开口了：“以后工作尽量在工作时间完成，隆欣不鼓励加班。”

“哦。”她也不想加班的好吧，只是有些记录必须做好，要不然时间一过，有些点有可能就错过了。

不过，领导自己加班，却不鼓励员工加班……这个老板很善良？

“另外，最后走的时候记得关灯。”

……

可她走的时候还有个同事在啊，不过有可能是刚好在他下来的时候去厕所了吧，如此想着她也就没做辩白。

两人分道扬镳，许岩廷驱车前往霍氏，冉素奔往烧烤一条街，那是她与宋菀儿约定俗成的地方。

“口水都流一地了。”等她到时，宋菀儿垮着一张苦瓜脸，双手撑着下巴，双眼无神地盯着老板的烧烤架发呆，灵魂却不知跑哪儿去了。见到她来，宋菀儿恹恹地翻了下眼皮，“我心情不好。”

是个有眼睛的都看出来了：“周姨又逼你去相亲了？”

能让宋菀儿不开心的因素无外乎那几个，追的剧悲剧结尾了，喜欢的偶像被黑了，想吃的没买到，外加被逼相亲。

最近宋菀儿没追剧，喜欢的偶像也换了，也没啥特别爱吃的，也就只剩相亲这一条了。不过冉素也已经见怪不怪了，反正宋菀儿的相亲史册都可以写入宋菀儿人生十大光辉录了。

“嗯，约了九点茶吧见。”宋菀儿哀戚戚地盯着烧烤摊，突然发力大吼了一句，“老板，我点的串串好了没啊……”

“就好了就好了，等会儿哈……”老板倒是不在意她的无理，热情地招呼着。这边催促声刚落邻桌的催促又起，老板始终笑脸逢人，谁还不是努力地活着呢？

“今天？”冉素看了一下时间，还差一刻钟到九点。

宋菀儿没精打采地点了点头，却不料被冉素突然拉起，她一个踉跄，差点儿把桌子给掀了。冉素一边拉着她往外走，一边跟老板打招呼：“老板，我们这桌的不要了，下次再来，不好意思。”

“哪个茶吧？”冉素将宋菀儿使劲塞进副驾驶，冷静地问道，“既然你答应了，不去就是对人的不尊重，要是那么不想去，你又何必答应？”冉素生平最恨的就是被人放鸽子。虽然觉得对方把时间约得这么晚实为不妥，但是你既然没拒绝，那就有履行约定的义务。

“影子茶吧。”宋菀儿浑身的抗拒因子在发酵，却又抵不过对周玲的害怕心理，也抵不过冉素此刻的冷静质问，最后只得死鸭子上架。

索性的是，到达指定地点的时候时间刚刚好。

“你真不陪我进去？你就在旁边选个位置坐着就好，行不行？你陪我去嘛，去嘛。”冉素素来对这种场合不感兴趣，却也架不住宋菀儿一个劲儿地撒娇，最后只得答应陪她进去。

宋菀儿寻着位置找过去，冉素不动声色地跟在后面，始终保持着一定的距离。最后宋菀儿在一个靠窗的位置坐下，冉素正打算就此另寻位置，却被人叫住：“阿冉？”

“学长？”

冉素想，如果说缘分是天注定的话，那么上天也是有想恶作剧的时候的。比如，现在。

“所以，你就是那个聒噪男？”本来死气沉沉的宋菀儿在听到“学长”这两个字的时候脑子瞬间转了弯，人也突然战斗力满级。

而相比起宋菀儿的冲动暴躁，周波却格外淡定：“聒噪女？”

冉素突然觉得头疼，后悔自己为何要多管闲事。

不过逃避不是她的风格，她索性在宋菀儿旁边坐下：“所以你们今天是来相亲的？”

“如果是他，我拒绝。”宋菀儿很生气，对于说她聒噪这事，她心里可还记着。

冉素懒得管她，只觉得今天这场尴尬她有义务化解一下：“菀儿呢，是我的好闺密；学长呢，是我亦师亦友的领导，我应该早点让你们见个面，彼此认识下的，也就不会有今天的这种局面。不过，相见便是缘，今天我请客，就算是一个好友见面会，至于你们之后发展如何，就都看你们个人造化了。”

一片沉默……

两双眼睛齐刷刷地看着她，充满打量。

“阿冉……”宋菀儿一声饱含深情、酥酥软软的呼唤，喊得她身心皆一颤，“阿冉，你竟然会说长句子了……”

冉素：“……”

周波点头附和。

难道她以前都不会说长句子吗？

“除了工作相关的，好像是吧……”宋菀儿拖着尾音，一双眼像是要把她看出个窟窿来。

“是变了点。”周波也跟着审视了一遭，似乎，确实，有那么一点点不一样了。

霍氏集团总裁办。

“岩廷啊，霍米这段时间天天跟我念叨，说你好久都没去看她了。”霍纪生摆弄着茶具，笑意盈盈，“我可是说你在忙着准备新产品上市。准备得怎么样？我可是时刻关注着我投资的钱的进展。”

这些年下来，霍纪生对隆欣的帮助确实很大，资金的投入，背后势力的撑腰，霍氏影响力的造势，可以说如果没有霍氏，隆欣的发展不会有这么快。对霍纪生，许岩廷始终是怀抱感恩之心的。

当初他从张曼丽手中接过隆欣，历经转型，若没有稳定的资金投放，研究也就不会这么顺利。

“都挺好的。”

“岩廷啊，这周六你宋姨五十岁生日，你有时间的吧？到时小米也会回来，你说她一个好好的姑娘，让她来继承公司吧，偏不来，非要往那水深的娱乐圈里蹦。霍家还需要她一个姑娘去抛头露面吗？娱乐圈那什么地呀，淹死人都不见水花。”霍纪生说起自家女儿时骄傲有之，宠溺有之。

“霍总放心，岩廷会准时出席的。”霍纪生句句不离霍米，许岩廷知他话里话外的意思，只是，他想要的，他给不了。

霍米喜欢许岩廷，从见他第一面就喜欢，但是他一直把她当妹妹。而霍纪生就霍米这么一个女儿，凡是霍米想要的，他都恨不得亲力亲为，把一切都捧到她眼前。

而霍纪生对隆欣的投资或多或少有霍米的因素在其中，但是就算霍纪生宠霍米，也不可能拿偌大的一个霍氏集团去当陪衬，霍纪生的身份不仅仅是父亲，还是商人。

既是商人，自然不会做亏本买卖。这些年，他看准了新能源车的市场，投资隆欣，霍氏所得到的利益并不少。对于霍纪生而言，这算是一举两得。

对许岩廷来说，基于公司发展，若非到必要阶段，他自是不会捅破这层窗户纸。

“你这孩子，总是霍总霍总的，叫我霍叔叔就行，当年我跟你爸可是好兄弟。”

许岩廷轻轻一笑，适时地转了个话题：“听说您最近以高价竞得了长英附近的那块地皮？”

霍纪生在商场沉浮几十载，许岩廷的这点伎俩落在他眼里还是太稚嫩，不过对于这个年轻人，他有足够的包容之心：“嗯，小米喜欢打高尔夫，而那边地理位置不错，场地也大，所以我打算在那边建一个大型高尔夫球场。”

“现在对高尔夫感兴趣的人越来越多，这确实是个值得开垦的项目。”高尔夫市场正在崛起，以前是身份的象征，但现在已经渐渐渗入中产阶级了。

霍纪生打量着面前的这个年轻人，英俊帅气，眉目冷清，能力出众，也难怪自家女儿对其念念不忘。只是，霍米对他情意绵绵，他可未必。

“你有没有兴趣加入？或者你来管理？”霍纪生抛出橄榄枝，言语轻松，仿若是在谈论一件微不足道的事一般。

许岩廷的沉默落在霍纪生眼里，晦暗不明，而后，他道：“多谢霍总好意，只是岩廷能力尚浅。”

霍纪生了然，双手朝大腿一拍，起身打着哈哈：“你宋姨该催我回家了，记得周六的宴会。”

从霍氏集团出来，霍氏大楼的电子屏正播放着霍米的广告。女孩明眸善睐，巧笑嫣然，有着符合年纪的灵动鲜活。小公主在外人人羡煞，风光无限；在内，父母宠溺娇惯，随心所欲，曾几何时，他也想着能家庭幸福，能被捧在掌心。

如此想着，他也该回一趟老宅了。

“岩廷，是你吗？”一门之隔，他却抬不起手将门推开，屋里传来沧桑的问候，而他选择沉默。

似宣誓，似抵抗，似怀念。

自从许岩廷回国接手隆欣开始大刀阔斧的改革后，张曼丽便隐退商圈。当初雷厉风行的隆欣女掌舵人一朝退位便再无消息，踪迹全无。所以在许岩廷初接手隆欣的那几年，类似关于许岩廷挟母上位的说法层出不穷。

而在这个弱肉强食的时代，实力是打脸流言蜚语最好的佐证。在许岩廷的带领下，隆欣开辟出了一条独属自己的花路，张曼丽这个隆欣前主人也渐渐被人们淡忘了。

如今再提起，都只道隆欣是新能源车市场的领头羊，而许总又是如何铁血手腕，决策英明，全然不记得之前的隆欣也曾在传统汽车市场里摸爬滚打，甚至一度陷于倒闭的风险之中。

“少爷，还是不进去吗？”蒋叔弓着背，轻声踱步而来，许家的兴衰盛变，他是唯一的见证人。

如今看着这对母子，一个想爱却不敢爱，一个想恨却恨不入骨，彼此煎熬，彼此折磨。

“不了。”许岩廷大步离开，他后悔了，他就不该来这地方。

蒋叔小跑着跟在后面追了出来：“少爷，夫人最近情绪很不稳定，您要不要去看看她？夫人总是念叨起你，念叨起先生。”

“先生”二字刺激得许岩廷落荒而逃：“你给韩医生打电话。”说完便驱车疾驰而去，好似有东西在后面追赶着他一般。而他，竟在不知不觉中已泪流满面。

原来，他还有泪……

周五下班之前霍米突然造访隆欣，引起一波不小的骚动。

“你那小甜椒来了，我先撤了。”林俊平本正在与许岩廷商讨政府对于新能源市场的规划，听到秘书来报，立马识相走人。

“撤哪儿去？”

“我这不是给你们腾出私人空间吗？看我多贴心。”林俊平一脸“快夸我，快夸我”的表情。

“我跟她没关系。”

“所以……你这是在跟我解释？”

林俊平感觉皮这一下很舒心，但许岩廷一记白眼，他立马就老实了。

“明天是宋晴五十岁生日宴会。”

林俊平暗忖：这跟自己有什么关系？林俊平还没得反应过来，便听到许岩廷道：“你替我去。”

林俊平恨不得手脚同用，耳鼻喉一同发声：“不是，兄弟，上刀山下油锅，我都愿意，可你这摆明了是让我去送命啊。”

“你上刀山下油锅就不送命了？”

林俊平撇撇嘴：“这笑话一点儿都不好笑。”真是可委屈可委屈了。

说曹操曹操到。

“林总，你也在啊，这么巧？”霍米像只欢快的小鸟从外面飞进来，最后停落在许岩廷身旁，“正好，我这儿有两张邀请函，你们到时一起来呗。”她晃了晃手里明晃晃的帖子，有钱人家的帖子果真都是烫金的。

“那个，霍小姐，我……”“有事”二字尚未出口，便遭到许岩廷的一记毒眼，但这还是阻挡不了他求生的欲望，“是这样，霍小姐，明天公司市场部那边有个策划活动，我需要配合出场，就不能亲自跟夫人说生日快乐了，还烦请霍小姐带个话，俊平的礼物会准时奉上，祝夫人永远年轻。”

一长串台词终于说完，林俊平整个人都松了一口气，而他的手机也十分巧合地在这个时候响了。林俊平示意自己有事，火速逃出生天，偌大的总裁办剩下霍米跟许岩廷。

“他很怕我？”霍米有些无辜地指了指自己的鼻子，她可不觉得自己有啥可怕之处，“我可是长腿大胸百变小美女，可甜可纯可风情，好不好？”居然还有人躲她？什么审美？

许岩廷无奈地叹了一口气：“他是怕我。”

“为啥？你有啥好怕的？”在霍米眼里，谁人都不及她家的岩廷哥哥，人帅话不多，格外有魅力。

有时候许岩廷都怀疑霍米不是多变，而是多重人格。

不过林俊平也说过，霍米就是个披着萝莉外衣的大灰狼，从小跟着霍纪生混迹商场，耳濡目染，后又混迹娱乐圈多年，能取得如今的成就，心思自然要比同龄人活络。

许岩廷从小便认识她，也一直把她当妹妹，不愿以其他的心思去揣度她，有时候她闹腾，他也觉得无可厚非，甚至觉着该是这个年龄的表现。

即使后来明白她对他的感情，他也依旧不愿去做任何的揣测，唯有渐渐远离。最初霍纪生投资隆欣，一来是觉得市场有需求；二来，也确实是因为有霍米在推波助澜。但是，合作归合作，他从没想过要把自己的婚姻当作筹码。

而前几日霍纪生对他的试探也让他做出决定，有些事情是时候划清界限了。

“小米，既然请帖已经送到了，你就先回去吧，我明天会到的。”

“这不都已经下班了吗？我们一起去吃饭吧，我这次跟组出去了三个月，你都没来探过班，你就不想我？”说着说着，她就自顾自地挽上了许岩廷的胳膊，许岩廷不动声色地想要抽出来，却被她抓得死死的，“虽然我知道你的工作比我重要，但是饭总要吃的吧，你就当可怜可怜我了，好不好？”

论撒娇，论手段，论进退有度，霍米自认从无失手，即使对方是许岩廷她也能游刃有余。

周六晚，霍家。

霍氏集团总裁夫人宋晴五十岁生日宴会，宴请各方宾客，场面奢华，仪式隆重。出席宴会的非富即贵，霍氏的众多合作方、霍米的娱乐圈好友纷纷到场，好不热闹。

与其说这是个生日宴，不如说是联谊大会。

“各位，感谢大家百忙之中抽出时间为我的母亲庆生，希望大家能玩得尽兴。”霍米一袭大红色抹胸连衣裙，银白色镶钻高跟鞋，波浪卷长发风情万种的倾泻而下，唇红齿白，明媚生辉，站在人群中央，灯光追逐着她，落落大方。她扬起手中的红酒杯，道：“我替家母敬大家一杯，衷心感谢大家的到来。”一句话将气氛彻底推向高潮。

冉素站在宴会厅二楼的角落处，看着被人群拥簇着的霍米，在各方的敬酒下如鱼得水，周旋得体，颇有大家风范。

“怎么躲这儿？不去吃点东西？”周波端着酒杯过来与她碰了一下，“想什么呢？老远就看着你在出神。”

“我在想豪门与名门的区别。”冉素回答得很认真，目光依旧追随着霍米。

周波没料到她会这么说，有些疑惑：“怎么说？”

“气质。”

周波循着她的视线也注意到了人群中发光的霍米。

“霍米无疑是豪门了，而贺又西就是那名门。”贺又西与霍米皆为当红花旦，但两人的风格却相隔十万八千里。

霍米以百变的形象深得各路时尚资源的喜爱，热度持续涨高。而贺又西沉心于大屏幕，磨炼演技，用实力为自己加持，最终收获大批死忠粉。

霍米的身后是霍氏企业，而贺又西是将门之后，书香世家，一个豪门，一个名门。至于说谁高贵谁一等，倒也不是，不过差别还是有的。

周波这时才注意到另一处的贺又西，形单影只，却自有一股清冷的气质，看似与周围格格不入，却又始终保持着恰到好处的笑意与人点头交好，不高攀，不冷眼。

一个周旋于各路人马，游刃有余；一个游离于繁华热闹，清冷孤绝。

“情知此后来无计，强说欢期，一别如斯，落尽梨花月又西。”冉素突然地就想起纳兰容若的《采桑子》，“站在你们男人的角度，你更喜欢哪种味道？”她没有问更喜欢谁，而是问的更喜欢哪种味道。

周波并未回答，却是戏谑了她一句：“难得见你也有八卦的兴致，果然，天下女人皆八卦。”

冉素倒没觉得自己是在八卦，她不过是观察人成习惯了：“对了，你不是说要去给宋夫人送礼吗？送了？”

云智与霍氏并无生意往来，这次受邀参加宴会还是因为宋夫人。前不久，周波他妈到处给他找相亲对象，谁知找着找着就找到了宋晴这边，说是宋晴的圈子广，认识的好姑娘多，让她帮着给介绍一个，谁知道还真给介绍了。后来一联络，好，两位妈妈竟然是幼时好友，聊起过往，好不唏嘘，好不欢乐。

而宋晴也真的把周波的终身大事放在心上了，想着这次来的人多，让他自己看看，若是有看中的她去做中间人。

这缘分，当真是七拐八拐，最后还是能扭到一起。

虽然宋晴的出发点是让周波找女朋友，但周波觉得这机会好，认识的大佬多，对云智的发展说不定也能起到作用，所以，他带着老妈的殷切希望来了。

而冉素完全就是被生拉硬拽过来的，还借口说什么需要女伴之类的。她若是知道相亲这一茬的话，她是打死都不会来的。

“送了，宋夫人还说很喜欢来着。”礼物是冉素选的，她想着她们这种豪门里的夫人应该不缺东西，若要送礼只能以特色取胜，于是她托朋友弄了条纯手工麻的类似旗袍风格的连衣裙。

手工麻的衣服穿着舒服、清凉，且不失韵味，她老妈就很喜欢穿，想来宋晴也应该会喜欢，现下听说对方满意，她也就放心了。

“周总，怎么在这儿呢？陪美人？”有人过来跟周波搭讪。

“周总，你们聊。”冉素识相，另寻了个角落无聊地玩起了“消消乐”。正当她玩得起劲的时候，背后突然传来一道清冷的声音：“你玩到多少关了？”

冉素抬头，只见贺又西抱臂似笑非笑地看着她：“八百九十九了。”要是这关过了，就九百关了，“消消乐”是她手机里唯一的游戏软件，无聊的时候用来消遣最好不过，“你呢？”

“一千九百九十九。”

“哦。”差距有点大。

之后两人谁都没有再说话，冉素继续玩自己的，贺又西也跟着玩了起来。谁都没注意到角落里的两人，唯有轻微的游戏声飘荡在耳边。

“换着玩？”过了会儿，贺又西突然提议道，冉素接过手机，发现贺又西依旧停留在一千九百九十九关，抬眸，两人都福至心灵似的笑了。

冉素玩了两把就帮她过了，将手机还给了她。

看着藤蔓上色彩明艳的彩色果实，贺又西眼眸一亮：“认识一下？”

“冉素。”

“贺又西。”

两人的自我介绍竟如出一辙。

“柚子？怎么躲这儿来了？”华灯之下，江念云逆着光而来，清风朗月，修身的黑色西服更加衬得他身形颀长。待他走近，冉素才发觉他嘴角的宠溺，眉目含情，温文尔雅，有些人当真是自带温柔。

贺又西朝他娇俏地笑着：“刚认识了个朋友。”

“嗯？”

“冉素。”贺又西介绍，继而又转向江念云，“江念云。”

对于江念云，冉素有所耳闻，互联网大牛，去年他的科瑞科技分走了新能源汽车市场的一杯羹，但吃相并不是那么好看。

不过她倒是没想到，江念云本人竟然是如此气质，她还想着一般做互联网的都大腹便便呢。

“江总，您好。”虽然说科瑞的吃相并不好看，但是相对于众多想分新能源车一杯羹的跨行公司来看，科瑞无疑是做得最好的，算是将汽车的互联网体验发挥到了另一个高度。

“你认识我？”江念云很少露面，可能因为自己是做互联网的，所以对自己的隐私保护相当注意。就他与贺又西的关系，以他们的身份竟能隐藏得如此隐秘，这就足以说明问题。

“之前只闻其名，现在得见真人，亦算是认识了吧？”冉素轻笑，若是让他知道她之前对他的印象是有着大肚腩外加秃顶的大叔模样，不知他会如何想，会不会大呼有眼无珠？不识好歹？

“江子，你干吗呢？王总他们都在那边，你怎么躲这儿来了？”

太过熟悉的声音，冉素有那么一瞬间的失神，待她回神，那人已走到跟前。

有些人，没有刻意的联系与想念，看着他天天活跃在大众视野，也从未想过会再见面，但有一天，他突地出现在你眼前，你还是不得不感叹生活的戏剧化。

此时此刻，冉素庆幸自己没有了丰富的情绪末梢，感受不到所谓的悲伤、震惊、难过，有的也只是那一丝微弱的苦笑。

她清楚地看到盛凯的脸色在见到她的那一下一变再变，可他始终未与她说一句话，最后与江念云一同离开。

原来他们早已成了相见不相识的陌生人。

距离分手那一天，已经过去了四年零十二天。

那天刚好六一儿童节，今天，六月十二。

当时他捧着她最爱的百合，站在广场的喷泉下面，笑着跟她说分手，说他有自己的使命要完成，给不了她想要的幸福，还说这是最后一次送她花，并希望她以后过得幸福。

幸福？她是怎么幸福的呢？

当天她本想约宋菀儿来个不醉不归，却不料途中遭遇车祸。从医院里醒来后，她便莫名其妙地失去了感知情绪的机能。

想哭，哭不出来；想笑，笑不了，每天如行尸走肉般过活。而他呢，盛世集团的长子，也是盛世集团的继承人，风头无两，也是这时，她才知道他们之间的距离。

恋爱时有多甜蜜，后来就有多绝望。

宋菀儿曾问过她有没有后悔？对于他的刻意隐瞒，甚至是因为自身的发展毫无解释就跟她分手。

后悔吗？当时是后悔的吧。可是后来也就想清楚了，一个随时能抛弃你的人，早点放手也是一种选择。

只是，想念与放手之间，终究需要时间。

在接隆欣的这个单子时，她就想过因为工作，他们或许会再见面，但是没想到，分手后的第一面竟是在这样的场合。

贺又西似乎察觉到了他们两人之间的异常：“你们认识？”

“不认识。”冉素矢口否认，既然他装作不认识她，那就索性做个陌生人吧，她也不是抓着不放的人。

贺又西了然一笑：“今天认识你很高兴。”

“我也是。”

冉素准备提前离开，但寻遍四周也不见周波，便给他发了一条微信，告知他。消息刚发出，周波的电话就打了过来，说是有事情嘱咐她，让她找个地方等一下。

冉素在靠近后门的假山位置寻了个角落等人，却不料山后有人，一不小心竟听了个墙角。

“你是不是觉得我不敢？”

听着这声音好像有点耳熟，霍米？

“小米，这不是敢不敢的问题，婚姻不是儿戏。”

这声音也有点耳熟，许岩廷？

“那你要怎样才会跟我在一起？”

“不可能。”

“你……”霍米气得说不出话来，抓住最后的倔强，“要是你不跟我在一起，我就让我爸撤资。”

撤资？

冉素知道隆欣确实有霍氏资金的注入，所以，这又是一出“我爱你，你不爱我，然后砸钱让你爱我”的戏码？

冉素无奈地摇了摇头，看来这里不能待了。她素来不喜欢听墙角，对别人的八卦也不感兴趣。她这边刚准备离开，却被霍米逮个正着：“你是谁？怎么会在这儿？”前一秒还像个赌气的孩子，此刻却像个扼住别人命运的主宰，高高在上。

许岩廷见到是冉素，不自觉地一笑，负手而立，他倒是想知道冉素会怎么说。

“霍小姐，我刚想走来着。”冉素无意与之争执，只想速战速决离开这里。

只是霍米显然没有让她离开的意思：“你到底是谁？在这儿干吗？”

霍米一向任性惯了，众星捧月，最是瞧不得冉素这副风轻云淡的模样。

面对霍米的咄咄逼人，冉素无预兆地有些烦闷，有些话也不假思索地脱口而出：“有时想要获得一个男人的青睐，欲擒故纵或许会更奏效。”

许岩廷的嘴角一抽，这是在说霍米倒贴，还是说他犯贱？可是再看她时眼里的异样情绪早已泄尽，一如既往的清冷倔强。

“你听到了。”

这不是询问。

冉素沉默，也是默认。

路边的地灯不停变幻着颜色，一如霍米此刻的表情。想来也是，一个万千瞩目的女神，被人撞见对一个男人死缠烂打，心里多少有些不爽吧。

许岩廷看着面前的两个女人，一个过于躁动，一个过于冷静。而他此刻竟然万分想知道一向冷静的人方寸大乱时是个什么模样，便恶作剧般开了口：“所以，你这是在对我欲擒故纵？”说完，内心竟颇觉愉悦。

冉素的视线猛地落到他身上，却不消一眼又移走了：“许总说笑了。”嘴角轻扬，带着丝许不屑的轻笑，给她添了一份不合时宜的娇俏。

“嗯？”他尾音上扬，显得格外的轻松愉悦。

两人的细微互动在霍米看来，像极了小情侣之间的打情骂俏，而这种待遇，她从未享受过。

突如其来的危机感。

“知道什么该说，什么不该说吧？”语气不善的一句话，突兀地打断了两人之间的交流，而这话显然是对着冉素说的。

冉素是识相之人，自然知道她话里话外的警告意味。不过，她平生最不喜的就是这种颐指气使的态度。

“霍小姐想我怎么说？”冉素不知为何，今日的情绪异常地活跃，这般赌气的话竟会出自她口，今日倒是接二连三地放纵了。

“小米。”许岩廷缓缓唤了声，“阿姨今日生日，你平日在家时间少，去多陪陪她吧。”

“可是……”

霍米还想说什么，却被许岩廷再次出声阻止：“宋姨最近身体不是很好，念你念得紧，我们的事以后再说。”

霍米长时间在外，并不是很清楚宋晴的身体情况，这会儿听说宋晴状况不好，脸上的担忧表露无遗。她是霍家唯一的子嗣，宋晴跟霍纪生对她更是宠到了骨子里。霍氏夫妇对霍米极是宠溺，性子自然有些骄纵蛮横，加之出身摆在那儿，多少有些高高在上。但对父母，她是出了名的孝顺。

“怎么会？”从没人跟她说过。

“你跟他们喜欢报喜不报忧，他们亦如是。既然这次能休息一下，就好好陪陪他们吧。”

冉素不知是否是幻觉，她好像听到了那么一丝落寞？

想起之前查到的资料，当年许雷生发生车祸，许岩廷匆匆回国，却还是没能见上父亲最后一面，想来对亲情，他可能有着另样的感受。

霍米离开后，冉素意欲走人，却听到他问：“见到江念云了？”

跳转太硬，冉素一时之间疑窦丛生，但转了几个弯后也就明白了：“见到了。”

“什么感觉？”

“温柔恭善，却又不失眼光手段。”这是冉素事后对江念云的概括。温柔恭善，斯文儒雅是他的表象，也是内里，能站上舞台，更多的是智慧、能力、手段、眼光，缺一不可。

周波寻来，打断了两人的谈话：“许总，您也在？”继而又转向冉素，“怎么这么急着走？不是看八卦看得挺上劲的吗？”

对于周波的这番打趣，冉素自是没放在心上，但笑不语。

“本来打算给你介绍几个人认识的，不过看你也不热衷这块，也就算了。不过，我刚看到盛凯了……”他顿了一下，仔细观察着她的脸色，确认她没什么反应后接着说，“还有他的未婚妻。”

盛世集团的长子盛凯与华沙时代的千金沙越的婚事早在两年前就已经定下，但结婚事宜一直没提上日程，平日里的各种场合也都是携手恩爱出现，今日在这儿也属正常。

今日她见着盛凯本来没觉得不正常，现在被他这么刻意地说起，倒像是她还余情未了似的。

“你该不会就是要跟我说这个吧？”冉素哭笑不得。

周波一直观察着她，试图从她脸上瞧出点异样来，但最终还是失望了。看来他是白担心一场了。他一直以为冉素心里没放下盛凯，毕竟好几年过去了，她都没有再找男朋友，不免让人多想。想当初，他们俩的爱情也算轰动校园，现如今，却已物是人非。

这世间，最不可料的便是这人情来往。

“嗯，你没事就好。”周波确实是要跟她说这事的，顺便安慰几句。谁知她根本就不需要，还是藏得太深？不过不管怎样，他希望她能开始新生活，豪门那种地方并不适合她。

许岩廷听着他们的对话，从零星几句话里猜出了个前后因果，只是没想到，原来她跟盛凯竟然还有过一段情。

只是，盛凯……

他并不觉得他们两人合适。

“谢谢。”冉素知他是真的关心她。这么多年下来，除了父母、宋菀儿和杨瑞外，周波是她最想感谢的人。

见她无恙，周波继而跟许岩廷聊了几句，然后继续去周旋他的人际关系了，冉素也无意久留，准备离开。

“去哪儿？我送你。”许岩廷脱口而出的一句话，后忽觉不妥，生硬地解释，“这边打车挺不方便的。”

冉素轻笑：“你方便离开吗？”

“都不过是些虚与委蛇罢了。”

冉素了然，也就不再矫情：“回咸嘉花园。”

上车后，两人沉默了一路。本就都不是擅长活跃氛围的人，除了新能源外也就没啥话题可聊。许岩廷专注开车，冉素拿着手机刷微博，倒也两不干扰。

今日霍氏宋夫人五十岁生日，商圈、娱乐圈去了一大半，最为震惊的是贺又西竟然也去了！两人竟然还一起说话了！果然，娱乐圈就没有永远的敌人，也没有永远的朋友。

不期然地刷到一条微博，配图是霍米与贺又西并肩而立，侧头交耳，颇为亲密的姿势。

冉素手贱，截图发给了宋菀儿，刚发过去，对方火速噼里啪啦一大堆语音发过来了。

“哈哈，贺又西是不是超级漂亮？相比起霍米那种艳俗型的，我还是更喜欢贺又西那种有个性的。”

宋菀儿八卦且贱的声音突兀地在车厢里响起，扰了一车的安静。突然听到她说霍米艳俗，冉素立马不动声色地看了一眼许岩廷，但他似乎并没有受影响，麻溜地插上耳机。

“你不是也去了吗？见证了现场吗？”

“不过你不是不看八卦吗？今天怎么感兴趣了？但这个瓜不怎样。”

冉素觉得自己八卦哪有听宋菀儿吐槽来得有趣，便回了一串消息过去：你竟然觉得霍米艳俗？

“大众喜欢的那种，好看是好看，但是总觉得少了点韵味。”

冉素想了想，确实如此，后又想到了个问题：“她们俩之间发生过什么吗？”

“姐啊，你是真的不关心娱乐圈啊！之前为了抢C位，两边的粉丝撕得可厉害了，后来还传出了两人在后台不合的传言。反正传得有板有眼的，至于真相到底如何，我就不知道了。不过从那以后，两人的发展方向也就发生了改变，交集也就少了。”宋菀儿喜欢八卦，说起这件事都不带喘的。

冉素想了想事件的可信度，按照她的观察，霍米虽然张扬了些，但做事应该还是有分寸的，至于贺又西，给人佛系的感觉，更不应该呀。不过也正如宋菀儿所说，真相到底如何，只有当事者自己清楚。

“对了，你今天不是也去了吗？见到了真身吧？什么感受？”宋菀儿好奇。

“都挺好看的。”冉素打字，打完还不忘偷偷瞄一眼许岩廷。

这句话发出去，下一秒，宋菀儿的电话就杀进来了：“老实交代，你现在在哪儿？是不是在做着什么不能见人的事？平时都不打字的，今天倒是一直打字。”

冉素：“……”

“要是我真的在做什么重要的事，你不觉得你这个电话已经将其破坏殆尽了吗？”

听得她开口，宋菀儿嘻嘻笑了几声，便再度开始八卦，不过这次八卦的对象全部都转移到了冉素身上。冉素不欲与她多聊，毕竟现在自己身边还有一尊大佛，听她嚷了几句后，冉素便以“我回去再跟你聊”结束了这通动机不纯的电话。

许岩廷将冉素送到咸嘉花园后，并没有跟冉素一起进小区，而是掉头离开了。看着绝尘而去的车影，冉素突然地生出了些连自己都不确定的疑惑，他这是特意送她回来?

周波的电话恰到好处地打断了她的思考，得知她已经到家后突然问她："霍米跟许总有婚约？"

冉素第一反应便是，为何要问她？她怎么会知道?

虽然她确实听到了霍米对许岩廷说的那番话，莫非……所以许岩廷才会连家都没进又匆匆离开？冉素不确定自己的猜测："嗯？"

"刚在宴会上，霍米亲自出来说她跟许总将在十一订婚。"

这是商业联姻还是娱乐炒作?

周波说完后，冉素的第一反应便是质疑，而后有些自嘲，怕不是真的职业病上身。

霍家。

"霍总，您这什么意思？"许岩廷平生最讨厌两件事，一是赶鸭子上架，二是被欺骗。而现在，霍家把这两件事都做了。

"岩廷啊，这事确实是小米做得不妥当，但是现在事情已经发生了，我们能做的就是想着怎么解决。"霍纪生自是知道许岩廷被摆了一道，定不会善罢甘休，但他霍家人说出的话就没有收回的道理，顿了一下，"岩廷啊，你看小米一直爱慕你，许霍两家关系也向来不错，要不……"

"霍总真是爱开玩笑。"许岩廷即使心里再恨再怨，再不乐意，也终究还是顾忌霍纪生的长辈身份，不愿把话说得太决绝。

霍米一直站在霍纪生的旁边，腰杆挺直，眼神磊落，倒没有半分做错事了的觉悟："话是我放出去的，廷哥哥若是要追究责任找我便可，何必跟我爸置气？”

置气？她竟然觉得这只是一场置气。

许岩廷觉得他回来不过就是自讨没趣，他意味不明地看了霍纪生一眼。他不觉得这会是霍米的个人主张，没有霍纪生的默认，霍米不可能这么肆无忌惮：“霍总，我对小米的态度您是知道的。如果您真心希望小米幸福的话，那她的良人绝对不会是我。”

许岩廷自始至终都未曾瞧过霍米一眼。

翌日，当红小花霍米与商场精英许岩廷即将订婚的消息扑头盖面地从四面涌出。郎才女貌，身份登对，众人都觉这是天造地设的一对，且自古娱商结合是常事，祝福有之，诽谤有之，怀疑亦有之。

从话说出口的那一刻，霍米就已经预料到了所有的舆论后果。她沉浮娱乐圈数年，早已练就了钢铁之身，可以浑然不管不问。

但对于隆欣来说，事情就没那么简单了。舆论四起，从女方说出订婚事宜到如今，男方却无任何表态，舆论直指他没担当、没责任，隆欣的股票直接受到影响。

而董事会也提出，希望许岩廷对此事做出正面回应，甚至他们一致觉得，许霍两家若是结下姻亲，不仅公司股票上涨，随之而来的更多是利益的转化。

霍家大小姐的长相、身材、家庭背景、身世学历无一不是上乘，他许岩廷能娶到此等女子，那便是得了天大的便宜。

董事会皆是一群老古董，都是张曼丽在位期间发展起来的几位“大臣”。许岩廷虽多次有意想要将其拔除，但牵一发而动全身，所以当初他接手后看似大换血，但实际上高层的几位却依旧稳坐如山。他曾多次想着除之而后快，却总是缺少契机，或许……

“什么？你想清楚了？”林俊平惊恐似的看着身边人，可那人却一如既往面色清淡。

许岩廷想，自己清楚得不能再清楚了：“怎么？你不觉得这是个好机会吗？”

太阳渐渐西沉，晚霞红得耀眼。

“但是你这是豪赌！你知道你赌上的是什么吗？是你的全部！”林俊平颇为激动，“我知道你看那几个老古董早就不顺眼了，但是，他们也并碍不着什么不是吗？至于出这么大的招吗？”

许岩廷嘴角染笑：“如果隆欣想要有更大的发展，就必须改革、创新，需要新鲜的血液注入。”

“是，这我承认，但是就不能想其他的办法吗？你这么做跟自毁有什么区别！”

“谁输谁赢还不一定呢？”许岩廷视线始终平视前方，“如果赢了，那就是一举三得，不是吗？”

翌日，有关许岩廷的负面新闻层出不穷，说他在国外与众多女人有染，在国内的情人也不在少数，有理有据，有图有真相，跟之前爆出的不近女色成为两个极端，越是这般，民众就越不能原谅。一时之间，许岩廷这个人被扣上了坏男人的帽子，各路人马更是在网络上发起各种谩骂攻击……

个人声誉的败损直接导致隆欣股票再次跌落，董事会的几位老人更是对许岩廷诸多不满，一副痛心疾首的样子，甚至因此提出要暂停许岩廷董事的职位。

“哦？黄叔觉得我这位子谁来坐好呢？”从事件发酵到如今，尚不足一天时间，他们就已经迫不及待地想要拉他下位，只是当事人始终一派风平浪静，“我记得黄叔有个好儿子吧，在澳门输了不少钱吧？怎么都解决了？哦，还有李叔，您家那位也是无底洞吧。你们该不会是想让他们来坐这位子吧？还是你们自己来坐？不知林叔怎么想，毕竟林叔的女儿好歹也是名牌大学毕业呢。”许岩廷一番连嘲带讽，堵得他们哑口无言。

但过来人终究是过来人，沉静下来后便知道如何利落地反击：“岩廷啊，你这孩子也算是我们看着长大的，怎么会做出这样的事呢？不过既然你都叫我们一声叔叔，我们自然也不会置若罔闻的。这样，你先暂时出去避一下风头，男人嘛，有些事情很正常，风波一过，你再回来，然后跟霍小姐订婚，岂不两全？”

许岩廷内心嗤笑不已：“叔叔们可能不太了解我，我这人从来就不在意什么舆论风向。风尽管煽，越大越好，隆欣的知名度也会越高，我求之不得，叔叔们觉得呢？”

会议最后以许岩廷的油盐不进草草收场，但是他知道，事情没有这么快结束。而他，必须赶在他们有所行动之前行动，隆欣经不起折腾，他叫来林俊平：“你去把事情提前处理一下，我看他们是不见棺材不落泪。”

林俊平有时觉得许岩廷挺可怕的，一旦是他想做的事情，就算赌上一切他也在所不惜，也正因为这样，他才能带领隆欣从泥沼中步步为营，走到如今的位置。

林俊平的办事效率一向快准狠，到了晚上便收到了消息：黄建的儿子因为赌博欠债上亿，李立群的儿子因投资不利，损失上千万，偌大的窟窿急需填补。而此时此刻，许岩廷老神在在地坐在自己的办公室里，等着他们的到来。

“许岩廷，这些事是不是你动的手脚？”黄建怒气冲冲地推门而入，气得胡子都在颤抖。后面跟着的李立群也好不到哪儿去。

“黄叔这说的什么话？我今天可一天都没出去，都在处理公司的事务了。”许岩廷扬起了手里的文件，以示自己并没说谎，“对了，黄叔说的是什么事呀？看看岩廷能否帮上忙？”

“你少在这儿假惺惺的了，你早就盼着我们几个老古董退出董事会了，嫌我们碍着你了。可是，你怎么能做出这等事呢？”

“岩廷还真不知道叔叔们说的是什么事，再者说了，岩廷怎么会嫌弃叔叔们呢？当初可是你们一直帮忙支撑着隆欣，岩廷就算没良心，也不会做过河拆桥的事吧。”许岩廷内心哂笑，谁还不是一身污泥呢？

两方的太极东一拳，西一拳的，就看谁更高一筹。

与此同时，一家名为胥砾科技的公司派代表出面，提出以低出现在股票价一块的价格收购黄建和李立群在隆欣的股份。而两人迫于儿子欠下的孽债，即使明知是许岩廷的手段，却也不得不将隆欣股份拱手相让。而林昭作为这场蓄意已久的斗争中的当事人之一，最终决定当个闲散股东，除去重要决断给一些意见外，不参与任何决策。

有些事情虽看似随着黄、李两人的股权交替而暂落帷幕，但许岩廷知道，真正棘手的问题还在后面……

Part 4

愿为秋叶，随风而起

许岩廷一直在等。

等霍米，等霍纪生。

但他们并没有出现。

意料之外，亦是意料之中。不过，现在他有更重要的事情要做，隆欣的股权需要重新分配。

黄、李两人的占股现均在胥砾科技名下，胥砾科技是早就注册好的一家海外公司。这些年，许岩廷早就有意想要收回部分股权，一直有暗中操作，今日倒是恰好派上了用场。

“你怎么想的？”

“分散。”林俊平说，“将其分散到领导层。”

许岩廷抬头，两人相视一笑，多年的默契已经让两人在处理事情方面得到了高度的统一：“你去安排一下。”

高层的腥风血雨到了底层便成了和风细雨，众人只知道会有部分的股权更迭，而且股份会分散到公司员工。但这些事跟他们无关，只需做好自己的本职工作即可，而对于作为外来人员暂驻隆欣的冉素来说，就更加没有关系了。

不过关于许岩廷的各种八卦却是不绝于耳，版本不一。不过统一的中心思想是他们不相信许岩廷是渣男，毕竟他之前的不近女色的设定太过深入人心。

冉素也不相信。

“老大，你听说了吗？许总跟林总双剑合璧，完成了一次速战速决的股权更替，简直太让人膜拜了。”也不知吴琳从哪儿听来的八卦，一脸崇拜地凑到她面前，“现在隆欣的员工都觉得许总可厉害了。听说之前黄、李、林几位董事在的时候总是喜欢跟许总唱反调，要不然，隆欣绝对不止现在的发展规模……”

冉素听得有些头疼：“二木，领导层的事情不要妄加揣测，这是职场大忌。”她向来不喜欢传播这些风言风语，作为一个公司的高层，每件事的决策都有一个出发点，底层员工胡乱猜测，一来是扰乱民心，二来也是破坏风气。

吴琳有些丧，垂着头回到自己的位置上。冉素有些哭笑不得，不过终归是小孩子心性，没过一会儿又屁事都没有了，遇到好玩的事情照样分享：“老大，你说霍米还会跟许总订婚吗？如果是我的话，看在他长得帅的分上应该会选择原谅的吧？”

其实有时候冉素挺羡慕吴琳的，没心没肺的，但这种性子也容易吃亏，她能做的不过是偶尔给一点逆耳的忠言。不过此刻听到她这番言论，冉素不免有些想笑：“颜值能当饭吃？还是能过日子？”

听到她这般不屑，吴琳作为颜控党必须誓死捍卫：“但是能让我身心愉悦呀，身心愉悦了，饭也就吃得多了，日子自然就过得舒服了。”

这都什么歪理？

不过，若是她的话，会怎么做呢？想象着如果许岩廷是她男朋友的话……

冉素被自己的想法给震惊到了，迅速甩甩脑袋回神。

“老大，你脸红了……”吴琳以极其诡异的姿势看着她，眼里写满了八卦，“你是不是也在……”

“皮一下是不是很开心？”冉素迅速收敛好自己的情绪，瞪了眼眼前的机灵鬼，不过一点威力都没有，却被吴琳瞅出了点娇俏的味道来？莫不是老大变了？

“不过老大，你相信许总是坏男人吗？以我多年的经验来看，人不可貌相是真的，眼见不一定为真也是真的。就是吧，长得好看的人总是值得人去找各种借口原谅的。”

以她多年经验……这话都说出来了：“我记得你还是母胎单身吧？”

“老大……”吴琳被人揭了短，没脸见人，掩面逃走。

少了吴琳的聒噪，顿觉耳边清净，冉素这才去查看新闻，网上对许岩廷的看法褒贬不一，有说他渣、不择手段、白眼狼的，也有说他手段厉害的……

群众的说辞不过是些饭后无聊的八卦罢了，可当她看到有些大号，甚至是颇具影响力的一些新闻号也发布染上了个人主观色彩的消息时，就觉得有些不舒服了。

事情的真相只有在了解之后才有判断权，作为新闻号，应该做的是客观地阐述事实，可现在他们却似乎在带节奏，让人不齿。

看了几篇后，她实在是看不下去，甚至有些郁结，索性关了电脑，想出去透透气，此刻她都没察觉到自己情绪的微妙变化。

进入电梯后，冉素无意间看到电梯里挂着的空中花园咖啡馆活动的广告牌，看了眼地址，竟就在这栋楼的十八层。来这儿有一段时间了，她竟然还不知道这有个咖啡馆。

到了才发现，原来这个十八楼是两栋楼的连接楼层，中间的通道全是玻璃的，布置得很温馨，以浅绿色为主基调色，加上各种新鲜的绿植，简洁舒服。

冉素点了杯卡布奇诺，平日她鲜少喝咖啡，但是今日却想尝尝。

她寻了个靠窗的位置坐下，透过玻璃往下看，仿佛置身于半空中，初始有点小恐惧，待坐下后，却静下心来了。她想着，若是这玻璃塌了，就此跌下去，会不会丧身？买的商保应该能赔不少钱吧？也算是给爸妈留了笔养老钱？

如此想着，确是好久没有给爸妈电话了，也不知他们最近怎样？既然想起了，她便拨了一通电话过去。这才知道老冉最近竟然开始忙起了装修，说是要把房子翻新一下，免得等她嫁人之时，女婿过来瞧着寒酸。

冉素笑他过分未雨绸缪，老冉竟一本正经地纠正："家是一个女孩子最重要的后盾，就算你在外面混得好，若是对方瞧着你家庭不好，也还是会欺负你的。"

冉素知道父亲是担心她，也就随他去了，说是忙完这段时间便回去看望他们。

挂断电话，她竟觉得心情异常地好，真正的愉悦，似乎很久很久没有感受过了。

"冉素？"

"林总。"冉素抬头，便瞧见林俊平站在了她旁边，脸上似乎还挂着愉悦的笑意。

"一起？介意吗？"

冉素一杯咖啡都快喝完了，本打算再坐会儿便走的，既然如此，她怎有拒绝之理，便摇了摇头。

"你很开心？"林俊平像个普通朋友般聊了起来，冉素不善刻意攀谈，尤其是与领导。她之所以一直待在云智，除了周波对她的提携外，还有就是她不愿再去适应其他新的环境，那会让她很有抵触感。

但是她发现，林俊平这个人，最不缺的就是亲切感，无论何时，你看到的他永远都是笑着的。

冉素想，这是不是就是传说中的笑面虎？笑里藏刀？她又觉得不妥，便打消了这个想法。只是，现在不是隆欣正忙的时候吗？他怎么还会有闲情逸致来这儿喝咖啡？

她还在疑惑间，便听到他的声音再起："这里。"顺着他的视线看过去，发现许岩廷正站在厅中央张望。

许岩廷沉着脸过来，在她对面的位置坐下。林俊平嬉皮笑脸地跟着在旁边坐下，忽觉有些贱贱的，竟意外地有些可爱。

冉素的嘴角不自觉上扬，细微的动作却落入了许岩廷眼中："你笑什么？"问得很是生硬。

她笑了吗？怎么连她自己都不知道？

"没什么。"她比他更生硬。

场面一度陷入尴尬，林俊平适时地插入："喝点什么？"

"随意。"

"不用了，谢谢。"

两人不约而同。

林俊平：呵！

"最近怎样？公司的事情没有影响到你们吧？"林俊平这话虽有硬性转移话题的嫌疑，但也问得真诚。

冉素若有所思地看了许岩廷一眼，见他并未有其他神色，依旧是一脸的冷漠。冉素暗忖，这人似乎常年就是这种表情？

"嗯，都挺好的。"冉素捉摸不透林俊平主动说起公司的事是何出发点，但是一来，她并不好奇隆欣的变动；二来，多年的职场经验告诉她，什么该说该问，什么时候又该沉默不语，这些于她而言早已刻进骨子，便随性答了一句。

林俊平岂会不知她的用意，但他似乎并不想就此打住，刻意忽略她的想法："你怎么看？"简单的四个字，轻飘飘地落地，问者有意，听者亦有心。

许岩廷从沉默中抬首，无所顾忌地注视着她，而林俊平亦笑得像只狐狸般看着她，似乎都在等她的回答。

冉素不知林俊平问此话到底是何用意，但是她知道，她没有装傻的余地了。

突然有些后悔，她就不应该坐在这儿。

"林总这个问题问得有些笼统了。"她也笑，笑得狐假虎威，心里的小心思开始活络，其间还不忘观察许岩廷的表情变化，发现他眼里的淡漠少了点，多了丝……期待？

林俊平倒是被她激起了兴趣，笑得更加肆意，有点像狐狸精撩拨男人时的风华："哦？怎么说？"

冉素本无意揣测，却也经不起再三试探："若是我说了什么得罪的话，两位老总莫要责怪才行。"

林俊平摆了摆手："放心，这点承受能力还是有的，至于……"他看了一眼许岩廷，接着道，"至于他，就更不在话下了。"

冉素始终注意着许岩廷的变化，这会儿他的冷漠似乎又悉数回归。

"一个公司的高层变动总是腥风血雨的，至于血腥怎么来，风雨怎么飘，总归是伴随着牺牲的。"她不喜权斗，但并不代表着她不懂。

她声音轻柔，却又带着一股疏离，缓缓的，淡淡的，一句话落地，正中核心，只听得她继续道："隆欣内部早就有传言，说董事会的几个老头拖了公司的后腿，太过明显的问题作为高层不可能不清楚，但是清除董事需要的是契机，尤其历史遗留问题。"她舒了一口气，"至于这个契机是什么，怎么来，来了后怎么做，做了后又如何平稳公司，只是我没想到，许总会把自己的婚姻大事作为这次事件的契机。"说完这句话，冉素看了看许岩廷，并没有特别的情绪变化，顿了一下，"看来许总是真不爱霍家小姐吧。”冉素突然有些同情霍米，天之骄女在爱情面前也卑微如浮尘。

冉素说的话不多，却已将整个事件的利害关系都表达清楚，林俊平眼底升起的对冉素的欣赏显然不止一点两点。

倒是许岩廷，眸色暗沉，让人瞧不出里面的情绪。

气氛转瞬沉闷且压抑，有些让人透不过气来，一直沉默的许岩廷却突然开口：“你觉得我有失君子，利用了感情？”说出的话似是裹了一层冰块，刺得人起了一片鸡皮疙瘩。

“不爱便是不爱，爱便是爱，爱情不过是附属品罢了。人活着不是在爱情里找生活，而是生活里有爱情。”冉素依旧淡淡的，就像她与盛凯，爱的时候天崩地裂，不爱了便弃之如草履，结果又如何呢？日子照样过。

“再者，合理的反击是正当防卫。”霍米私自宣布婚讯，对许岩廷来说，本身就已经是伤害了，而他所做的不过是借刀杀人罢了。

内部员工股份制让隆欣再次成为热点，网络上对隆欣的评价褒贬不一，但隆欣的股价也因此有所回升，且将大众的视线从许霍联姻上转移了，这是一个看似是招却也不是招的策略。

冉素突然想到老冉以前教她下象棋时说：这象棋啊，包罗万象，就像人生，走一步你最少得想三步，怎么规划，怎么布阵，怎么制造疑惑，怎么有选择性地牺牲，只有想清楚了才能落子。

想来许岩廷当初做决定时便考虑到了这一步吧，怎么布局，怎么牺牲，怎么翻身，怎么收益。

只是不知落在众人眼中这是怎样的一盘棋。

王锐好奇隆欣的内部股份制，过来问冉素关于这件事的看法。冉素有些好奇王锐怎会问她这种问题，毕竟王锐一向沉稳，且思路清晰，不像是会问这种问题的人，若是吴琳问她她倒一点都不奇怪。

王锐有些不好意思地搔了搔脑袋：“你看啊，隆欣虽然说的是内部股份制，但是一直没有说明到底怎么进行分制，你不觉得奇怪吗？”

冉素哭笑不得，这孩子，怎么还较真起来了？

“如果是你，你会怎么分配？”冉素反问。

王锐想了想：“我会直接在高层中进行选择，忠心度、实力度、贡献度，这些都是考量标准。”

冉素点了点头：“你觉得你能想到的，他们想不到？毕竟内部股份制听着是个好名目，但是事后的弊端不少，为了后期的发展，他们想必已经早就规划好了。”

“啊？”

“这些事都是高层之间的事。谁都知道，底层员工不过张望罢了，谁又会去真正的关心这个？他们关心的是薪资能不能涨，要不要加班。”

“所以……”

冉素但笑不语，内部股份制说到底也不过是一种炒作手段罢了。

周五下班后，冉素直接去了杨瑞那儿。许久未见，杨瑞见她第一眼便瞧出了些许不同：“怎么今日想起光临本店呀？”

“我觉得我有了些变化。”冉素直接切入主题，“我能感受到一些情绪的变化了。”而就在她说着这话的时候，话尾染上的兴奋劲或许她自己尚未察觉，但是杨瑞却真真实实地感受到了。

杨瑞此刻的心情颇为复杂，喜悦有之，难过有之，诧异有之，但更多的是想哭，还没来得及情绪调整，眼里的泪花已悄然泛起。

冉素莫名：“你干啥？”

“我想哭。”话音刚落，眼泪啪嗒就落了下来。

冉素静坐一旁，看着他潸然落泪的模样，不禁觉得好笑。都多大年纪了，还玩煽情，矫情不矫情。

待他情绪平复后，冉素笑他：“你莫不是都这样对待你病人的？”

“你真以为我是水做的不成？”杨瑞反驳，当真是不识好歹。

两人打趣了几句后，杨瑞开始进行例行询问。但诸多问题下来，他发现事情并未与之前有所差异，但是，很明显的是，冉素在对待这件事上的态度有了变化，相比之前，现在更随性，放松。

“老杨，你有没有想过，或许我的症状其实就跟间歇性失忆是一样的？在某种刺激或者在某一时间被触发从而恢复。”情绪跟记忆虽然存在本质的差别，情绪是一种身体机能，而记忆，是时间的衍生品。但不管是记忆的缺失还是机能的缺失，都能在受到刺激的情况下得到恢复，其实它们的机制是一样的。

杨瑞不是没有想过这种可能，但是多年的实验已经让他放弃了这种想法，毕竟刺激法不止试过一次两次。

“如果是间歇性的情绪丢失，那总要有个触动机关，那这个机关又是什么呢？”杨瑞百思不得其解。

冉素在这一刻，突兀地想到了许岩廷，那个冷漠如霜的男人。

“触动机关有没有可能是人？”如此想着，她便也就问出了口。

杨瑞点头：“你觉得是他？”之前冉素就跟他提过许岩廷的存在。当日她说：我对一个男人心动了。

他既羡慕又嫉妒，但是，他又能如何呢？

“我觉得是。”冉素不否认，毕竟在面对他时，她的情绪似乎要格外丰富些，所以，他对于自己，终究是有些不同的。

这一刻，于杨瑞而言，就像黑夜降临前的恐慌，即将迎来的是一大片的未知与恐慌。

“如果他真是你情绪恢复的触动机关，那这几年的难题便是破了。”

冉素笑：“那为了庆祝我们提前解除医师与病友的关系，恢复死党身份，等下叫上菀儿一起去喝一杯？好久没这么高兴过了。”

想想还真是，这几年都是明知是高兴事，却不知如何高兴。今日算是摆脱了禁锢，得以重获新生啊。

接近凌晨，宁城的夜生活才渐渐开始。这座以娱乐闻名的城市，夜晚格外的妖娆，灯红酒绿，喧嚣尘上，好似在弹唱着白天的离愁哀乐。

宁城的夜宵不分季节，推陈出新，七到九月是吃小龙虾的最好季节，两人驱车去了一家常去的龙虾店。他们一进店老板就热情地招呼，火速在外支起桌椅，等待龙虾上桌。

宋菀儿姗姗来迟，嚷嚷着说找个停车位堪比上青天。

三人好久都没这么肆意放纵了，自从冉素出事后便很少聚餐了，而她也没有心思聚餐。毕竟，笑，笑不到一块，哭，也哭不到一块，还挺没意思的。

今日，不醉不归。

而不醉不归的结果便是，第二日醒来时伴随着各种疲惫不堪外加头疼欲裂。冉素随意洗漱一番后出门，竟发现杨瑞与宋菀儿还横七竖八地躺在她家客厅的地毯上。所以，他们昨天是怎么到家的？

她踢了两下，见他们丝毫没有转醒的迹象，便带上手机出门了，晨跑已经成为她雷打不动的生活习惯。

呼吸着清晨的新鲜空气，闻着花草的芬芳，看着清晨的第一缕眼光洒下，顿觉精神爽朗了不少。

爷爷奶奶们提着购物袋，并肩走在一起，说说笑笑，只觉岁月静好。

冉素从未觉得如此身心舒畅，原来自己丢失的竟是这种感觉。

以前只觉得情绪唯有喜怒哀乐，可当自己重拾这份体验后方知，所有的感知皆谓之情绪。

而她也格外地珍惜这份感受。

“你昨天打架去了？”冷不防的声音从背后响起，坏了这一腔的欣喜，“眼睛肿得跟被人打了好几拳似的，黑眼圈比煤球还黑。”

冉素总觉得这人有人格分裂，职场与生活宛若两副面孔：“许总还真是好兴致，知道打趣人了。”

“你自己拿手机照照。”

这不看不打紧，一看还真是吓一跳，这副尊荣当真是跟大熊猫没有差别了。

原来她一直都是这样跑在路上的？可是她出门前照镜子也没这么惨兮兮呀，莫非还有余醉？

本来的好心情瞬间被洗劫一空，打算买些早点便打道回府，谁知好巧不巧，又碰见了不该碰见的人。

“不跑了？”许岩廷眼里含着笑意，冉素觉出了一丝戏谑的味道。好气哦，但是她还要装淡定。

“许总也来这儿吃早餐。”好气，可还要保持微笑。

“一起？”

一起就一起，谁怕谁？

冉素想，有了情绪也不是件好事，心情总是容易受外界影响。

许岩廷点了份青菜面，冉素点了份红烧牛肉面。两碗面放在一起，一个寡淡无颜色，只有几片绿色点缀，一个却铺了一层红汪汪的辣椒油，形成两个极端。

许岩廷看了一眼她的牛肉面，欲说还休，最后默默地吃自己的面。

冉素喜欢重口，且这家店的牛肉片特别好吃，又嫩又薄。只要来这家店，牛肉面便是她的必点。

两人面对面坐着，只有嗦面的声音在两人之间来回响起。吃着吃着，两人竟像是在比谁的声音更大一般，引来隔壁桌的观望。

“妈，你不是说吃饭不能发出声音吗？这样不优雅，可叔叔阿姨嗦面的声音好大。”

两人默契地终止这场比赛，相视一笑，跟个幼稚鬼一样。

从早餐店出来，冉素终究还是没能忍住问了起来：“隆欣这次受损严重吗？”

“你怎么会觉得受损？”许岩廷似是存了心想要打趣她，“你不是还说我这是正当防卫吗？既然选择了正当防卫，我怎会让自己吃亏？”

冉素笑而不语，商场斗决，尔虞我诈，总是要付出代价的。

不过既然他都这么说了，那她自然也就没必要瞎操心了。

“所以，你昨天是真的去打架了？”许岩廷似乎对这个问题相当好奇。只是，眼睛肿，只有打架这一条路？

“你怎么不说我失恋了呢？那样岂不是更加合情合理？”冉素觉得这人还挺可爱。

“对象都没有的人怎么失恋？”

“你怎么知道我没有对象？”瞎，眼瞅着这么一个大坑还往里跳。

对话到此打住。

而他嘴角的那一抹笑，是得逞的奸笑？

两人分道扬镳的时候，冉素看着许岩廷的背影，有些心思烦乱，这个男人……

回到家的时候，杨瑞已经离开，宋菀儿四仰八叉地躺在沙发上看宫斗剧，看得津津有味，见到她提着早餐进来，宋菀儿立马变身二哈求补给。

不过敏锐如宋菀儿，进食时间也不忘八卦：“我怎么觉得你面带桃色？有新闻？”

这女人怕不是属狗的吧？

不过冉素也没想要瞒她：“我似乎……”宋菀儿竖起耳朵，只听得她下一句便是，“喜欢上了一个人。”

“谁！”怎么比她还激动？

“许岩廷。”冉素据实以告，喜欢就是喜欢，不喜欢就是不喜欢，她从不喜欢藏着掖着。只是，她跟许岩廷之间，隔着的似乎不止一点两点。

怔了半晌，吃足了，喝饱了，宋菀儿相当郑重地拍了拍她的肩膀：“兄弟啊，任重而道远啊。”

路还且长且阻呢，她想。

经过之前一段时间的市场调查，冉素综合小组成员给到的数据，做出了一份相对完整的市场分析报告。

她这厢刚把报告呈交上去，陈诺便让她去一趟总裁办。当她进去后才发现，办公室还有两个人，林俊平和市场部总监王佳恒。

冉素察言观色，只见林俊平神情严肃，而王佳恒始终低着头，像极了受气的小媳妇。这副神态放在一个中年大叔身上莫名的喜感。

这种氛围好似暴风过境，只是叫她来，所为何事？

“许总，你找我？”冉素腰杆笔直，立于他桌前，轻言淡语。

许岩廷一直没抬头，快速翻阅着桌上的文件。冉素瞧出是她递交上去的那份分析报告。心里一个咯噔，莫非是有失误？

室内一片寂静，偶有几声书页翻动的沙沙声。冉素始终保持原有的站姿，不卑不亢。直到他翻到最后一页，终于抬起头看向她，却也只是看了她一眼便别开眼神：“你先下去吧。”

冉素丈二和尚摸不着头脑，刚喊她上来现在又要她下去，这不是折腾人吗？

“没说你。”

冉素瞧见王佳恒垮着一张脸起身走人，才明白过来话是对着他说的。看来在这之前应该遭受了一场暴风雨的洗礼。

不过她倒是有些好奇，越是冷漠淡薄之人越是隐忍，许岩廷发飙会是怎样的一种盛况？

许岩廷拿了桌上的分析报告在林俊平旁边坐下，招呼她坐下：“这份报告我看了，你还有什么想说的吗？”

她想说的、能说的都写在报告里了。她一时拿不准他问这话的意思，沉默了一会儿："许总是觉得这份报告不完整？还是？"

这份报告是整个新能源汽车行业现有的市场分析，其中包括了新能源汽车行业生命周期、新能源汽车行业市场供需平衡、新能源汽车行业格局、新能源汽车行业经济运行等分析，按道理来说，这是一份颇为详细的报告了。

"你们是专业的，报告完整详细。只是，我们更想听听你的看法，不依托于数据。"林俊平适时说道。

冉素点头，稍作思考："如果我是用户的话，暂时还不会买新能源车，毕竟它的不稳定性，不确定性太多，没有一个我必须买的前提。之后我们会有用户数据分析。"

毕竟虽然自己是做数据的，通过数据可以分析出未来的发展趋势，在劝说别人的时候可以头头是道，理由充足，但是她是一个活在当下的人，有着最普通的心态，如果真到了要她掏钱的时候还真得好好考虑。

这么一想，突然想起之前二木说想买个车来着，便顺口一问："对了，许总，如果我需要买车的话，有没有内部优惠呀？"

"到时我送你一辆。"

这话是不是接得有点太快？有点承受不来。

"送公司的，合作礼物。"

哦，这还差不多。只是，说话能不能不要大喘气？这心跟坐过山车一样的。

冉素暗叹自己幸好属于沉得住气的那一挂的，若是掉坑里了，吃相岂不是还挺难看？

"必须买的前提是什么？"话题被扯远，许岩廷将其拉回。

冉素认真想了想，一本正经道："国家出政策说必须使用？又或者，我真真切切地感受到了它的好？"

林俊平忍俊不禁："怎么以前没觉得你这么搞笑啊？"

她搞笑？你怕不是来逗笑的吧？

冉素心里虽在各种吐槽，但面上依旧保持着八分假笑，两分真诚。

因着这一插曲的诞生，气氛柔和了不少。而她也清楚了他叫她上来的目的，为的是希望他们团队能从广大普通消费者入手，寻求他们的需求点，使产品更加契合市场使用。

从总裁办下来回到办公室，冉素明显发现气氛不对，一个个都死气沉沉的，尤其市场部的同事。

冉素没想着去了解原委，但是耐不住有吴琳在。虽说过几次让她注意影响，但江山易改，本性难移，什么都管得住，就是管不住一双耳朵、一张嘴。

"老大，听说他们市场部被批了，说是项目没拿下。"

项目没拿下？

最近市场部在着重开发南江的市场，南江最近在升二线城市，对于外资的引进相当看中。莫非王佳恒没有谈下来？所以早上总裁办的气氛才那么压抑？那王佳恒的市场总监的位置？

"你怎么知道的？"冉素反问。

"现在消息都传开了，说是南江那边的市场没拿下来，被华盛捷足先登了。"

华盛？

冉素立马上网查，却发现暂时还没有新闻出来。不过她敏锐地察觉到了一丝异样，她之前在看市场数据报告就发现了一个问题，隆欣与华盛在市场覆盖上存在一定面积的重合。但是，有几个三四线城市却是一家独大，有隆欣产品的地方华盛产品的覆盖率都相对偏低。

开始她觉得这很正常，因为相比较，华盛在国内的影响力更为久远，而且华盛的主场一直都是一二线城市。因此，隆欣在发展一二线城市的同时覆盖三四线城市，这也无可厚非。只是，真的是这样吗？

冉素将脑海中的疑惑暂且压下：“怎么回事？”

“好像是华盛跟南江政府那边相熟，直接顺利拿下了。”

若是这样的话……

冉素若有所思，仅仅是这个原因吗？若是这样，许岩廷根本没有发火的必要。再者说了，市场的开发本就不是一朝一夕的事情，现在突然被抢走，任谁都火大吧？而王佳恒不可能不知道华盛也同时在竞争这片市场吧？

而且南江正值升二线，品牌的入驻应该对他们说是发展，怎么可能会拒绝？

看来许岩廷气的不是被抢，而是被抢得措手不及。

这一整天，隆欣上下都沉浸在一种低气压里，其他部门去汇报工作也都是小心谨慎，生怕被抓到纰漏。

只是没想到，最后这种低气压在快下班时被全副武装到来的霍米给彻底打破，本以为暂时平息的“许霍”八卦再次燃起旺火。

总裁办，两人面对面坐着，彼此沉默不语，气氛濒临零点，最后还是霍米受不了这氛围：“你不应该给我一个解释吗？”

许岩廷猛地抬头，眼里皆是寒意，说出的话像冰锥射向她：“你不觉得是你欠我一个解释吗？”

霍米仰天一笑，眼里带泪却又无比倔强：“许岩廷，我在你身边这么多年，你当真不知道我的情意？就算你是块又臭又硬的石头，也该被感化了吧？可你呢？即使我豁出一切走向你，你还是要将我推开吗？”

这是她为数不多的叫他全名。

“小米，我的态度一向明确。你不是不知道，我从未想过要拿我的婚姻做事业的铺垫。那天你用你爸威胁我，我就已经警告过你一次了，可是你呢？当真把我的话当耳边风？还是你觉得我隆欣没了你们霍氏就转不动了？还是说你觉得霍总真能放下隆欣这块肥肉？”许岩廷越是生气声线越低沉，此时此刻，霍米能清晰地感觉到他隐而不发的怒气，但是她也有她的骄傲和自尊。

她以为她可以用舆论和利益捆绑住他，她以为他能稍微考虑下她，可是到头来，一切都不过是她以为罢了。

这些日子下来，网络的舆论摇摆不定，有苛责，有贬低，有同情，有支持。可是，这些都不是她想要的，她想要的不过是他的一句话而已。可是，时间在流转，却始终没等来他的任何动静。

是她妄想了。

但是，她还想再任性一次：“你不后悔？”

他当初放出自己的新闻，为的就是给她台阶下。

她应该感谢他替她着想吗？

“嗯。”

“我再问你最后一遍，不后悔？”

“小米，我说过，我不是你的良人 。”许岩廷有些头疼，始终不愿伤她。但情感之事，一旦开始便意味着伤害，他所能做的就是给她一份真实。

“那你告诉我，谁是你的良人？”霍米声音里已经染上了哭腔，一脸我见犹怜。她，天之骄女，放下一切身段，却得不到他半分青睐，还有其他人能比她更好？她不相信。

“遇到了便是了。”没遇到，也不会将就。

“那要是你一直都没遇到呢？”

许岩廷不想跟她在这个问题上纠结：“你把事情澄清一下吧，把责任都推到我身上就行。”

霍米抽了抽鼻子，闷声闷气的：“那要是我不澄清呢？”

“随你。”许岩廷甩身走人，却听得霍米在身后倔强而又任性地朝着他背影吼了一句。

“我不会澄清的，死也不会。”

蒋婷依发信息给冉素的时候，冉素正在重新研究市场部之前给过来的市场开发数据，当她再次琢磨的时候发现，有些问题是真正存在的，比如隆欣与华盛的市场争夺。

其实同行之间的竞争无可厚非，这是正常的，也是促进经济发展的一种平衡制约，但是她却嗅出了这之间的不平凡。

蒋婷依约她明天中午一起吃饭，地点定在尘阙。

她想了想好像并没有其他的事情，便应下了。

次日，蒋婷依见着她便迎上来围着她打转。

“怎么了吗？”她有些不解。

蒋婷依又是摇头又是咋舌的：“我总觉得你跟之前有些不一样了，但是一下子又说不上来到底是哪里不一样，怪怪的。”

原来如此。

“怎么突然想起约饭了？”冉素率先换了个问题，“实验室最近不是挺忙的吗？”冉素有关注她跟她实验室的微博，所以清楚她最近的动态。

“这不忙里偷闲吗？以前都没什么同性好友，也没人陪我一起聊天吃饭逛街啥的。哎，想想自己这些年，当真是全部青春都献给了学业。”

“后悔吗？”没有好好享受过女孩子该有的青春。

蒋婷依当真认认真真地思考了一番：“嗯，也有过吧，感觉我的人生全程都是读书，读书。但是幸好是自己喜欢的，想着，也就当作是一门爱好吧。”

如果真能把读书当作一种爱好，那也是一种幸福呀。想她读书那会儿，当真是抱了无限大的怨气，甚至想着，没读书的也照样有出息。

可随着毕业的年限越久，对读书的看法也就越发不一样，知识改变命运可不仅仅是一句口头禅。

“那我们下午出去逛街购物？我们一起去做女孩子都会做的事？”冉素兴致勃勃，自己已经好久没有出去逛街了，本想着哪天约宋菀儿一起的，但是正如她所说，人是铁，床是磁铁，能躺着绝对不坐着，就算了。

“我知道你哪儿不一样了。”

……这跳转是不是有点太快了？

冉素笑着等她往后说。

“嗯，有生气了，也爱笑了，有活力了……嗯，感觉是这样的。”蒋婷依连续两个“嗯”，像是在肯定自己的话，说完还点了点头。

冉素突然有些好奇，自己的变化当真那么明显？

宋菀儿这么说，吴琳他们几个好像也有说过类似的话，现在蒋婷依也这么说。原来有了情绪的感受，展现给人的感觉有如此大的区别？

冉素笑着附和，言笑晏晏间意外地发现视线的对角处好像是……江念云？还有谢东山？

而且两人似乎交谈甚欢。

冉素的视线被吸引，江念云，科瑞科技的老总；谢东山，投资人，这两人聚在一起……难道科瑞科技出现了难题？还是说谢东山看上了科瑞，想投资？

“你认识？”蒋婷依见她的视线定格在他们身上，有些好奇。

“只是觉得有点奇怪，老人家和之前的交谈对象谈话时间都不会很长。可是，那个人好像在我们进来的时候就坐在那里了。”

“你说江念云呀，他们认识，忘年交，据说还是钓鱼的时认识的。”

“老人家喜欢钓鱼？”冉素思考着。

“资深爱好者，听说一支钓鱼竿都赶得上平常人家一栋房了，资本家啊。”关于谢东山，蒋婷依经常从陈南川口中听到，不过她对这些不感兴趣，也就当八卦听了些零散，至于其他具体的，她就不知道了。

冉素也没再深入打听，适可而止四个字在人际交往中尤为重要，她明白，蒋婷依也明白。

商场中央人来人往，一个个的大包小包，满载而归。

其实冉素对逛街的欲望不大，只是想着真的好久没有感受过烟火气了，这会儿置身于人流，嗯，还真挺欢快的。

以前逛街的时候，她的目的性极强，出门前就会想好自己需要什么，要买哪个品牌的，什么样式的，然后直奔目的地。

因此，宋菀儿还笑她像个男人。

“阿冉，要不我们休息会儿吧？”战斗才刚开始，蒋婷依就已经叫停，坐在座位上不再想挪步。

本以为是一场厮杀，没想到最后就是走个过场。

冉素突然想到大学时跟盛凯一起逛街，盛凯每次都是满心欢喜，总想着给她买这买那，兴致勃勃，而她却总是说 “阿凯，好累哦，要不我们休息会儿吧？”“阿凯，我们回去吧？逛街还不如打游戏来得实在呢？”全程下来，都是他在选，然后她勉为其难地试一下。现在想来，那时也是仗着他的宠爱，作天作地吧。

“沙越？”熟悉的名字将她唤回现实，一回头便看到了一对璧人。女人小鸟依人地挽着男人的手，男人柔情脉脉。

此刻蒋婷依懒懒地坐着，毫无淑女形象，冉素提着几个袋子站在旁边。这场景，倒是跟她以前跟盛凯逛街的情景莫名地相似，每次都是她跟个没骨头的人一样，见到座位就想坐，而盛凯总会站在她旁边求着她再看看再选选。

如今这场景，她莫名地觉得有些嘲讽，以及突然而至的悲凉。

冉素下意识地到处乱看。

“阿冉，我给你介绍一下，这是沙越，这是她未婚夫盛凯。对了，这是我朋友，冉素。”蒋婷依并未察觉出她的异样，热情地介绍着。

冉素突然想，没有情绪感知多好呀，即使明知悲伤却感受不到悲伤。

“你们好。”冉素收拾好情绪，绽放着得体的微笑，谁还没点演技。

“我认识你。”沙越的一句话，三人表情各异，随后更是语不惊人死不休，“阿凯的手机里有你的照片。”

这姑娘怕不是看热闹的？还不嫌事大？自己未婚夫手机里有其他女人的照片，她却言笑晏晏。

盛凯神色无异，却在看向她的时候多了分沉重与哀伤。

“我手机里还有胡歌呢。”冉素微微一笑，刻意避开他的视线。

沙越似乎没想到她会这么回答，笑得更加肆意张扬：“哈哈哈，没想到我们连偶像都是一样的。”

言下之意，她们喜欢男人的口味一致。

也罢，喜欢胡歌的人多了去了。

“优秀的人都是值得喜欢的。”冉素浅笑。

就算蒋婷依迟钝，也觉出了这几人中间的火药味：“那个，阿冉，我前几天看一个指甲颜色特别好看，我们过去弄吧。”继而又对沙越道，“沙越，我们下次再聚。”说完，蒋婷依就拉着冉素风风火火地跑了……

事后冉素才想起，她们跑什么跑啊。

不过沙越说盛凯的手机里还有她的照片……

“阿冉，你跟盛凯……认识？”两人走远后，蒋婷依问她。

冉素有些无奈地笑了笑，也没想着掩藏：“他是我前男友。”

蒋婷依有一瞬的震惊，过后，一脸“原来如此”的表情看着她：“难怪……”欲言又止，“你们是大学同学？”

冉素点头。如今提起，依旧有些苦涩，毕竟当初的纯真美好都是发自内心，那段感情说到底，其实谁也没负谁，只是走到半路有人走不下去了，单方面宣布放弃罢了。

“+我大学都没好好恋爱过。”突如其来的悲伤。

“那你和……”

“你说陈南川啊，我们属于早恋那一挂的，就自然而然地在一起了。后来读大学，我们没在同一所学校，我又忙着实验，再后来我又出国，所以，我们之间好像并没有真正恋爱过。”蒋婷依回头，朝她调皮地眨了眨眼睛，“是不是觉得很无聊？连所谓的热恋期都没有，最主要的是，我都没有被正儿八经地追求过。哎，我这辈子的遗憾还真不少啊。”仰天长啸都不足以表达此刻的心情。

冉素没想到他们两个之间的故事竟然是这样的，她本以为以陈南川的性子来说，该是给尽她浪漫的。

不过，如今他们这副老夫老妻的相处模式也挺好的。感情这种事，不同的人便有不同的相处方式，如人饮水，冷暖自知罢了。

“水到渠成的感情是最经得起岁月考验的，何其有幸，在年轻不懂事的时候就遇到了那个对的人。”

“这倒也是，不过这人吧，总是没得到过的就觉得是遗憾。”

“对了，你说要去做指甲？真的假的？你们做实验应该不能弄的吧？”两人不知不觉间已经走出了许远，瞧见正前面刚好有家美甲店，冉素突然想起，便询问道。

蒋婷依大大咧咧地摆了摆手：“哈哈哈，我不弄，不过我倒想去打个耳洞，你陪我去吧？”

她如此一说，冉素便瞬间明白，她刚刚不过是随意扯的一个借口罢了，好离开是非现场，冉素心中一暖：“好啊。”

不过到了店里冉素就后悔了，这种事她就应该让陈南川陪着才是。还没开始，蒋婷依就已经叫叫嚷嚷了，一个劲地扯着她，就差哭出声了，堪比小孩打针现场。

不过转眼的事，却有了屠宰场的感觉。事后专业人士给她说了些注意事项，她又挑了副喜欢的耳环，这事才算结束。

冉素是当真没想到，看着天不怕地不怕的人，竟然怕打耳洞，跟宋菀儿有得一拼。当年宋菀儿打耳洞也是她陪着，她也算是见证了一场屠杀。多年前的趣事，换了个人，又重新上演。

两人从店里出来，蒋婷依双手捂着耳朵，各种不适应。而冉素视线所及之处，却发现对面咖啡厅里的刘洋跟盛凯，而沙越却没了踪影。

这两人怎么会在一起的？

许是刘洋的身份太过敏感，冉素不自觉地多看了几眼，只见两人之间言笑晏晏，俨如多年老友。

只是一个华盛集团继承人，一个是隆欣研发团队核心人物，这两人的见面总是让人心生疑窦。

不过或许真的只是老友？

Part 5

一天，一月，一年，一辈子

“许总，这是用户购买需求报告。”

这几天冉素的团队都忙着做数据采集，这些数据都是通过路人直接采访而来的。他们采用抽样，从不同的阶层随机抽取了两百人进行访问或是问卷调查，再进行分析，做出了现在这份需求报告。

报告中指出，根据阶层的不同，大家对新能源汽车的了解度也有所不同，自然需求也就不同，但是同样的一点，如果在没有必要的情况下，大家更加倾向于使用传统汽车。一来是习惯的问题，不适应对未来新型产品的使用；二是新能源产品价格便宜的，怀疑其质量，质量高的，价格太贵；三是对于充电的问题还是有很多质疑，他们始终觉得不如加油站方便；四是马力的问题，新能源车相比起传统车来说，马力是否能达到，是否适合跑长途，这些都是他们所考虑的问题。

另外，报告中还指出他们对新能源车所寄予的希望，比如网络性、安全性、长久性、方便性等。

许岩廷将报告从头看下来，条理清晰，需求明确，把他所想要了解的问题都已经列下来了，另外一些其他事项的分析也都很到位。

对于冉素团队的工作能力，许岩廷从来就没有怀疑过，这会儿更加相信他们的专业性与严谨性。

看来，他当初的选择并没有错。

“听李双鸿说，你们找他们销售部要了近几年的销售数据？”许岩廷放下报告，双手自然地交叠，放在膝盖上，眼神炽热地看着她。

冉素在谈及工作时整个人几乎是发光的，她对自己的布局很有把握：“嗯，之前的数据分析是针对市场的，现在做的是针对用户的，之后还会对竞争主体企业进行分析，再进行大数据整合，做出营销策划以及上市的概率分析。”

“嗯。”许岩廷点了点头，“若是工作上遇到了什么问题，你也可以直接上来问我。”

冉素这才正视他，两人视线交汇，谁都没有撤回。

“怎么了？”他问。

冉素摇头：“谢许总。”

出了办公室，电梯里，冉素看向电梯镜里的自己，脸颊泛红，双眼放光。刚刚自己也是这副模样看向他的？

她使劲拍了拍脸蛋，冷静，冷静。

看着冉素刻意挺直离去的背影，许岩廷莫名地想笑，这女人以前的不动声色莫不是都是装的？

林俊平进来，瞧见的便是许岩廷上扬的嘴角：“哟，你这是春风得意呢，还是心猿意马？我刚进来的时候可是瞧见冉素红着脸蛋进了电梯，你们莫不是……”察言观色了一番，“有情况？”

许岩廷一记眼神扫过去，他立马噤声。

“不是，我过来是想问你南江那边你是怎么想的？王佳恒过于好说话了，我觉得市场总监这个职位需要好好考虑一下了。”林俊平正襟危坐，神情严肃。

许岩廷用眼神示意他往下说：“王佳恒自身的能力是有的，但是他做不了管理层，手下的人不服管，老好人一个。”单就这次南江市场失利来说，派出去的那个人应该负首要责任，而王佳恒也应该承担相应责任。

“不过这次可能真的不是他们市场部的问题。”许岩廷沉声到，“盛世涛祖籍是南江人。”

如此一来，便也就明了了。

华盛入住南江，正所谓是为家乡发展经济，南江政府自然拱手欢迎。

“盛世涛不是宁城人？”盛世涛对外的身份都是地道的宁城人。

“这事说起来有些巧。我昨日回老宅，听蒋叔说起，盛世涛是宁城人不假，他的祖父是南江人，后来下海就在宁城娶妻生子，创下华盛，但是并未打出名声来，后来也是在他父亲的管理下，公司逐步上升，再后来盛世涛接位，才有了现在的华盛。”

“原来如此。”林俊平思考了一下，“你妈怎样了？”

许岩廷显然不愿在这个问题上多回答，有些烦躁：“老样子。”

林俊平对许岩廷家的事并不了解，只知道他与张曼丽之间有隔阂。当年许雷生车祸过世，来势汹汹的他归国，而张曼丽也就此隐归，至于他们之间到底发生了什么，林俊平也不知道。不过现在看着许岩廷情绪焦躁，作为兄弟，他也心疼：“你跟你妈之间……”

“俊平，你妈很爱你吧，我妈从没爱过我，她爱的只有工作。”

林俊平没想到许岩廷竟然会主动跟自己说起张曼丽，多少年了，张曼丽一直都是许岩廷的禁忌，每次从老宅回来，他总会陷入悲伤之中，即使自己有时想要安慰他，却也无从下手。

“哪有母亲不爱自己孩子的呢？”此刻的许岩廷太过脆弱，脆弱得让他心疼。

林俊平跟许岩廷是在国外读书的时候认识的。初见的时候，他只觉得许岩廷这个人心气太高，又傲，冷冰冰的，且不善与人交流，若不是看在国人的面子上，自己也是不太愿意接近他的。后来，林俊平发现，许岩廷身上背负的秘密太多，异国他乡，人总是格外多愁善感。一来二去间，两人熟悉了，了解了，便也习惯了。

至于两人真正交心还是因为一场架。当时，许岩廷不知为何被三四个人围殴，即使被打得满身是伤，可眼里仍是倔强。林俊平看不下去，帮了他一把，结果就是两人被打得遍体鳞伤。也因此，两人算是彻底交心了。不过，至于打架的原因，他到现在都不知道。

再后来，收到许雷生车祸的消息，两人匆匆回国，而这一回便没了再出去的打算。

“岩廷，我虽不知道你跟你妈之间的种种，但是，有些心结是需要两人面对面才能解开的，你试着放开，也试着接纳吧。”

“我放开？我接纳？要不是她，我爸就不会死。”许岩廷突然变得暴躁，歇斯底里地吼叫，桌面的文件一扫而空，四处飞扬。

林俊平从没想过事情会是这样：“可是叔叔不是车祸吗？”

“是她，都是她造成的，是她……”说着说着，许岩廷双手掩面，悲伤瞬间将他笼罩，外人近不得他身。

“许总！”冉素突然去而复返，门虚掩着，轻推而入，却没想到看到的竟是这场面，文件散落得到处都是，林俊平站在一旁有些不知所措，脸上带着疼惜，而许岩廷头深埋两膝之间，只露出个毛茸茸的头顶，还伴随着微弱的抽泣声。

林俊平看了她一眼，她识相，立马退出办公室，并将门轻轻带上。

冉素突然想起餐厅那次的见面，明明虚弱得不堪一击，却强装无碍，今日突兀地再次撞破，压抑而沉痛，她不知道这个男人身上到底背负着怎样的过往？

冉素拿着准备好的热毛巾与热牛奶折转回来，正好瞧见陈诺，便上前将东西交给他，让他转交给许岩廷。

收到东西的陈诺一脸问号，平日里许总不喝牛奶的呀：“这个……确定是给许总的？”陈诺看着这两样东西都还冒着热气，有些疑惑。

冉素也不好明说，便只催促着他进去。有林俊平在，事情应该已经得到解决，喝口热牛奶有助于放松情绪。

陈诺端着牛奶进去的时候明显感觉到了许岩廷的眉头紧皱：“这是做什么？”

“我刚在门口遇到了冉小姐，她让我将这些转交给许总的。”看着这散落一地的文件以及林俊平似是而非的诡异笑容，陈诺突然间好像了解了点什么。

热毛巾、热牛奶……还冒着热气……

“刚冉素进来过。”林俊平解释，而且她恰好瞧见了您那狼狈的一面。不过这话他可是万万不敢说的。而那姑娘瞧见了后便送来了温暖，林俊平心里一阵暗笑。

“那个，我们就先出去了，你慢慢享用。”林俊平拉着陈诺便逃出办公室，陈诺还念叨着许总不喝牛奶之类的。

刚出办公室，林俊平就嘲陈诺没有眼力见。看来是得找个专门的女秘书才行，这陈诺的业务能力虽是没得说，但心思总归是没有女人细腻。

陈诺不知，自己的职位就在那一瞬之间面临不保。

而办公室内的许岩廷看着摆在桌上的东西，不知该做何反应，最后还是拿起热毛巾敷了敷眼睛，至于那牛奶，还是算了吧。

一分钟，十分钟，二十分钟……

热气没有了……

但看着怎么那么碍眼呢？

倒了吧，嗯，总归是人家一番心意，有些不太人道。

喝了吧，自己过不去这道坎。

最终想了想，他将其推到桌角，就让它安静地待着吧，眼不见为净。

三十分钟过去……

怎么还在？

许岩廷端起牛奶杯闻了闻，奶腥味似乎更浓。想想他就应该趁热喝了，领了人家好意，现在喝，也算是领了吧。

如此想着，他一脸生无可恋地开启了喝奶之路。

真难喝。

好像没那么难喝了？

嗯，也就那样吧。

竟也还行？

一杯奶，在等待了一个小时后之后终于被宠幸了。

陈诺进来收拾的时候，便诡异地发现牛奶杯竟然干净了？莫非是倒了？嗯，肯定是倒了，老板不喝牛奶的。

后来林俊平跟许岩廷说起这事，问他强迫自己喝不爱的东西是什么感受，某人居然面不改色地打死不承认，还反问，谁说他不喝牛奶的？

这人啊，自己打自己脸的时候总觉得不疼。

宁城秋季汽车博览会即将到来，隆欣上下忙成一片。冉素也没闲着，针对这几年隆欣的销售数据进行用户行为的分析，以及针对新能源市场的竞争主体进行企业的产品、业务状况、财务状况、竞争策略、市场份额、竞争力分析等，经常性地加班加点。宋菀儿想约她吃顿饭，好好叙叙姐妹情，但她都没时间，然后宋菀儿不分青红皂白地吐槽了她一阵。

冉素本来也想问问宋菀儿跟周波有没有后续的，但是想着这事得一边吃一边聊才有劲，她也就没多问。

忙碌时时间总是过得特别快，一转眼便到了九月，金桂飘香，秋意渐浓。老冉已经给她打了好几个电话，说她不管怎么忙，中秋都得空出来，必须回家团聚。

老陈也在那边笑得开心，唠叨着她好久没回家了，得给她准备点她喜欢的吃的，还说家里的房子已经装修完毕，等着她回去，一家人一起去家具市场添置点她喜欢的东西。

慈母手中线，游子身上衣，子女出门在外，在家的老父母就盼着孩子能什么时候回去一趟。想想今年整个上半年都没回去过，她便觉得自己着实对不住他们。

冉素一一应下。

“老大，明天的车展我们也去吗？我想去看看车型哎，你要不要陪我一起去？”

冉素看了下日历，这才发觉明天就是汽车博览会了，之前吴琳就说想买辆代步车来着：“对了，隆欣明天不是也有展吗，你到时看看，如果有满意的，到时跟我说，到时可以内部折扣价买，要便宜不少。”她顿了一下，继续道，“不过我对车也不甚了解，要不你让王锐陪你去？”

明天周六，冉素这边还有些事情没处理好，打算加班弄妥。毕竟她这边数据整合不到位，就影响之后的数据建模研发分析。

“老大，你叫我有什么事？”王锐刚好从外面进来，就听到冉素在说他的名字。

“锐哥，明天你有时间吗？是我想买辆代步车，想找个人陪我去看看车，我也不懂。”吴琳嘻嘻哈哈的，反正她是不懂，只要有个人陪她去就行，是个行家就更好啦。

“可是这两天不是数据收尾吗？”

“没事，你们去吧，我来做就好。”冉素接过话，“王锐，你帮她各方面都对比一下，二木住得远，买辆车也挺好的。”

“可是老大，你一个人忙得过来吗？”王锐还是有些不放心，毕竟让领导加班，自己出去玩，还是有些不妥。

冉素再三表示没事，王锐才放心。

只是冉素没想到，这边刚拒绝了吴琳，宋菀儿就打电话来了，说是也想去博览会看看，如果有看中的顺便买一辆，她那车早就想换了。

多财大气粗啊。

“可是，我明天要加班……”她是真的要加班，“要不你找周波去？他对车还蛮了解的。”顺便促进下两人友好关系的发展？

就她话里的这点弯弯绕绕，宋菀儿怎会不清楚：“你是不是想撮合我跟周波？你放心，我跟他没门，连窗都没有，聒噪男、小气男、臭屁男！总之，就不是什么好人。”

聒噪？小气？臭屁？这确定是周波？

也不知道他到底做了什么将这姑奶奶给得罪了，感觉有故事啊……

“可是我真的要加班啊。”

“那你今天晚上通宵搞定，我等下过来陪你。”

“不是啊，你要买车，什么时候都能买啊，干吗非得明天啊？”

“有优惠价啊，而且，各种品牌车型全都放在一起，我也不用到处跑不是？直接当场比较，岂不是爽哉？”

你长得好看，说什么都对。

“那你等下带夜宵过来。”

不知不觉中，冉素加班已到深夜，却不见宋菀儿过来，打电话过去却是无人接听。想着该不会是路上出什么事故了？脑子里千奇百怪的想法走马观花。她又拨了几个电话，得到的都是无人接听。

正当冉素准备接着打电话，宋菀儿却回过来电话：“阿冉……”竟带着哭腔，冉素心头一急，却听得对方接着说，“老周住院了……”

平日里宋菀儿嘻嘻哈哈惯了，现在听着她六神无主的声音，冉素恨不得立马飞奔到她身边：“阿姨在哪家医院？我就过来。”

宋菀儿报了地址，冉素匆匆收拾东西，可恶的是电梯竟迟迟不来。要不是楼层太高，她怕是已经走楼梯下去了。

平日里，周玲待她如同亲生女儿，这会儿也不知情况如何了，宋菀儿在电话里也没多说，心情烦闷不已。

“怎么了？”今日许岩廷因为南江那边的事情一直在加班。市场部因为南江市场的失利遭受整顿，王佳恒以此事重聚人心，并许下承诺，重新拿下南江的市场。

许岩廷想起今日站在他面前立下军令状的王佳恒，突然对他有些捉摸不透，看似老好人的表皮之下藏着的却是铁血手腕。

他并不是缺乏领导能力，而是需要一个立威的契机。

之前市场团队人心涣散，做事懒惰，而现在，生机盎然，干劲十足。

他这是在用失败来做惩戒。许岩廷想，这倒是跟自己有点像，这种方法最能团聚人心并迅速占领领导地位。

之前南江的市场因为华盛的突然介入而出现动荡，打了隆欣一个措手不及，但也不是说就没有挽回的余地。今日王佳恒主动立下军令状，他倒是很期待他会怎么挽回。

此时已是凌晨一点，楼道里一片静谧，只听到有人不断摁电梯的声音，许岩廷过来后瞧着竟是她？

“又加班？”

冉素急着下楼，没心思跟他寒暄。待电梯到来，她进去后就一个劲地摁着负一的按键，此刻竟多么希望能速降。

“电梯都要被你摁坏了。”许岩廷说得不轻不重，刚好够她听见。

冉素终于平静下来。

“怎么了？”他再次问道。

冉素摇头，无意多说，许岩廷也没再多问。空旷的电梯里一人占据一个角落，谁都没办法走进对方的世界。

出了电梯后，冉素直接朝停车位走去，却突地被人拉住手腕，听到那人说："你去哪儿？我送你。"

冉素回头静看了他三秒，随后随他走去。

抵达人民医院后冉素直接朝病房去，一度把好心人抛之脑后。

病房里，周玲面色苍白，没有了往日的锐气，仿佛瞬间衰老。宋菀儿守在旁边，眼睛肿得像个核桃，布满了红血丝："到底怎么回事？"

"医生说是小中风，幸亏抢救及时，要不然……"宋菀儿不敢想象，幸好这次幸运，逃过一劫。

"小冉，你怎么也来了呀，我这没事……"周玲有些气息虚弱。

"周姨，没事，这儿有我跟菀儿呢，您好人长命百岁。对了，您想不想吃点什么东西？"见着人后得知情况良好，冉素便心安了不少。来得匆忙，什么都没买，两人折腾这么久，应该都没吃什么东西，冉素看了看宋菀儿，"要不你出去找点吃的？"

宋菀儿也没拒绝，跟她交代了些注意事项后便回去了。这厢周玲也颇有劫后余生的感觉，一直闭不上眼，有一句没一句地跟她拉扯着，都不过是些陈年往事。

宋菀儿的父亲走得早，虽然说是给她们母女留下了一大笔钱，保证了她们的日后生活，但一个家里终归是缺了主心骨。这些年，重担全都压在周玲身上，脾气也见长，宋菀儿又是个不服管的性子，你越是压制，她就越是反抗，所以母女俩也是这么一路吵吵闹闹过来的，不过吵归吵，两人感情却是越吵越亲密。

她们家的事冉素大多清楚，这会儿听着周玲唠嗑，也觉得岁月杀人太狠，迷迷糊糊间就已走过人生大半。

"小冉啊，你说你们俩都不差，怎么就都不着急呢？我跟你爸妈都是一只脚踏进了黄土的人了，就想着能见到你们成家生子，也就放心了，可你们却一点都不着急。你们这辈人啊，跟我们不同，你们满脑子都是自我主义，不想要婚姻，甚至害怕婚姻，其实啊，真的没那么可怕的。”周玲说得断断续续，冉素附和着点头，偶尔答上一两句。好像人到一定年龄，就总是避不开被催婚。

看着病床上虚弱的周玲，冉素想着她也不用等着中秋再回家了，明天便回去一趟吧。为人子女，最怕的便是子欲养而亲不在，趁着能好好交流、陪伴的时候，多见一面便是一面。

宋菀儿买了些吃的进来，见他们聊得起劲，忍不住苛责了几句：“你这刚抢回一条命，就不能好好休息一下？话就不能留着好点再说？”

冉素剜了她一眼，一张嘴就蹦不出个像样的话。

一起吃了点东西，有人围在身边说说笑笑，周玲的气色瞧着好了点。本来冉素想留下来陪房的，不过还是被她们劝了，便想着明早过来接她们出院。

走出医院，天已经微微泛亮，冉素站在医院门口，看着穿梭于医院的那些疲惫之人，心有戚戚。

“情况怎么样？”许岩廷这一晚也几乎没睡，在车上稍微眯了一下，刚瞧见冉素走出门口便迎了上来。

眼前的这个男人，精致的下巴处多了许多刚冒头的胡茬，黑眼圈严重，还打着哈欠，颇有些不修边幅的禁欲感：“你没回去？”所以，他一直在这儿？此刻不知究竟是欣喜还是心疼，抑或是狐疑？

“也不知道情况怎样，是你家里人还是？”本来是想着上去打探一番的，但是思来想去终究不妥，他便一直在这儿等着了。

“嗯，我朋友的母亲，小中风，发现及时，现在已经无大碍了。”冉素双手交错揉搓着，眼睛无焦距地四处张望，直到最后一个字音落地，才与他正视。

“没事就好，那你现在是打算……”

“我准备回家。”

“那我送你。”意识到不对，“我也顺便回家。”

“今天谢谢你哈。”清晨的风凉爽舒适，将发丝吹乱，冉素将其拢至耳后，别扭又真诚，“改天请你吃饭。”

“嗯。”

冉素突然想起今天的汽博会：“今天的汽博会你要过去吗？”如果要去的话，一整晚没休息，会不会精神不太好？

她问完后，许岩廷突然朝她笑了：“你见过有老板出去站台的吗？”

这个问题，是她问得傻了。

“不过你之前问过优惠价的事，你想换车？”

“不是我，是我团队那个女孩想买辆车代步。”冉素没想到他还记着这事，虽然她也记着他说到时会送他们公司一辆来着。

“嗯，你让她看，不管哪个品牌，到时跟我说声。”

“那我先替她谢过许总了。”

回到小区的时候已经将近五点，两人分道扬镳。冉素洗漱完毕，稍微眯了会便起床先去了隆欣，拿了车后又去医院接宋菀儿娘俩出院。

周玲见到冉素为她的事忙上忙下，心里头也是诸多过意不去，看着她们俩忙碌的身影，又开始念叨：“这家里头啊，就是要有个男人，你们两个都上点心，到时找个男人，自己也不用这么累，家里头出点什么事，也有个人帮衬，是吧？”

宋菀儿一听到这个就不耐烦，那火气就噌噌地往上涨：“怎么？要是觉得我们照顾不好，我立马去随便找个男的结婚，到时闹得鸡飞狗跳，你可别又在那儿念叨。”

冉素赶紧扯住她，这还没出院呢，等下被这么一刺激，又气倒下了，就不好了。

“好好好，我说什么你都有理，你以后也不要叫我妈了，你妈已经被你给气死了。”周玲也是个暴脾气，虽说这些年已经好了很多。

“我们等下回去买只猪蹄吧，我都好久没吃过周姨做的红烧猪蹄了，可想念了。以前都是周姨做给我们吃，今天就我们做了孝敬您，祝您平平安安，长命百岁。”冉素最见不得人吵架，尤其绕在她身边，那感觉就跟有成群成群的苍蝇在嗡嗡嗡叫一样，烦。

冉素这边抛出了台阶，娘俩顺阶而下：“好啊，那你做？”

冉素：“……”

送了周玲回家，冉素和宋菀儿前往菜市场：“阿冉，谢谢你啊，幸好有你。”

宋菀儿很少煽情，冉素对她这突如其来的表白有些措手不及：“我们之间还用得着谢吗？”

“嗯，也是。”

“不过以后你对周姨好点吧，少跟她顶嘴，陪一年少一年，将来后悔的是自己。”

“可是，她总逼我找对象，就是很烦啊！又不是我不想找，如果有那么一个能对上眼的，就算他不要我，我也会奋起直追的，还用得着她说？你说结婚这事急得来吗？要是我随便找一个，万一家暴呢？到时离都离不掉，那叫一个惨。”

其实对于婚姻，谁不向往呢？只是，谁都不愿意不明不白地踏入。

冉素大展厨艺，惹得周玲一个劲地称赞，还不忘念叨这么好的姑娘怎么就是没人要呢？男人当真是瞎了眼。

宋菀儿气得一个劲地翻白眼，冉素倒是无所谓，反正左耳进右耳出，影响不到她什么。

饭后冉素驱车回了趟家，瞧着二老身体健康，心里放心不少。

冉素说这次多待两天，周一早上直接开车去公司。陈秀丽听了高兴得不得了，倒是老冉，疑她是不是发生了什么事，来家里避难了。

冉素这叫一个冤，直到她再三保证自己没事，二老才放过她。

陈秀丽忙着准备各种她爱吃的菜，老冉拉着她观摩家里的装修，还骄傲地说都是他自己设计的。

对于老冉的设计，冉素当真不想吐槽，典型的二十世纪六十年代混合现代都市，嗯，颇有点杂交的味道，也不知道装修师傅怎么忍受过来的。估计着也说过不少建议，但老冉那人倔，一般人的劝，听不进去的。

“我跟你讲，这设计我可是想了很久，要你妈喜欢，还要你喜欢，是不是很厉害？”

“冉冉啊，你别听你爸乱讲，他就是自己主意多。”厨房里的老陈听不下去了，拿着菜刀出来反驳。

冉素哭笑不得。

老冉与老陈是经人介绍结的婚，都是公务员出身，这些年下来，两人感情挺好，老冉性子活泼，老了也像个老顽童，老陈也习惯了他。

“妈，爸这设计挺好的，真的，别人的都是中西合璧，我爸的是年代结合，一般人还真欣赏不来。”

“你就哄着他吧，那尾巴都能翘起来。”

冉素跟老冉唠了会儿嗑，约好饭后去家具城一起逛逛，然后就去厨房帮老陈的忙，陈秀丽悄悄问她：“冉冉，你如果在外面受了什么委屈一定要跟我们说，不要一个人受着知道吗？爸爸妈妈虽然帮不上你什么，但是这里永远是你的家。”

冉素有些哽咽，眼里水光潋滟。陈秀丽没察觉到她的异样，径自继续说：“这女孩子呀，就算找的老公好，那也还是比不上爸妈爱你。你爸虽然看着老糊涂，但心里可明白着呢，你这些年到底是怎么过的，性子也变了不少，我们都知道你肯定难受，也就都不过问。但不代表我们不爱你，我们就你这么一个女儿，宠还来不及呢，以后有时间多回来陪陪老头子，以后就真的说不定见一面少一面了。”陈秀丽叹了口气，冉素控制不住，眼泪哗哗直流。

冉素惊讶于自己数年之后竟会落泪，她本以为她余生都不会落泪了，没想到，情绪竟来得如此之快，快到让人措手不及。

看来她的情绪真的恢复了。

陈丽秀哪想到会这样，自家女儿自小要强，很少落泪，尤其是毕业后，更加清冷。今日突然这般，吓得手足无措，一个劲地大喊大叫：“老冉，老冉……”

冉立春进来就见到哭得稀里哗啦的宝贝女儿，怒气冲冲地瞪了一眼陈秀丽：“你是不是又跟女儿说什么不该说的了？怎么就是管不住你的嘴呢？总是催，催什么催？就算冉冉不结婚，那也有我养，你操什么心？”

冉立春这一番不分清皂白的责备，让陈秀丽也很无辜，她可什么都没说呀。

“老爸，老妈，我没事。”冉素抽搭，“真没事，就是今天菀儿她妈不是生病了吗？然后刚听着妈说……就没忍住……”

“你这老婆子，总是说些没营养的。”

陈秀丽也很无奈。

看着自家父母这般模样，冉素破涕为笑：“爸，你老是责备我妈干吗？还叫她老婆子，那你岂不是老头子了？你们都还年轻着呢。”

女儿哄上一两句，冉立春的气色瞬间不一样了：“还是女儿贴心。”

这顿饭吃得其乐融融，许久都没体会到这种幸福感了。席间，陈秀丽说要不要去看望周玲，被冉素给拒绝了，宋菀儿肯定不希望大家这般兴师动众的。

饭后冉素陪着二老去家具城逛了一圈，老冉总是喜欢跟老陈抬杠，然后转头来问她的意见，只要她说好，便一股脑买下。

陈秀丽笑他是个十足的女儿奴，可偏偏老冉还自得其乐：“我女儿就是好，非常好。”

“就你这样，也不知以后谁敢来你家提亲。”

“那不嫁正好，老爸养你。”

周一，冉素起了个早。谁知老冉老两口起得更早，在厨房里乒乒乓乓地忙活着，冉素听陈秀丽说：“老冉，你觉不觉得冉冉有些不一样了？”

老冉含混着“嗯”了一句。

冉素清楚他，心里头越是怀疑，他就越不动声色，这会儿内心指不定想着什么呢。

冉素过来打断了他们的对话，只见桌上已经摆好了各种她爱吃的菜。待稍微冷了点，二老便用打包盒将其分类装好，嘱咐她即使工作忙，也要好好吃饭，到时这些菜热热就可以吃了。

冉素心里头又是一阵堵得慌。

冉素体验了两天的幸福生活，周一再去上班竟然觉得有些不适，耳边总是回响着老冉老陈的念念叨叨，一大早喝了整整一杯咖啡后才柑橘调整过来。

想起周末汽博会的事，冉素问吴琳有没有选好车，吴琳挠了挠头，有些不好意思地说道：“看是看中了几辆，但是都超出我的预算了，可是便宜的我又不喜欢，所以……”就没买成。

冉素让她把看中的那几款车型写给她，帮她去问问优惠价。

吴琳听后兴高采烈地写了张字条给冉素，冉素拍了张照发给许岩廷。

当初两人还是通过林俊平加的微信，但是通过后却一直没联系过。回想起来，好像两人都是面对面交流，似乎也确实用不到微信。

也不知道她这信息发过去，他知不知道是她。

一直到下午，许岩廷才回消息：嗯，我晚点给你答复。

——谢谢。

两人都默契地没有下文。

晚上，冉素都准备睡了，睡前跟老冉他们视频，这边刚挂，便收到了许岩廷的信息，发过来的是另一款车的型号。

接着又发来了一句话：女孩子用这款比较好，性能价格都不错，也省油，最主要的是外观好看。

他倒是很了解。

冉素回了句过去：这个算下来大概多少钱？

许总：十二万吧。

冉素：优惠了这么多？

许总：嗯。

冉素看着他发过来的“嗯”发呆，这人……好像挺热心的？并不是那么冷漠嘛。

又点开他头像看了看，是一辆隆欣出品的车型图。

又翻了一下朋友圈，竟然干干净净。

想了想，冉素将他的备注从“许总”改成了“其实也挺好。”

其实也挺好：怎么还没睡？

他这是主动问话？那这意味着什么呢？她从心理学角度分析了一圈，最后觉得可能只是自己在瞎想。而事实证明，确实如此，因为当她发了句“嗯，谢谢，下次请你吃饭”过去后便没有回应了。

这一晚，冉素的梦境七彩炫丽，一会儿是爸妈嘻嘻哈哈，一会儿又是宋菀儿吵吵闹闹，竟然还有许岩廷。他就站在人群之中，万般温柔地看着他，然后向她慢慢走近，走近……

霍米主演的电影《冢情》即将上映，之前已经做过一轮预热，现正式定档九月二十七。随着一番宣传的来袭，许霍订婚事件再次被提及，#许岩廷 霍米#的话题霸据各大网站热点。

本以为已经消停的事情再次喧嚣尘上，隆欣的营销团队也没闲着，趁着这波热点，赶紧推出隆欣即将新款上市的第一波预告。

这波操作也算是蹭了个免费宣传。

“这就是你们的方案？”许岩廷盯着页面上的各种博眼球的新闻，手指有节奏地敲击着桌面，声音里让人听不出喜怒。

与许岩廷共事多年的人都知道，这是他发难前的预兆。

许岩廷年纪不大，本身的性格沉稳，兼之常年的商场浸润，让他越发擅长收敛自己的情绪。

“我觉得挺好的呀，热点也有了，想要的效果也都达到了。”林俊平试图从中调和，并向赵子强使眼色。

“是啊，许总，这次的营销虽然效果还没出来，但是肯定比以往的效果要好。”赵子强作为营销团队的老大，他要做的就是怎么抓住热点，为公司带来更多的爆点。

许岩廷其实很少过问营销部的事，毕竟赵子强在营销上经验丰富，处理事情也很老道。所以，他对赵子强很是放心，更多时候只关心是否达到他所要的效果，至于过程如何，他也不在乎。

只是这次，他也并不是说这个热点蹭得不对，只是他最不愿被提及的事再次被公之于众，而他的公司竟也跟着沾了这波噱头。外人不知他跟霍米之间的内情也就罢了，但他自己清楚，这落在霍家眼里又成了什么？嘴上说着不要，身体却很诚实？

林俊平虽知这其中的不妥，但现在广告已经放出。而且赵子强还算有分寸，并没有明面上直接蹭热点，只是借了这阵东风，借得也挺巧妙的，只是媒体总喜欢夸大其词，也喜欢胡编乱造罢了。但从公司利益出发，能达到不错的效果，何乐而不为？

“第二期预告再等等，到时你们的营销方案先给我过目。”许岩廷沉思良久，只说了这么一句。

“许总是觉得这次的宣传有自我炒作的嫌疑？”赵子强其实当初赵子强考虑过要不要趁这个时机做第一轮宣传，但是，最终他还是做了决定。

这会儿见许岩廷的态度多少能窥探到他的不赞同。毕竟以个人感情热点带动公司产品话题，多少会被人诟病，只是赵子强并不觉得这是错的，商业联姻罢了，霍米可以做影视宣传，为何他不能做商业宣传？

不过他也就心里想想而已。

许岩廷点头：“热点确实能带来流量，但是，也会带来一些不必要的负面影响。之后这两天，你们做好对外的公关。”他大概能想到会有些怎样的后果，“至于我跟霍米之间的事，若是媒体问起，你们一律说不知道就好。”

在场的没人想到许岩廷会主动提起他和霍米的这事，但从他的态度便能窥见其二。

“另外。”只听许岩廷继续道，“这次或许能吸引到不少流量，但是我们的广告需要有针对性，并达到一定的购买率。”

散会后，林俊平留下来，问：“你跟霍家这事打算怎么解决？”

许岩廷扶额，颇有些头疼，他以为霍家会主动给出说法，但是并没有。所以，他现在是处于被动的。

“我？”许岩廷有些自嘲，“霍家女婿不是也挺好？”

林俊平自是知他话里的含义：“有些事情还是及早止损的好，尤其是感情。毕竟你与霍米多少有些情谊，这事是她不对，但既然逼不出，就索性当面去解决了吧。”

林俊平怎会不知许岩廷骨子里的那份自傲？只是，作为朋友，他不希望许岩廷受伤。

“对了，我明天打算去一趟南江。”许岩廷想起王佳恒反馈的南江市场那边同意他们隆欣入驻，但是可能会有点问题。

“怎么了吗？”林俊平不解。

许岩廷笑而不答。

而这一笑，林俊平忽然就懂，苦涩一笑："都不是省油的灯啊……"

王佳恒在机场接到许岩廷，开门见山："许总，对方答应可以入驻，但是有条件。"看了眼许岩廷的脸色，继续道，"利润要比原先谈好的多出三成。"

许岩廷嘴角轻扬，带着轻蔑："胃口倒是不小。"

"还有……"王佳恒憨憨厚厚的，此刻显得有些踟蹰，不过还是开口了："盛总也在。"

许岩廷点头，他就是知道盛世涛在才特意过来的。

王佳恒径直驱车到了一家酒店，带许岩廷进了一间包厢，此刻里面已经坐了三个人，华盛的市场部总监蓝枫、盛世涛以及一个约莫五十岁的男人，挺儒雅的。许岩廷猜他应该就是南江的市场招商经理徐又进了。

"不好意思，让各位久等了。"许岩廷在盛世涛旁边坐下，微微颔首，"不知盛总也在。"

"许总最近双喜临门呀，与霍家的婚事动静不小，现在又有新产品上市，恭喜恭喜。"盛世涛笑眼眯眯的，一副慈祥的长辈姿态，落在许岩廷眼里却格外地刺眼。

"我这哪比得上盛总又是慈善又是为家乡做贡献的。"

两人间硝烟弥漫，却都言笑晏晏。王佳恒在一旁笑着，也不觉得尴尬，倒是徐又进，打着哈哈打破了两人间的气氛："来来来，尝尝这有名的东安鸡，味道一绝，吃完一次绝对念着第二次。"

一顿饭吃下来，倒也挺和谐，谁也不提工作的事。回去的路上许岩廷有些乏，躺在后座上，声线有些疲惫："你觉得徐又进这个人怎样？"

"这个人倒是没什么特别的缺点，为人也挺中规中矩的。"经过这段时间的了解，王佳恒并未发现徐又进有什么明显的、可利用的缺点。

许岩廷轻轻“嗯”了一声，但人无完人，尤其当人处在高位的时候。

翌日，许岩廷与王佳恒约了徐又进见面。

徐又进自然知道他们的来意，但都是老油条，一个踩着点进，一个踩着点退，高手过招，招招狠戾，于无声中早已硝烟弥漫。

“徐总觉得隆欣这次推出的新产品怎样？”许岩廷问。

“这次隆欣的新产品，电池做了更新，相信电力会更足，持续时间更长，这是好事。”徐又进打着官腔。

“看来徐总也看中了我们产品的未来，我知道，华盛是老品牌，有广大用户，但是不可否认的是，隆欣的用户在这两年有明显的增长，而且年轻品牌将会是未来市场的中坚力量，相信徐总在答应给我们入驻的时候就已经调查清楚了。”许岩廷不动声色间也传递了自己的意思，徐又进今年五十七了，距离退休只有三年时间了，等着他下位的人多得是，市场招商这个位置是个肥差，是个人就盯着这位置。

徐又进不动声色地观察着他，眉毛微动：“许总说得对，未来终归是年轻产品的，但是也要看年轻的能不能扛得住啊，若是扛不下来，那也是没用的，不是吗？”

“那自然，就跟我来之前还瞧见一个年轻姑娘，看着年纪挺小的，不知道扛不扛得住？”许岩廷轻描淡写。

但是徐又进显然已经坐不住了，脸上的笑意渐渐隐去，换上了一层怒色：“你想干什么？”

“徐总说笑了，年轻人总是需要经历些考验，看看能不能扛得住事，所以还得请徐总考验考验呢。”许岩廷始终淡淡的，却透着一股胸有成竹的自信。

“两成。”徐又进不再跟他打绕，做出退步。

“一成。”许岩廷轻飘飘的一句话，气得徐又进拍桌而起：“你……妄想。”

“是不是我妄想我不知道，说起来，这次的招商入驻合作，徐总心里明白，政府对新能源车一直持支持态度，而本来谈好的合作，隆欣却突然就被划出了名单外，这其中缘由，想必徐总很清楚吧？利润在原来的基础上多一成，再多也就没有谈的必要了。”许岩廷言辞恳切，丝毫没有退让的意思。

冉素最近忙着跟进数据分析，随着隆欣的第一波广告已经放出，他们要跟进，做用户购买分析，晚上也就回来晚了点。当她到咸嘉花园的地下停车场的时候，都已经是凌晨了。

下车的时候，她下意识地朝许岩廷的车位那边看了一眼，车在？难道回来了？

今天公司都在传，传许总亲自拿下了南江的市场，且隆欣在南江的市场份额超过了华盛，大家对他的崇拜显然又高了一个层次。

鬼使神差地，冉素就往车的位置走去，鬼鬼祟祟地往里瞅。好吧，什么都瞧不见。

忽觉自己怎么就像个小姑娘了？幼稚得不行。

“你是在看我？”她这刚转身，就听见身后传来一道略带打趣的声音，有些嘶哑，有些疲惫，但是藏着些许笑意。

“我就是觉得这车挺好看的。”冉素被抓了个现行，别扭地踏着脚，往前慢慢挪。

“嗯，是挺好看的，毕竟好几百万呢。”懒懒的声线，听起来却格外地顺耳。

紧接着，她听见了开车门，关车门，锁车的声音，以及离她越来越近的他的声音。

冉素微微懊恼，暗忖自己怎么也这么二了。

“怎么又加班？没吃饭？”

他们这行加班是常事，只是她好像真的还没吃晚饭来着，忙着忙着就给忘了。冉素微微侧目，看了眼身旁的男人，满身的倦意，脸色似乎也不是很好。忆起上次，她突然就有些心疼：“你也没吃饭吧，我请你？”

冉素想起老陈给她准备的那些菜都被她塞冰箱了，得吃了，要不然辜负了老陈的一番苦心。

许岩廷突然就朝她笑了，笑意直达眼底。而这也是她第一次见他笑得如此自然，不禁有些讶异，一本正经地解释：“不是，就是我妈给我做了很多菜，我都没吃，浪费了可惜。”

许岩廷了然一笑：“好。”

许岩廷慵懒地坐在沙发上，手里翻着放在茶几上的有关汽车的杂志。他翻了几页，有些无聊，起身打量了下她的住处，典型的一室一厅格局，装修风格也一如她本人，简洁舒适，布局恰到好处，偶有的一些少女心思设计，为之增添了几分生机。

落地窗前一帘白纱，此刻被拉上，将室外的灯光旖旎拒之窗外，壁灯皆是暖黄色，温馨舒适。

“这房子是你自己设计的吗？”许岩廷来到厨房门口，只见她一头长发随意地扎在脑后，退去了平日工作时穿的正装，换上了家居服，有条不紊地在厨房里忙碌着，橘黄灯光下，将整个人映衬得格外柔和唯美。

他本想帮忙的，却被赶出来了。

“嗯，当初买这个房子就是觉得楼下那个书店不错，本来想着直接请人装修的，但是又想着，买都买了，干脆就按自己的想法来吧。”冉素回头看了他一下，“可是，真的弄起来，才知道什么叫门外汉。”

对于当初装修这个房子，辛苦是真的辛苦，但是当看到自己想象中的小窝具体化地呈现在自己面前时，觉得辛苦还是很值得的。而且，忙碌起来就会忘记一些事情，所以也算是变相地在转移注意力吧。

只是可惜，当成果后来展现出来的时候，完全感受不到高兴，只是觉得一如想象。

不过，若是现在让她再重来一遍，她是不愿再自己装修设计了，太累不说，而且真的是个技术活。

“很不错，简单不失个性，暖黄色的色调也很温馨舒适，挺适合宅的。”许岩廷道。

一语道破。

当初之所以选用暖色调的灯光，是觉得舒服不刺眼，适合慵懒度日。

香味渐渐传出，两人的肚子竟颇有默契得同时响起。

两人对视一眼，而后不约而同地笑出声来。

而后，两人都有些发怔，毕竟这是彼此第一次见到对方的另外一面，然后内心感叹：原来他/她是会笑的呀。

饭菜热好出炉，色香味俱全：“开动吧，尝尝我妈的手艺合不合你的口味。”冉素看着桌上的几道菜，猛然后知后觉，“能吃辣吗？”她家的菜无辣不欢，所以老陈做的菜几乎都是辣的，也不知他能不能吃。

许岩廷夹起一块香辣排骨，酥酥脆脆的，一咬就肉骨分离：“嗯，我以前也喜辣，后来口味淡了些。”出国的那些年吃辣少了，以致后来也就习惯了。

他吃得很是优雅，相比之下，冉素虽也是细嚼慢咽，却缺了点美感。有些人的优雅似乎是从骨子里带出来的。

许是气氛太过诱人，让他失了防备，猝不及防地掉进了她所设的陷阱，让他竟有了诉说的欲望：“我从没吃过我妈做的饭菜，以前就特别羡慕别人家，父母一到饭点就喊自家孩子吃饭，而我家从来不会。”从他记事起，母亲就很少在家，眼里、心里都只知道工作、工作，他童年为数不多的快乐都是父亲带给他的。

后来，当他得知父亲去世的消息时，他几乎是崩溃的，好似唯一的那点支撑都随之而去了。

那时有多恨，有多怨，有多悔，有多苦，只有他自己知道。

冉素安静地听着，做一个真诚的聆听者，真切地感受着他的落寞、伤感。她不知道他过去到底经历了什么，但是她知道，此刻于他而言，陪伴与聆听便是最好的。可是，他却没有再往下说，只是默默吃着菜。

“你知道吗？我有时候总会想着人为何生而为人？又或者如果我不是人，又会是什么之类的，可发现怎么都想不通，甚至进入死胡同。后来变聪明了，索性就想着，权当是为了感受生命的喜怒哀乐吧。有些人生来便是喜，但有些人生来便是悲，但不管怎样，最后都会魂归黄土，所以，悲喜又如何呢？”这个结论是她车祸一年后总结出来的，虽然还是想不通为何为生而为人，但是她自认在某些方面做到了豁达。

“为何生而为人……”许岩廷若有所思地念着这句话，说着说着不自觉地笑了，“这问题确实挺值得思考的。”

见他情绪有所放松，冉素也就真的跟他在这个问题上探讨起来了。聊起来后才发现，两人竟在很多方面都一拍即合，观点不谋而合，一旦观点相同，便有种相逢恨晚的错觉，仿佛找到了知己。

而许岩廷平日里看着挺冷漠的一人，畅谈起来竟还挺有梗的，而且也很懂抛包袱，冉素直笑他两面派。

回到家推开家门的一刹那，许岩廷看着空荡荡的房间，突然有一瞬间的孤寂，低头看了眼手里提着的饭盒，嘴角的笑意不自觉地泛开。

走之前，冉素打包了一份菜送给他，说是热热便可以吃。

洗漱收拾妥当已是深夜，许岩廷却已没了睡意。他端着一杯红酒站在落地窗前，看着外面仍旧亮着的、稀稀落落的几户灯光，那些灯光是在为谁而等待吗？

信息声突兀地响起，在这偌大的房间里格外地刺耳。他走过去看了眼，竟是冉素发来的微信：注意身体，早点休息，晚安（其实你应该多笑的，很帅）。

紧接着，一张满屏哈哈的图片过来了。

许岩廷不自觉地笑了，一夜好梦。

霍家。

许岩廷已经等了两个小时，却仍不见霍纪生出现。他明白，这不过是在给他下马威罢了。

许岩廷之前想着，如果能让霍米主动解除婚约是再好不过的，但是他等了许久，霍家人却无任何动静。

其实他大可以耗，相比之下，他没什么耗不起的，即使真到了订婚的日子，他亦可以不出现。只是正如林俊平所言，有些事，尤其是感情，需要当面处理。

而所谓的当面，他不找霍米，而是找霍纪生。

霍米倔强，亦不会愿意与他谈这事，唯有从霍纪生着手。

霍纪生想给他下马威，他可以理解，他今日耐心十足，看着杂志，也不觉得时间难熬。

大概又过了一个小时，霍纪生才从楼上不急不缓地下来。一见到他，一脸的吃惊："许总什么时候来的？怎么没人通知，这些人，一个个的拿钱办不好事！许总来很久了？"

许岩廷并不在乎他的客套与敷衍，如果等待能解决问题，他愿意等："霍总有事忙，晚辈等会儿是应该的。"

"那你今天找我是？"霍纪生明知故问。

"今日岩廷过来，是想跟霍总说下我跟霍米的事情，"许岩廷顿了一下，免去了拐弯抹角，直接切入主题，"我跟霍米是不可能的，还请霍总劝一下霍米，不管她以什么方式来结束这件事，我都接受，我希望她幸福。但您也知道，有些东西不是我能给的。”

霍纪生笑得一脸慈祥：“感情上的事是你们小两口之间的事，你找我也没用呀。小米的事情我一向都不怎么管的。”紧接着快速转移话题，“对了，隆欣新品上市准备得怎么样了？我倒是觉得如果隆欣的新品发布会跟你们的婚事一起的话，倒是挺好的。”

许岩廷暗忖，这老狐狸！

不过他面上依旧不动声色：“岩廷从未想过将自己的婚姻与商业捆绑在一起。我想，这样的婚姻是不幸福的，对霍米也是不公平的。”

“其实幸福这种东西就看怎么想，如果能把自己想要的东西拽在自己手里，这是不是也是一种幸福？而婚姻这种东西，到头来不过是柴米油盐罢了，过着过着，自然也就过下去了，更不存在公平不公平一说。”

对于霍纪生的这种观点，他无法苟同。对于婚姻，他不愿将就，也不愿掺杂其他的东西。人活着已属不易，若是再将婚姻过成一摊烂泥，那才是真正的黑暗。

“那就当是岩廷年少无知吧。”许岩廷无意再多说，“若是霍总对女儿是真的宠爱的话，就还请为她考虑考虑，岩廷话已说到，打扰了。”

看着许岩廷离开的背影，霍纪生脸色微变，眼里滑过一丝阴鸷。

霍米约许岩廷见面是意料之中，亦是意料之外。一见面，霍米也没有跟他过多地绕弯子，单刀直入：“我可以解除婚姻，但我有个要求。”

看来霍纪生行动了，又或者说他一直都有考虑，只是在等着他登门而已。毕竟霍纪生就不是先低头的人，尤其在晚辈面前。再者，他那么宠爱的女儿，怎么舍得她受尽委屈？霍纪生之前同意霍米的胡闹，或许也只是在试探他，而在初始的那一步起，霍纪生就已经想好了退路。毕竟他们这些人，从来就不做没有准备的事，也不会打没有退路的仗。至于霍纪生到底是怎么说服霍米放弃的，他就不得而知了，不过这都不重要。

“嗯。”许岩廷没多想答到。

“陪我参加电影的首映礼。”

“好。”

“以男朋友的身份，一整天。”

“……”

“既然老公当不成，男朋友的身份总得让我体验一下吧？”

九月二十七的电影首映礼上，许岩廷与霍米俊男美女携手出席。华衣美服，灯光璀璨，言笑晏晏，作为女主角的霍米自然更受瞩目，而身边的许岩廷同样备受关注。

“请问霍小姐，方便透露一下您与许总的订婚仪式的事项吗？”

“请问许总，之前爆出来的那些新闻属实吗？”

“霍小姐，对于许总的那些过往，你都知道吗？你作何感想呢？”

……

诸多问题一个接一个，全都聚焦在霍米与许岩廷的私人情感上，很少有人问起关于电影的事情，最后主持人看不下去了，适当截断了记者们的提问。

许岩廷不适应这种场合，虽不知霍米葫芦里卖的什么药，但是他既已答应，便全程配合。

问题从感情到电影，最后又转回感情，霍米很多时候都是笑着的，大方得体。有时需要她回答，也会回答得滴水不漏，模棱两可，圆滑又世故，却也认真。

这是工作中的霍米，于许岩廷而言，有些陌生。

典礼结束，本来是霍米的助理要开车送她回去的，却被她拒绝了，却是她自己开车载着许岩廷去了江边。

夜晚江边的风吹到呼呼作响，霍米带着莫名伤感的声音在他耳边响起："还记得这里吗？当初我犹豫是否进娱乐圈时，是你站在这里告诉我，做自己想做的事情就好。"

当时霍米大学毕业，被选中参加一个角色的试镜，非表演专业的她有些犹豫，便约了许岩廷来这里，想听下他的建议。也正是他的鼓励，让她踏入了娱乐圈。

"你后悔吗？"许岩廷问。

霍米娇笑着摇了摇头："我喜欢这个职业，虽然很多时候做不了自己，却可以从戏中体验人生百态，挺好的。"

许岩廷没有接话，只是静静站在江边，任由风将头发吹乱。

不后悔就好。

"你后悔吗？"霍米问。

"嗯？"

"今天我让你见识到了真正的我，我很优秀，不是吗？你确定放弃这样的我，不后悔吗？"自信的洋溢，让许岩廷不由得笑出声来，她还是他所认识的那个任性又骄傲的大小姐："嗯，你一直都很优秀。"

"可你却不要，不是吗？"

"小米，感情的事讲两情相悦，强求不会有结果的。"

"你放心，订婚的事我会出面说清，但是我也不会放弃你，总有一天，我会让你自愿跟我结婚的。"此时此刻的霍米又恢复到了往日那个透着娇蛮、任性的大小姐模样，"不过，我说过你今天是我男朋友吧？"看了看手表，"还有一个小时，你陪我去看一场午夜电影吧。"

"不去。"对于看午夜电影这种事，许岩廷表示坚决不去。

"你怕！"霍米像是得知了什么不得了的大秘密一般，异常笃定。

"谁怕？"

"不怕那就去呗。"

"不去。"

两人争执间仿若重新回到了小时候的嬉闹时光，没有隔阂，没有纠缠，亦没有那么多是是与非非。

Part 6

心里很苦的人，一丝甜就能填满

十月一号凌晨，霍米发了条微博：订婚取消，不限时延期。

一时之间，炸醒了无数已经入睡的媒体人士，也吸引了无数粉丝前来抱团安慰，大意无非是感谢某男不娶之恩之类的。

当时冉素尚未休息，还在忙着整理数据，宋菀儿突然一个电话过来，让她赶紧上微博，热闹程度都快赶上年度大戏了。

冉素对于吃瓜并没多大的兴趣，但在得知主角是许岩廷后，才默默地打开了微博。一时之间，各种骂许岩廷，不负责的言论滚滚而来。

看着那些污言秽语，冉素不敢想象那些键盘侠到底长着怎样的一张脸，有着怎样的一颗心，做人难道就不能善良点吗？

虽然知道娱乐圈是个浑水圈，但是身边人被平白无故地泼了脏水，还是很气愤的。犹豫再三之后，她还是给许岩廷发了条微信，却久久没得到回应。想着，许是她杞人忧天了吧，毕竟他也是见过大风浪的人，怎么可能连这点风波都扛不过？

如此想着，倒是平静了不少。

隆欣集团总裁办，一室光华，许岩廷淡定地坐于办公桌前若有所思地看着微博，瞧着有些评论当真是有趣得很。

林俊平与赵子强实在有些琢磨不透他的想法，只觉此刻的他笑得有些诡异。

“有些不需要代价的事情果真是谁都能做，谁都敢做，而且会不遗余力地做。”许岩廷关了微博，眼里尽是蔑视。

“需要处理吗？”赵子强问。

“你觉得呢？”许岩廷反问，当初不惜以自伤的方式爆出自己是渣男，现在霍米顺势解约，结果是他想要的结果，也算是给了她台阶。

赵子强下意识地摸了摸鼻子：“那……”你叫我们过来是所谓何事？这大半夜的，扰人睡觉时间。

“独乐乐不如众乐乐。”许岩廷难得开玩笑，简直将面前的两人给惊出双下巴来，“走，请你们出去喝一杯。”很显然，这个人今天似乎有些开心。

老板请客，哪有不奉陪之理？

许岩廷拿起桌上的手机准备出门，却瞧见了冉素发来的微信：睡了吗？你还好吗？

许岩廷嘴角的笑意无限扩张，连带眼角都泛起了细纹。

林俊平瞧着有猫腻，耐不住好奇，凑过来试探着：“谁呀？笑得这么开心？”

许岩廷给了他一个白眼，想着给冉素回了条信息。打字期间，许岩廷眼角的笑意收都收不住，周身似乎都泛着温柔的霞光：还好，预期之内。你睡了吗？

林俊平跟赵子强何曾见过这般温柔的许岩廷，此情此景堪称绝无仅有。两人嘀咕着，真不知是何方神圣能享受到如此殊荣。

冉素的信息很快就回过来了：还没呢，这不是小长假即将开始吗？似乎有点兴奋。

——睡不着？

许岩廷迅速回复，双手捧着手机，等待着对方的回复，仿佛在等上亿的大单一般，有些兴奋，有些紧张，又有些期待。

——嗯，有点。

——那要不来楼下一起吃点东西？牛哥烧烤，怎样？

——好，那等会儿楼下见。

林俊平跟赵子强怎么都想不到，堂堂总裁竟然带他们来吃楼下小区的烧烤，而冉素也没想到，竟然还有其他人同行，颇有点尴尬。但是她已经熟悉了情绪的控制，很快就处理妥当了，并得体地跟两位老总打着招呼。

林俊平跟赵子强用眼神不断交流，一会儿盯着许岩廷看，一会儿盯着冉素看，好似在围观动物一般。

冉素有些不自在，若是知道还有其他人，她就不来了，免得遭人们的围观。

许岩廷轻咳了几声，示意他们稍微收敛。

“你们俩住同一小区？”林俊平很是八卦，由眼神八卦直接转为口头八卦。

冉素转了转眼珠，颇为认真地道：“可能许总比较亲民，我可没想到我们小区竟然还住着身价不菲的总裁。”

这姑娘，有点不一样。

林俊平突然就想起许岩廷之前对冉素的肯定，暗想着：本以为是个不开窍的木头，没想到最后竟然是个步步为营的高手。

是他眼拙了。

“他不是亲民，他是怕孤单。”林俊平凑到她耳边轻声说道，但是声音却足以让他们几个都听到，“有些人嫌别墅住着太空荡，没人气，就喜欢待在人多热闹的地方，可以化掉点冷气。”

冉素看了看许岩廷，见他神色自然，便知林俊平可能是在开玩笑。哪有人有别墅不住的？多浪费：“那他可能不是孤独，是傻，哈哈。”说完冉素倒是自己先笑了。

林俊平简直惊呆了，竟然有人敢怼他，了不起。

再反观许岩廷，竟然一点动静都没有，只是安静地吃着烤串，而嘴角弥漫出的迷之笑意是什么意思？

林俊平好像嗅出了一丝不一样的气息，莫不是千年铁树要开花了？

“对了，你们是不是有事要谈？如果不方便的话，我就先上去？”冉素总觉得他们在一起应该不是专门来吃烧烤的吧？主要是大家都西装革履的，总觉得跟这环境有点格格不入。

许岩廷在听到她说要上去的时候神色终于有所松动，淡淡地回了句：“没事，要走也是他们走。”

这是不是有点小过分了。

林俊平&赵子强：情何以堪啊。

不过，最后还是两个电灯泡主动走人。他们表示这种磁场不适合他们久待，还是速速撤离为好。

离开前，林俊平还不忘向她投射信号，冉素一脸蒙。

“不用管他们。”许总吃得可淡然了。只是，林俊平那一脸的八卦是怎么回事？好像他俩好像有点啥一样，虽然她也希望能有点啥。

“你们怎么会来这儿？”冉素有些好奇。

“你下来吃比较方便。”

……所以，她应该说什么？

本来在还没见到他之前，冉素脑海中还在预想着怎么安慰安慰，不过现在看到他，似乎真的没事。

那她也就不用客套了，弱弱地问了一句：“许总，今天你请客吗？”

“如果你想要安慰我，因此想请我的话，也是可以的。”

这人……她还是默默地吃吧。

冉素晚上不敢吃太多辣，怕第二天早上起来长痘，所以吃得就比较克制，倒是许岩廷，似乎吃得不少，像是真饿了。

两人很少言语，大多时候彼此沉默，但是气氛却一点儿都不尴尬，甚至有些莫名的和谐。

“其实俊平说的是真的。”他突然冒出来一句话，冉素有些摸不着头脑，而后一想，知他说的是因为怕孤独，所以才住在这里的事。

她的心有那么一瞬间就被击垮了。

这个男人是在向她展示他的脆弱吗？

冉素心疼不已，有些话还没来得及经过头脑仔细过滤，早已脱口而出：“以后欢迎你来我家蹭饭，但是你得自己带菜。”

他的眼睛突然就亮了，透着一丝期盼：“嗯。”

冉素笑了，怎么就有这样的人呢，一点都不矜持，就坡下驴太过得心应手。

饭后，两人肩并肩穿过小区，夜深人静，微微泛起了凉意。许岩廷送她到她家楼下，准备离开时，却听到冉素在背后轻轻柔柔地问了一句：“你还好吗？”

许是夜色太过温柔，抚乱了他的心神；又或是夜色太过美丽，诱失了他的理智；也有可能是她声线太过柔和，摧垮了他的坚强。他掉转回头，加速几步走至她面前，伸手将她轻轻地拥入怀，头埋在她肩头。此时此刻，冉素一动都不敢动，一脸惊呆地保持着最原始的站姿。她怕她一动，就惊扰了他的灵魂，从此离她而去。

“谢谢。”他说。很轻，很柔，也很真诚。

很多时候，也许只是一句问候，便叫人卸了所有的防备；不过最简单的一句“你还好吗”，便让他丢盔弃甲。

夜晚，总是能让理智不那么理智；拥抱，让距离不再那么有距离。

“许岩廷。”冉素忽然一本正经地唤了他一声，只听得他轻轻地“嗯”了声。

“我们试着了解了解吧。”她闭着眼，感受着他身上的气息。

“好。”他毫不犹豫应下。

这一夜，冉素失眠了，而许岩廷，却睡得格外清甜，以致晨跑两人相遇时，一个状态不要太衰，一个不要太好。

“激动得一晚没睡？”某人心情格外地清爽，在她前面倒退着慢跑，眼里的笑意都快溢出来了。

以往的他，大多时候是带着冷漠与疏离的，而这一刻，这个好看的男人朝着她笑，笑得像个冒着傻气的大男孩。

“今天要加班吗？”

“不了，想做点别的事。”两人的脚步都已放慢，只是他依旧倒退着走在她前面，视线始终不离她。

冉素被他看得有些心虚，低着头，有意无意地踢着脚下的石子，嘤嘤地问了句：“什么事？”

“某人不是说想了解了解我吗？我得给某人机会呀。”

臭不要脸！

冉素抬头，本想怼上一句，可还没来得及开口，惊慌的一声“啊”倒是先出了口。冉素快步上前，将他扶住：“没事吧？”带着一丝丝心疼，他听出来了。

“心疼我？”许岩廷拍了拍裤腿，刚倒退着走，没注意，撞到花池边了，一个踉跄，差点就一屁股坐花池里了。幸得他身手敏捷，待他站稳，却瞧见身边的女人一脸焦急心疼地看着他。忽然就感受到了幸福，手也情不自禁底抚上她的俏脸，捏了捏，软软的，滑滑的。

冉素没瞧见他眼里的戏谑，只是拉着他打量了一圈，见他完好，也就松了一口气："以后多吃点饭吧，弱不禁风的。"

许岩廷怎么都没想到她会说出这么一句话，怔怔地看着她，却听她继续碎碎念着："明明一大男人，看着却像能被风吹走似的，也不知你以前怎么过来的。"

许岩廷听得格外带劲，眼角的笑意就没收起过。原来被人念叨竟是这种感觉，烟火气十足，却很幸福。

冉素看着他这身板，想起上次在餐厅碰到他时的虚弱模样，心里越发心疼。

许岩廷自然而然地揉了揉了她发顶，宠溺地道："以前怎么觉得你挺高冷的呀，原来都是装的呀。"

"我以前还觉得你是冰山总裁呢。"冉素反驳。

"那我们还真挺像的。"

"哪里像？"分明一点儿都不像。

"都是两面派呀。"

"……"

冉素不知道怎么说她跟许岩廷的感情发展，好像是水到渠成，但又透着古怪。更奇怪的是他们之间的相处，似乎直接跳过了暧昧期、热恋期，就已经进入了老夫老妻模式。

"这有什么好纠结的，不管怎样，先处着再说，反正亏的不是你。"宋菀儿一边咬着烤鸭，一边看着剧，口齿不清。

此刻电视里恰巧播着男女主因误会而分手的戏码，冉素忽然就想到了许岩廷，他们之间以后也会有误会吗？那到时他会怎么处理呢？

"阿冉，你家男人该不会是双重人格吧？"宋菀儿突然灵感一闪，根据她的描述，一个高冷到不行的人突然间大转变，不得不让人怀疑。

冉素不轻不重地踹了她一脚：“你以为都跟你一样。”人家不过就是有点画风突变而已。

“嘁！”宋菀儿翻了个白眼。

“对了，这几天你有啥打算？我们要不出去玩吧？让你家男人请客。”宋菀儿最近灵感不行，手工总是做不出自己满意的作品，她想着是不是真的宅久了，脑子也跟着痴呆了。

“你想去哪儿？”这大过节的，哪哪都是人，她可没出去的打算。

“就想出去透透气，去哪儿还没想好。”

她这么一说，冉素就知道她肯定是遇到瓶颈了：“要不去我姥姥家吧，怎么样？”

“真的？”一听冉素说去她姥姥家，宋菀儿眼睛都放光了。以前就听冉素提起过，她的姥姥、姥爷独自在乡下生活，有一个大院子，里面种满了各种花花草草，有秋千，有池塘，有竹林。她早就想去看看了，只是一直没机会。

“嗯，我也好久没去过了，顺便去看看他们。”

“那我去收拾，我们立马就走。”

冉素无语，这人还当真是行动派。

在等宋菀儿收拾的时候，冉素收到了蒋婷依的微信，问国庆有什么安排。冉素想了想，便将她们的安排告知，哪料到蒋婷依直接抛过来一句：等我。

什么？

所以，当蒋婷依、陈南川、许岩廷三人一齐出现她家楼下的时候，她还没反应过来，这是什么情况？

蒋婷依见她一头雾水，解释道：“我不是问你有啥安排吗？然后当时他们都在，知道你们要下乡，就跟着一起过来了。”

所以，他们都是一群没有下过乡的孩子吗？

冉素无奈，却听得蒋婷依继续道："阿冉，你知道吗？我都没好好度过假，可怜死我了……"

宋菀儿站在一旁。这姑娘，就是那个鼎鼎有名的、才二十八岁就身居高位的学院副院长？突然想到冉素口中的许岩廷，宋菀儿暗忖：果然，同一个世界的人都比较和谐。

见此光景，她火速地给杨瑞发了条微信。

所以，当杨瑞与他们会合时，冉素一个头两个大。

姥爷若是见到这么多人，肯定会不高兴的，他可一点儿都不喜欢别人打扰。

几人一同驱车前往冉素的姥爷家，冉素跟老陈打了声招呼。老陈一个劲地吩咐她这要注意，那要注意的。姥爷什么脾性，她还能不知道吗？

国庆期间高速上有点堵车，下了高速后就好了。只是路也没那么好走了，弯弯绕绕好一会儿后终于抵达。

这一路，最高兴的莫过于蒋婷依跟宋菀儿了。蒋婷依是因为真的没有见识过乡下生活而好奇，而宋菀儿则是激动，姥爷家的大院子，她就要见到了……

冉素却开始紧张了，也不知等下姥爷见到他们这么多人会有什么反应。

"哇，阿冉，这哪是大院子呀，这简直就是别墅中的战斗机啊。"众人一下车，只见一个独立的、有着年代气息的四合院出现在她眼前，院后便是一片连绵的山脉，院前有池塘，池塘边有秋千，而现在正值秋收时节，地里有不少人在忙活，都说着一口当地语言。亲切又陌生，宋菀儿好生激动，依山傍水，圈地自活，这简直就是她梦想中的生活呀。

许是门前突然的热闹惊动了院里的人，只见一白发苍苍但精神矍铄的老人家从里头出来，冉素立马迎了上去："姥爷！"

姥爷看了眼冉素，微微点了点头，看了其他人一眼，也没说话，径直进了院子，里面传来声音：“老头子，谁呀？”

“你家大孙女。”

姥姥一听是冉素过来了，立马擦着手，笑着迎了出来：“冉冉呀，来了怎么不进来呀？咦，这都是你朋友？难得见你带人过来，都进来吧，进来。”相比起姥爷的高冷，姥姥显得格外热情。

宋菀儿拉住冉素，悄悄嘀咕着：“你姥爷是不是不喜欢我们呀？”

姥姥耳朵尖，听见了：“老头子就那样，对谁都没个好脸色，你不用在意他。”

冉素朝他们别扭地笑着：“我姥爷真的就那样……”她也很无奈。

蒋婷依并不知道他们是来姥姥家，以为只是单纯的下乡度假什么的，这会儿才后知后觉地觉得有些不妥。若是知道，她怎么也不会空着手来的，但是也架不住姥姥的热情，几人跟着进了院子。

他们进来之后才发现，这院子里简直别有洞天，里头竟然藏着一个玻璃花房，养了各种各样的花，很多都是他们没见过的。宋菀儿跟蒋婷依都看呆了，凑在前面迟迟不愿走开。宋菀儿感叹：“阿冉，你姥姥、姥爷简直是个人才啊，太厉害了！那儿还有葡萄架……”宋菀儿就像是发现了新大陆一样，高兴得不得了。

“老头子就喜欢瞎折腾。冉冉，你先帮着给你朋友们安排好房间，等下一起吃晚饭，我给你们做好吃的。”

冉素领命，将他们一一安排好，这院子大的好处就是房间多，安排好后，宋菀儿抱着冉素直呼她这是富三代呀。

其实以前冉素也很喜欢来这边，但是出了事后就很少过来了，姥姥还经常念叨。如今瞧着他们身体健朗，她也放心了不少。

这个院子是姥爷一生的心血，这里头的东西都是他一点一点弄起来的，一个是情怀，一个也是技术。

将众人安排妥当后，冉素下去帮着准备晚餐，做的都是些农家菜。姥爷虽然面色不善，却也帮着杀鸡宰鸭的，倒也没闲着。

冉素试图跟他套近乎，但是都未能成功。

姥姥在一旁看着他们爷孙俩笑得不行：“老头子，你要再这样，今天别想进房睡觉。”

“房间多得是。”

冉素弱弱地回了一句：“好像没多的空房间了。”她都安排完了。

姥姥笑得可开心了。

许岩廷下来的时候便瞧见了这样的一副场景，爷孙三人，虽面色各异，气氛却格外亲近。

冉素余光瞧见他，娇笑着朝他走来：“都弄好了？”

许岩廷点了点头：“你怎么没说是来姥爷家？我们都是空着手来的。”

“没事，他们不讲究。”

“可我这是第一次见面。”

“所以……你在紧张？”

“不是，怕没留下好印象。”

大家收拾妥当后都出来了，一下子偌大的厨房也挤满了人。姥姥让她们几个女生留下，男生都出去。

姥爷待着不动，姥姥一句“你不是男的？”也给轰出去了。被轰走的姥爷这下脸更黑了，老婆子当真是一点儿脸面都不给他留。

客厅里几个男人面面相觑。

杨瑞看着许岩廷，这是他正式见到冉素口中那个让她心动的男人，面目俊朗，身形颀长却很清瘦，但周身的气场很强大。许是注意到了他的探究，两人目光相交，谁也不让谁。

“你们几个，过来。”姥爷突然开口，“会下象棋吗？”

三人不约而同点头。

“来一盘，输了的等下喝酒。”姥爷此刻坐在踏椅上，垮着一张脸，像个大爷一样指挥着，全然没了在姥姥面前的唯诺。

许岩廷也敛去了气场，在老爷子对面坐下，就像个正正经经的晚辈，乖得很。

“我们俩，你们俩。”老爷子指了指杨瑞，又指了指陈南川。所以，他这是要两两组队？

许岩廷倒是觉得这老爷子挺好玩的，当下便认真起来。老爷子偶尔会问下杨瑞的意见。而这头，许岩廷跟陈南川倒是默契，一直防守，却也不让老爷子瞧出了端倪。

一场棋局，被下成了拉锯战，一方猛然进攻，一方步步防守。最后还是姥姥在那儿吆喝着吃饭时间到了，才打断了这局棋。

“等下继续。”老爷子意犹未尽，这村里上下，没人是他的对手，好久没这么带劲了。

“就你那点技术，肯定又是要别人让着你吧，脑子本就不好使了，别老瞎折腾。”姥姥又开始念叨，老爷子脸色不善，却也没反驳。许岩廷微微笑着，内心欣羡不已。

携一人白首，择一城终老。

他突然有些羡慕，眼神不由自主地寻找冉素，却瞧见她正低头吃得香。冉素骤然抬首间，两人视线交汇，彼此微微一笑，一切尽在不言中。

饭后大家活动了会儿，感受了一番乡间的生活，宁静致远，舒适温馨。老人家休息得早，冉素带着他们在外游荡，在田埂间感受着虫鸣哇叫，晚风拂面而过，还带着稻子的清香，清爽舒适。

比起城里的快节奏，乡下的慢节奏显得尤为珍贵。冉素带着他们尽情地感受了一番乡间的趣味，穿越稻田，钓鱼、烤鱼，抓泥鳅、采贝壳，几人玩得不亦乐乎，暂时忘却都市烦恼，享受当下。

也因此，到回去之际，众人都有些舍不得了，而姥爷别扭的脸上也多了一份留恋，直到他们离开，虽然都不曾说一句煽情的话。但是他们都知道，老爷子只是不善表达而已。

回城后，众人再次扮回自己的精英人士，日子忙碌地过着，工作马不停蹄地做着，而感情也在慢慢酝酿着。

十月十八是个好日子，配合根据冉素团队所做的数据分析以及上市产品策划，隆欣在这一天正式宣布新系列“炫”的发布上线。发布会上，许岩廷畅谈了该系列产品在经过升级优化后的优势与特色，并着重说明了在电源方面的升级研究，使之更加长效、安全、便捷、耐用。

待他演讲完毕，各路媒体纷纷提问，他都一一解答。

冉素坐在台下，看着许岩廷西装革履，自信飞扬，发光发热，她为他感到骄傲。

许岩廷偶尔会把眼神转向她，眼里带着柔和，她亦追随着他，回以温柔与肯定。

产品上线的这一天，效果虽有，却也不尽明显。冉素在数据预测里提出，新系列产品一月的销量估测在两万。这个数据不大，却相对稳妥。

这一晚，许岩廷等人都守在电脑面前，观测着销售数据的变化。汽车行业相比起其他行业，并不能当即见效，需要长时间的策划推广，才能慢慢建立起更多的数据来。只是，即使明白，却也依旧紧张。

冉素也没闲着，经过多年的数据分析，她对数据有了一定的敏感度，所以她想着先看看，若是有什么异样，也能及时发现。幸运的是，数据一直都较为稳定。

之后的一个月时间，隆欣都在为“炫”系列产品忙活，到十一月底销售数据出来，将近四十天的时间，整个“炫”的销量突破三万。这是一个好的开端，也表示新能源车的使用趋势已经越来越宏观。

而在这一个月时间里，许岩廷背负的压力极大，连续一段时间都没有好好休息过，这会儿得到具体的数据后，稍微松了口气。

冉素能懂他的紧张，只是瞧着他越发消瘦，心里也越发难受心疼，每次只有有点时间，就给他炖汤。只是，他每次都喝得很少，有时候还会有类似厌食的症状。

接触得越多，冉素也渐渐开始发现他身上的一些问题，比如戒备心极强、睡眠不稳、食欲不振……越了解，越心疼。

晚间的时候，冉素让他下了班直接过来吃饭。炖了他喜欢的土豆牛腩，冉素看着他恹恹的样子，心疼不已：“不好吃吗？怎么吃得这么少？你若是再瘦下去，风一刮，可真就得吹跑了，到时谁保护我？”

冉素难得撒娇，就算是撒娇也不过是言语上稍微示下弱。许岩廷轻轻刮了下她鼻头，宠溺极了：“你多吃点，到时把我拴裤腰带上。”

冉素知他压力太大，偶尔的打趣也算是调剂，只是他再这么下去，也不是个办法。所以饭后两人躺在沙发上休息时，冉素赖在他怀里，拥着他：“岩廷，我们明天出去走走吧。”

许岩廷微微阖眼，有些疲惫，揉了揉她的头：“你想去哪儿？”

“想去看日出。”冉素对日出有种执念，太阳出来的那一瞬间太过美丽，仿若新生，她曾经的愿望便是看遍所有地方的日出。

许岩廷拿出手机查看了天气，温柔地应下：“好。”

这一晚，他们就相互依偎着，一直到凌晨四点，之后收拾收拾便驱车前往西山。到达山顶时刚好五点，山顶已经有了不少人，最佳观景位置处已经摆满了一排单反，全是一群爱好摄影的老年人团队。

冉素不禁感叹，心态真好。

冬天的早上有点冷，山顶处雾气浓厚，凉意袭人。冉素不禁裹了裹身上的羽绒服，许岩廷注意到她，将她拥入怀中：“冷？”

冉素摇了摇头，软软糯糯的：“现在不冷了。”

他身上有着淡淡的绿茶清香，洗完衣服后遗留下来的香味，很好闻。

天由蒙蒙亮渐转空明，地平线处慢慢浮现丝丝红光，观景的人们都激动地喊着嚷着，冉素与许岩廷依偎着靠着栏杆，静静地等着太阳出来。

“岩廷，以后我们去海边看一次日出吧。”

“好。”

“还想坐氢气球看一次日出。”

“好。”

“也想去北海道看一次。”

“好。”

“还想去舟山看一次。”

“好。”

“那你以后好好吃饭好不好？”

“好。”

察觉到自己被她带偏后，看着怀里的人笑得得意扬扬，他情不自禁地吻了吻她额头。她每次的关心都润物无声，在悄然间影响着他，轻柔如水，温暖如阳。

冉素换了个方向，两人面对面。她缩在他大衣里面，额头抵着他胸口，听着他有力的心跳，双手环着他精瘦的腰身，缓缓开口：“岩廷，你是不是有厌食症？或者说压力大了就吃不下东西？”

许岩廷一怔。

冉素感受到了他的变化，知道自己猜中了。看来她这几年的经验没浪费，厌食症也是一种心理疾病。最初她有过怀疑，但不是很确定，可最近一段时间让她越来越肯定。

本以为他不会开口，却听得他低沉的嗓音传来，有点像喃喃自语，带着些伤感：“小时候，有一段时间吃什么吐什么，很长一段时间才调整过来。后来出国后饮食不适应，也吃得很少，其实现在好了很多了。”跟她在一起后，相比起之前，确实好了很多，只是这段时间压力比较大，食欲不是很好。

冉素紧了紧手上的力道：“以后不管怎样，都请好好吃饭，好吗？”

“嗯。”

太阳渐渐从地平线升起，金光普照，层林尽染，分外妖娆。

冉素突然想到一段话：

瀑布的水逆流而上，

蒲公英种子从远处飘回，聚成伞的模样，

太阳从西边升起，落回东边，

子弹退回枪膛，运动运退回到起跑线，

我交回录取通知书，忘了十年寒窗，

……

我觉得，勇敢的人，是失恋后还愿意继续爱，受骗后还愿意继续相信，挫折后还愿意继续带着梦想前进。

愿，你是，我也是。

许岩廷，我们都是勇敢的人。

云智因为隆欣这单生意在业界颇受肯定，知名度也因此提升了好几个层次。正如周波所言，一旦做好，便是双赢。

云智的订单增多，冉素的团队也就更忙，经常性加班更是不在话下。许岩廷偶有抱怨，说她一个员工怎么比老板还忙。

冉素反驳他，若是员工都闲着，事情让老板做，那还要员工做甚？

不过加班归加班，在督促许岩廷吃饭的问题上，她却是一点儿都没马虎，一日三餐准时提醒，晚餐只要她有时间便会变着花样给他准备。经过一段时间的调整，倒是有些成效，以至于林俊平都打趣他，是不是恋爱了，就开始幸福肥了。

让他们没想到的是，华盛竟在这个时候悄无声息地宣布了新产品“SN7”的上线，并以地毯式的营销火速铺满整个网络。

“SN7”在旧款的基础上对电源进行了更新替代，相较之前，取长补短，有了很大的改进。另外在车型上也做了改变，车身的线条更为大气，不似之前的那么刚硬，座椅方面也进行了调整，且新增了一款宝蓝色与橙色，使之选择多样化。显然，华盛的这款新品是冲着更大众化去的。

华盛本就是老品牌，在客户方面存在天然的优势。隆欣与华盛同为新能源汽车，隆欣虽然在新能源研究上更具口碑，但相比之下，华盛的品牌价值更为凸显。

隆欣的优势在电源，华盛的优势在于硬件和品牌，所以当华盛打出“电池更持久，蓄电更充沛”的口号时，隆欣的优势似乎就显得不是那么突出了。

“炫”上线尚不足两月，在华盛新款“SN7”上市的影响下，销量明显下降。

“你们对SN7有什么看法？”在隆欣公司高层会议上，许岩廷问。

“SN7”新品发布当天他就去看了，并且当即购买了一辆。优势很明显，但也有比不上“炫”的地方，比如对充电桩的需求、电池的生产成本等方面。

“之前华盛对外宣布拿下第二个新能源研发基地，便知道他们也有在研发新品，但是没想到安静了这么长时间，最后竟然突然宣布新品上市，这感觉不像是华盛的作风。”赵子强是做营销的，对于同行业的一些营销手段也大概能摸个透彻。

“SN7相比起SN6来说，改进的地方很明显，不仅仅是外观上，在电源上也有很大的改变。听说SN7这次采用的是改进后的磷酸铁锂电池，在耐用性上有了一个质的提升。”黄星河虽然还没对SN7的电源进行研究，这个也需要一定的时间才能看出效果，“如果说真的能在耐用性上做到改善的话，这将是一个很大的进步。”

许岩廷点了点头：“我买了一辆，到时候你们研究一下，优劣势做个对比。”

“市场部这边呢？”各部门的高层基本都发表了自己的看法，唯独市场部这边还没有表达。直到许岩廷问起，王佳恒才回过神来，这等会议上他竟然还能走神？

许岩廷的脸色有些阴沉，但是王佳恒并不在意，收拢思绪，轻咳了一下：“我觉得其实这是个好现象。”这话一出，立马引起了所有人注意。

王佳恒也不在意，继续道：“SN7的出现其实能恰到好处地为‘炫’做一轮检测，隆欣与华盛每一次的产品更迭时间都隔得比较开，不能有比较系统的比对，但是这次时间却只有两个月，到时我们就能有一个系统的分析比对。这对于隆欣来说，是个挑战，也是个机会。”对比之下必然有输赢，若是赢了，便能让隆欣再上一个台阶。

一众人等皆若有所思，在思考着他话里的含金量。

“若是‘炫’的销量一直被打压呢？”

“其实我们这次主要看南江的市场，就能说明一些问题，之前华盛一直稳占一线城市，而南江，今年是它的发展年，且华盛与隆欣共占市场，这是一个最好的时机。”

王佳恒的话从一定程度上来说没错，南江市场隆欣与华盛这次的销售量便能反应一定的问题，也能看出民众在选择上的注重点。

对于这次SN7的横空出世，冉素也颇为好奇，按照华盛一向的方案，三轮预热是必然。因为品牌价值，高效应的预热能从一定程度上提升民众的购买欲。

但是这次，像是山雨欲来。

而她平时也没闲着，没事的时候上网收集各种资料，对于“炫”与“SN7”的民众反应她也进行了分析。

而她发现，选择“炫”的群体似乎更偏向于年轻化，而选“SN7”的群体偏向于中老年化。而这说明了一个问题，年轻群体对年轻团队的包容度更高。

那如果更偏向于年轻化的话……

冉素突然想到之前微博上江念云发的一条微博，大意是说，他们科瑞要打造一款全新的互联网车载系统。

而许岩廷之前就想过要跟科瑞合作，打造车联网，再加之年轻群对网络的需求，这种合作似乎迫在眉睫。

冉素将自己的想法说与许岩廷，他听后沉思了片刻：“其实我找江念云谈过合作的事，但是被拒绝了。”

“为什么？”

“一来，新能源这块蛋糕有点大，如果能单独吃到一块的话为何要跟其他人一起分着吃？另外，江念云是个有野心的人，如果他没有被彻底打击到，他是不会放手的。”

“如果找其他的IT公司呢？”国内优秀的、厉害的IT公司并不止科瑞一家。

“科瑞有做车载系统的经验，若是贸然跟其他互联网公司合作的话，磨合时间可能会过长。”

这倒也是。

所以，最好的合作方其实还是科瑞。

关于车联网的概念，周波在聊天时也有跟她说起过，如果能增强车报警防御系统的话，不管是对于乘客还是司机本人来说，都是有利的。

随着网络信息应用的方便性不断升级，人们对于它的要求也就会越来越迫切，车联网的实现就是必然趋势。只是，很多事都是想起来容易，实现起来难。

只是让她没有想到的是，两人的聊天本来还挺正常，挺务实的，但是聊着聊着，好像就有些开始变味。比如周波竟然打探起她跟许岩廷的八卦来了，这一点都不像他的风格。

这里头肯定有故事。

“学长，你最近是不是有什么好事呀？”冉素总觉得周波有些不一样了，但是具体的又说不上来。

周波倒也没有反驳，只是继续问她：“如果是许岩廷送你礼物的话，你最希望他送你什么呀？”

这个问题就很明显了，冉素顿时来了兴趣：“学长，你是不是在谈恋爱？还知道追妹子了？哪家的姑娘呀？”她可真是要好奇死了。大学时候追周波的女生也不在少数，但是都被他以先立业为由拒绝了。不过现在，业是立了，也是该成家了。只是，她很好奇，到底是哪家的千金能入他的眼。

周波似乎在思考这个问题到底是否能告诉她，思考良久后，终于开口：“我在追菀儿，但是她还没答应。”

这简直就是个惊天大爆炸新闻。

所以，周波口中的菀儿就是自己所认识的那个宋菀儿吗？冉素觉得这个世界太过奇妙，还是有些不确定：“宋菀儿？”

周波点了点头，耳朵已经开始泛红。这孩子是真的没有恋爱经验，还只是这么问一句就开始脸红了，不敢想象他是怎么追宋菀儿的。宋菀儿那人就是个没心没肺的，很多时候根本就get不到别人的点。周波这情路，未来估计会有点坎坷，选谁不好，非得选宋菀儿。

只是，宋菀儿怎么都没跟她提起过这事？

看来她们的姐妹情是时候巩固巩固了。

冉素看着跟平时迥然不同的周波，还是有些不敢相信。他们什么时候就到一块去了呢？当真就是在她眼皮子底下，她还不知道呢。

不过冉素倒是真觉得周波这人确实还不错，而且也挺照顾人的，若是他们真的能修成正果的话也未尝不是件好事，所以也算是把宋菀儿出卖了干净，把她的喜恶全部都抖了。

晚上，冉素约了宋菀儿吃饭，却被她义正词严地给拒绝了，说是她这段时间灵感爆棚，没有多余的时间浪。

宋菀儿的那点花花肠子冉素自然明白，这姑娘怕不是有事躲着她。不过等她提着烧烤去宋家的时候，竟然发现宋菀儿还真的一本正经地做着手工，而且整个房间到处都是零零角角的碎布，她连个落脚的地方都没有。

见她忙活，冉素也没打扰她，径自在客厅吃着烧烤。

宋菀儿是寻着香味出来的，直接就咬了个鸡翅，一点都不含糊。

“怎么？你这灵感终于关照你了？”冉素打趣。

“嗯，上次不是去了你姥姥家吗？然后就想着做一个田园系列，我的设计图出来了，你要看吗？保证能惊到你。”

“田园系列？”冉素想了想，对于布艺手工，她的认知还停留在人像动物上，至于这个所谓的田园系列，她还真不知道是怎样的。

不过，当她看到设计图就明白了，比如葡萄架、葡萄串、西瓜、稻穗、丝瓜、小院……都可以用布艺做出来，然后可以自由搭配。

“这个看着挺好看的，不过会有人买吗？”总觉得怪怪的。

“我做之前在微博上问了下粉丝，也做了一轮预售，感觉还可以。”

那这样就不用担心了，不过：“菀儿，你跟周波……有没有联系？”

宋菀儿不以为意地点了点头：“有啊，他还经常来给我送外卖。”冉素觉得周波也还算是懂事，却听到宋菀儿接着道，“可没一样是我喜欢的，还是你最懂我。”

冉素欲哭无泪！

“给你送了就行了，别太嫌弃，人家周波挺好的。”

宋菀儿含糊着点头：“是挺好的，像个愣头青。”

冉素想着周波那傻乎乎的状态，是还挺好笑的。职场上的精英，在喜欢的人面前却愣愣的，还挺有反差萌的。只是，看宋菀儿这状态，压根儿就没把周波放心上呀，冉素突然就替周波有些心疼。

捧着一颗真心在求展示，却得不到应有的回应。

“你真对人家一点儿感觉都没有？”

宋菀儿认真想了想，慎重地摇了摇头：“没有，不过感觉做朋友应该还挺好的。”

冉素若有所思地点了点头，也不再多说。感情这事，事在人为，旁人不适合干涉。不过，一边是闺密死党，一边是亦兄亦友，总不能见着他们受伤：“其实说句实话，我觉得周波挺好的，跟你也挺适合的，但是这事只能跟着自己的心走，不管你们之后怎样，都要好好的。”

“放心吧，我知道他对你的重要性，我不会乱来的。”宋菀儿吮了吮手指，“别说我了，你们俩咋样？许总还没请我们吃大餐呢。”

“放心吧，少不了你们的。”说到这个突然想起杨瑞，自从她有所好转之后，他们之间的联系似乎就淡了很多，“杨瑞最近怎么感觉销声匿迹了一般？该不会是背着我们谈恋爱了吧？”

宋菀儿无语地剜了个白眼：“拜托，是你谈恋爱了就背叛了我们！他早就在群里说了，他导师那边有个选题要他过去，所以，过几天他就要出国深造了。至于我们，堕落人间的天使啊。”

谭燕明从杨瑞处得知冉素已经好转了后，有片刻的不可思议，但很快就缓和了。毕竟在心理学上，奇迹的出现比魔法存在的概率大得多。

“你是怎么想的？”谭燕明问他。

杨瑞以前可以轻松无虞地跟谭燕明讨论任何冉素的症状，也一度觉得冉素的病症能作为一个能打响心理学界的课题，可是当她真的痊愈了，他却开始逃避了，不愿谈，更不愿去分析。

以前的无虞，或许只是笃定了她的情况一时半会儿好不了。

可是现在，病状突然改变让他陷入情绪的纠结。一方面，他是真心为她的痊愈而高兴，可另一方面，他始终无法坦然祝福她与许岩廷的恋情。

很多时候，心理师能治愈他人，却治愈不了自己。

就像现在，明知冉素的病症研究能让他更上一层，他却不愿意了。至于背后的犹豫是为了什么，或许他自己都不甚明了。

杨瑞的沉默说明了一切，谭燕明心知肚明："我这边刚好有个选题，如果你不打算做冉素的，就过来帮我吧，也顺便散散心。"

杨瑞应下："老师，你会不会觉得我不专业？"

谭燕明直言不讳："如果从职业来说，当你发现一种特殊病例就应该要有为之后的研究做铺垫的自觉。但是，从感情来说，你不管怎么决定都不算错。"

"可是一旦作为研究选题的话，阿冉的生活就必然会受到打扰，我不希望她的生活再起波澜，她现在很好。"

谭燕明隔着电话轻笑出声，自己手把手带出来的这个学生，在业务方面无可挑剔，但是在感情上，却少了一份果敢："阿瑞，背后的守护和直面的追求并不冲突，没有谁是付出了不期待回报的。"

杨瑞苦笑，他与冉素自幼一起长大，只要她稍微对他关注，就能瞧出他的心思。这么多年下来，不是他不敢说，只是怕说了，两人的关系便再也回不到最初了。

说是懦弱也好，胆小也好，他都只希望她过得好。而现在，既然她已找到可靠的幸福，那他或许可以默默告退了："老师，我这几天准备准备，就过来。"

“怎么突然就打算出国了？之前都没听你提起过？”为了给他践行，冉素约了宋菀儿，三人齐聚，并亲手做了他喜欢的啤酒鸭火锅，下锅菜也都是他平日里喜欢吃的，“这些可都是你喜欢吃的，出去了可就吃不到这么美味的火锅了，好好珍惜哈，吃吧吃吧。”

瞧着她嘻嘻哈哈的，当真是久违了，杨瑞瞧着也是欢喜：“嗯，老师那边有个选题让我过去帮忙，顺便出国玩玩，之前一直想出去来着。”

“那你工作室呢？”

“工作室继续营业呀，要不然我靠啥出去浪？”

“倒也是，那这次出去大概要多久？”

“还不确定呢，看吧，回来我就要再吃啤酒鸭。”

“放心，跑不了。”

三人之间好似总有说不完的话，嬉嬉闹闹间，不自觉就已经到了深夜，一夜好梦。

翌日，冉素与宋菀儿去送机，三人拥抱着告别。杨瑞拥着她，在她耳边轻轻说着一定要幸福。

当怀里的温暖骤然消失，冉素看着他拖着行李箱潇洒转身的背影，突然而至的伤感。她喃喃低语，你也一定要幸福。

宋菀儿察觉到了她眼眶微微泛红，轻轻拍了拍她肩膀：“我们都会越来越好的，会的。”

如果说爱情是甜蜜且略带苦涩的陈皮糖的话，那么友情便是清爽而又滋润的薄荷糖，爱情可能有一天会消散，但友情不会。

杨瑞的背影越来越远，最后消失不见。

冉素突然就想起刚得知自己丧失了情绪时，呆呆傻傻的，一时调节不过来，杨瑞亦是傻傻呆呆地看着她，最后哈哈大笑，甚至对着她破口大骂，将小时候积累的那些不爽统统倾泻而出，骂得好不畅快淋漓。最后他骂得有些脱力，一边大口喝水，一边幸灾乐祸：“哎，这倒也是好事，别人骂你都没知觉了，想想我以后就可以肆无忌惮了，巴适得很。”

他一个人骂，还不过瘾，还非得拉着宋菀儿一起疯狂吐槽。那时的他们活脱脱是街头小痞子，得意又臭屁，也幸得他们那一段时间的“辱骂”陪伴着她度过了孤独。

不知不觉间，他们都已经长大，虽明知总有一天会分道扬镳，各有各的归处，可是当分别真的来临的时候，方知内心的不舍有多大。

回去的路上，宋菀儿随意问起她对杨瑞的感情，并暗示她杨瑞可能喜欢她。

冉素其实也并不是不懂，女人的感觉何其敏感。只是，她始终无法想象一起长大、太过熟悉了解的两人如何相爱，如何拥吻，所以她选择装傻，保持着恰到好处的分寸。

其实回头想想，那恰到好处的分寸又怎能拿捏得到位而准确呢？说到底，无非就是不爱罢了。

元旦的零点，新年的钟声敲响，人们带着真诚的祝福准时准点彼此相告。许岩廷和冉素相拥的站在最高楼的楼顶。五彩烟花盛开，闪耀着整座城市；城市霓虹缤纷闪烁，装饰着人们的心情；街道人流拥挤，喧嚣着整个世界。

钟声的最后一下结束，冉素踮脚，在他脸颊上轻轻印上一吻：“新年快乐！”

许岩廷不满足于她的蜻蜓点水，紧紧搂住她，覆唇而上，将她的美好悉数吞入腹中，事后摩挲着她柔软的唇，笑得餍足：“嗯，新年快乐！”

夜晚的凉意抵不过爱人间的温存，冉素小鸟依人地蜷缩在许岩廷的大衣之下。两人紧紧相贴，彼此的心跳交融，幸福相传，一点儿都察觉不到任何冷意。

而夜晚，也总是能让人心绪纷飞，扰人心智。尤其是女人，在黑夜中情感更为浓厚，放在白天不屑或不敢的事，在夜晚做来却觉得格外的激情澎湃。她听见自己低沉而又轻缓地开口：“我爱你。”太过轻柔的声音混杂在烟花声中，不知他能否听见。

许岩廷低头吻了吻她的发顶，淡淡的发香窜入他的鼻中，清香好闻。他低低地轻应了一声：“嗯。”

这一刻的表白是两人真心的交互，是对未来的许诺。或许未来如何都无从知晓，但此时的真情不假，欢喜亦不假。

他们之间的感情从开始到现在，始终谈不上多浓烈，或者说细水长流更加适合。他们本就不是喜欢轰轰烈烈的人，也已不再是吵吵闹闹的年岁，更不会甜言蜜语你侬我侬，如今所留下的只有自身的沉淀与岁月的打磨，一句简单的“我爱你”或许要纠结许久才能出口。

但如果有一天我说“我爱你”，那一定是攒了很多的小欢喜和勇敢。

饭后的牵手散步，赖在沙发看个电影，偶尔聊聊工作，谈谈未来，逛逛超市，做个小菜……这些小事情回忆起来，都成了冉素的小欢喜。

而黑夜，给了她将这些小欢喜诉之于口的勇敢。

元旦过后，冉素没想到江念云会找上她，言下之意是想让她做他们即将推出的新款的网络新能源车的上市数据分析。

冉素之前就做过关于科瑞之前推出的“INT FUN”的数据分析，也跟许岩廷探讨过这款打着实现全网覆盖口号的新能源汽车的命运。

优势明显，劣势也同样明显。

未来发展值得期待，也同样值得考量。

“INT FUN”不算成功，但是它所带出的车联网概念却成为时代热点。而现在，科瑞即将再次推出新款。情况如何，尚难定夺。

只是她想起之前许岩廷说的一句话：不管哪一行的突破都离不开互联网。换句话说，互联网高端人才其实才是真正站在社会食物链顶端的。

如果说只是业务的话，她自然是来者不拒的，只是她很想知道江念云对于科瑞即将推出的所谓有着实现车联网概念的新款“IN FUN”有着怎样的制造理念：“江总，我能否问您一个问题？”

江念云点头。

“科瑞的优势在于网络的应用，而非造车，江总考虑过合作吗？正所谓取长补短。”之前许岩廷虽然回答过她这个问题，但是她还是想听听江念云的想法，“而且车辆的研发成本并不低，如果合作能达到一定程度上共赢的话……”为何不考虑呢？

江念云忽然抬首，眼底有着微藏的笑意，话也说得模棱两可：“有些事情不尝试，永远都不会知道结果如何，不是吗？”

看来跟许岩廷的说法一致。

冉素微微一笑，对这个答案说不上满意，也说不上不满意，只是觉得，这不应该是真正的答案，可是她又想不到其他更为合理的答案。

立于商场的人，都长着一颗野心。

冉素瞧着江念云想到一句话：进佛门六根不净，入商界狼性不足。

可江念云不是，他看似无欲无求的表象，可背后却是狼子野心，这样的人善于隐匿，然后等待时机随时爆发。

至于结果，于他而言，重要，也不重要。

面对冉素若有若无的微笑，江念云始终保持着风度，也不急躁，似乎在等着她的下文。

“我能知道江总为何会找我来做吗？”

江念云倒也不隐藏，直白而通透：“两个原因，一，因为你在隆欣做过，对这方面已经有了了解；二，我相信许总的眼光。”

虽说是两个原因，实际上归结起来却只有一个原因。

冉素只是笑笑，算是接受了他的说法。只是，如果换作是华盛来找她的话，她要不要接呢？

只是，来的不是华盛，而是科瑞。

“江总合同带了吗？”

江念云从公文包里拿出一份合同，冉素仔细过目了一遍，具体的大问题没有，但是她却有了自己的考量。江念云也瞧出了她的迟疑：“是有什么问题吗？如果你有什么问题的话，咱们直接开门见山。”

冉素稍作思考，最终还是摇了摇头。如果说她的考量只是出于对产品未来上市的不理想的话，那这其实并不在她的考虑范畴内，她需要做的只是做好自己的分内工作。

“条件没问题？”江念云以为她所作的思考是针对给出的条件不够吸引人，所以才会让她有所迟疑。

冉素坦然笑开：“江总开的条件已经很好了，若是我再不满意的话，那也未免太不识相了。”说完利索地签上自己的名字，江念云也签上，双方就此达成合作。

Part 7

林深时见鹿，幸运时见你

周波对于她接下科瑞的这个单子颇为好奇，不过她倒是觉得挺好的，之前就想过要了解一下车联网的具体模式，现下正是个机会。

不过周波的担忧无非是因为她跟许岩廷的关系，其实这倒是完全没有担忧的必要的。许岩廷在工作上完全不干涉她，甚至很多方面都能给予她帮助，而且如果说科瑞跟隆欣存在竞争关系，但更多的是未来不确定的合作关系。

而许岩廷倒是觉得她接下这个单子挺好的，虽然同为新能源车，但是侧重点全然不同，见识一下也是好的。

“你觉得这次科瑞的新品效果会如何？”冉素问，虽然她心里已经有了判定，但还是想听下他的看法。

“之前的‘INT FUN’不是说不好，只能说他有心无力，毕竟在硬件上需要达标不是一年两年的事，但是轻型IT汽车这个概念，确实是给这个行业提出了一个巨大的发展空间。至于他们即将推出的新品怎么样，还是先期待下吧。”

“你倒是挺乐观的。”冉素笑他，“若是他们的这款新品在硬件上取得优化的话，可就是给‘炫’再增加了一个对手。”

许岩廷笑笑：“王佳恒说得没错，是考验，也是机会，也是决一胜负的战场。”

“王总倒是真变化了不少。”冉素半开玩笑地说着，职场上就没有简单的人。

许岩廷又跟她说了些关于车联网方面的知识，让她有了更为深入的了解，而她第二天带着自己的团队也正式投入工作。

其实接触下来后，她才发现，其实“INT FUN”的车载系统还是很受用户喜欢的，凡是买过的这个产品的用户，对于它的网络性能无一不表示称赞，只是硬件确实需要增进。而他们这次的新品“IN FUN”便在硬件方面下足了功夫，科瑞甚至还不惜用高薪挖了其他公司的墙角，冉素对此也多了一份期待。

而这厢，“炫”上市四个月后的销量几乎趋近平稳，而“SN7”上市两个月，销量仍旧在上涨。但是因为占据的市场不同，销量自然有所不同。正如王佳恒所言，南江的市场数据能反应一定的问题，所以当许岩廷拿到南江市场两者的销量数据对比时，脸上的笑意浓了许多。

林俊平在此之前就看过数据，看到许岩廷的笑意，也轻松了不少：“事实证明，我们的产品更具优势，同一个市场，我们的更受欢迎。”

这确实是好消息。

“如此的话，我们的市场就更加需要发力了。”

王佳恒被点名，挠着头应下。

而当所有的景象都趋向好的方向发展的时候，一件让许岩廷措手不及的事情发生了，张曼丽不见了。

许岩廷是凌晨两点接到蒋叔的电话。说是半夜突然听到声响，蒋叔以为是进了贼，可查了一圈之后却并无发现，当他经过张曼丽房间时，却发现房门半掩着，而张曼丽却不见了踪影。当下他便给许岩廷打电话，含含糊糊地将事情讲了个大概。

许岩廷驱车回到大院时已经是凌晨三点，两人到处找了个遍，却怎么都不见张曼丽的踪影。

许岩廷将她能去的、可能去的地方都找了个遍，却依旧没有半点儿信息，最后不得已，只得报警。

林俊平与冉素闻声赶来，便瞧见许岩廷整个人竟像是失了魂一般，没有一丁点儿精神气。看着他蹲坐在警察局大厅的角落里，旁边站着佝偻着背的蒋叔，那一刻，冉素的心抽疼。

她在他面前站定，弯着腰抱着他。来的路上，她已经从林俊平处得知了大概的情况，可对他们母子之间的具体情况却不甚清楚。此刻，看着他埋首在膝盖之间，像个没有主心骨的人，脆弱不堪，她希望自己的拥抱能给他力量。

蒋叔是第一次见到冉素，但是看着两人之间的互动也猜到了他们的关系，又看了一眼林俊平，将事情重述了一遍，但将他们母子间的问题给隐去了。

之前冉素还好奇，张曼丽如此一个女强人，怎么突然就消失隐退了，可这会儿听着所谓的事实，总觉得这中间定然还有她所不知道的实情。

“蒋叔，您先回去吧，如果阿姨回来的话，您就通知我们，我们再想想看有没有可能没找到的地方。”冉素看着眼前的老人疲于奔波，精神也不是很好，于是便想着先让他回去。

蒋叔看着许岩廷不愿离开，冉素知他的意思：“蒋叔，我们会照顾好他的，您放心吧，您身体不好，就先回去守着。”

林俊平也适时地说了几句，蒋叔才一步一回头地离开警局。

自始至终，许岩廷都未曾抬过头。

冉素不知道他与母亲的相处方式如何，也就无从开口安慰，且她本就不是擅长安慰人的人，此刻她唯一能做的就是陪着他。

警局大厅的挂钟规律地摆动着，许岩廷突然间开口问冉素："今天是几号？"

"十六。"

冉素脱口而出，而许岩廷瞬间振奋，直接往外跑。

而林俊平也快速反应过来，可是等他们追出去时，许岩廷已经发动了车，从他们眼前疾驰而去。

他这状态还开车，简直不要命了。

冉素上了林俊平的车，火速尾随而上。

"他这是怎么了？"冉素仍旧一脸蒙，还处在状态外。

不过林俊平已经大概猜到了："今天是他父亲的忌日。"

一月十六号，是许雷生的忌日。

许岩廷从来不会忘。

只是今年，他竟忘了……

或许不是忘了父亲的去世，他只是忘了时间。

到了墓园入口，果然看到了他的车。冉素跟着林俊平一路拾级而上，最后停在了距离许雷生墓碑两个阶梯远的地方。

他们看到了张曼丽。

那个也算半个神话的女强人，张曼丽。

可是，岁月已经将她折磨得似乎不成人形，行容枯槁，双手抱着墓碑，眼神空洞，口中喃喃自语。实在难以想象，这个女人会是张曼丽。

冉素只能瞧见许岩廷的背影，僵硬笔直，感受不到一丝生气，平静得有些过分，而后她听见他冷漠又狠绝地开口："你不配出现在这里。"一句话，读不出情感，却像极了一根刺，一根刺痛他人也刺痛自己的刺。

张曼丽没有回应他，依旧自顾自地做着自己的事，念着自己的话，说着说着就流了泪。

许岩廷烦躁地将她一把拉起，连拉带拽地往回拖。一转身便瞧见站在后面的他们，只瞧了一眼便继续往下。

冉素想要上前，却被林俊平制止："他肯定不愿意我们插手。"

可他这个样子，她实在是放心不下，却又知道林俊平说得在理，这种时候他定然不愿意面对他们。

所以，他们能做的就只有等。

不过没过多久，林俊平就收到了许岩廷发来的短信，麻烦他送冉素回家。而后，冉素也收到了他发来的信息，说是让她先回家。

这一天，冉素总是心神不宁，工作时也总是走神。吴琳察觉到她的异样："老大，你怎么了？是不是出了什么事呀？"

冉素回过神来，朝她苦涩一笑说到："没事，你们的数据统计做得怎么样了？"

"还在做。"

"嗯。"

冉素觉得自己独自在这儿胡思乱想实在不是办法，可一想到许岩廷当时的神色，她又不愿意现在去打扰他。再三思索下，她约了蒋婷依见面，或许能从对方口中得知到一星半点有用的信息。

蒋婷依特意空了下午的时间出来，跟冉素约了在尘阙见面。冉素并没有说发生在许岩廷身上的事，只是说自己想了解下许岩廷，想知道他的一些过去。

只是，蒋婷依说自己对许岩廷的具体事情知道得并不多，可能还没林俊平知道得详细，倒是陈南川跟她说了些有用的信息，但是并没有关于他家庭的，大多是学生生涯一起的那些事。

冉素笑着应承，想来他们是误会了，误以为她是来打探他的过去、情史之类的，但是当她得知她就是他的初恋的时候还是开心的。只是很难想象，像他那么优秀的一个人，竟然一直没有谈过恋爱。

不过看他也确实不像是恋爱高手。

晚上，冉素翻来覆去怎么也睡不着，想给他打电话，却又怕扰了他。从林俊平那儿得知他一天都没有回公司，那就肯定还在老宅，也不知道他现在怎么样了。

如此这般纠结着，时间已经悄悄到了半夜。冉素还是给他打了个电话，电话刚响起就接通了，那人比任何一次都接得快。

还没等她开口，那边率先开口："你能来陪陪我吗？"

许是黑夜给了他脆弱的机会，总之，当冉素听到这句话的时候，整颗心就像被人紧紧地拽着，然后拽紧，再紧，紧得生疼。

她无法想象，是在怎样的情况下，他才会说出这般示弱的话。不过，此刻她已经管不了那么多，换了衣服便驱车前往。

黑夜凉风习习，她却开着车窗，任由冷风吹打在脸上，却不觉得冷，也不觉得疼，反而有种变态的舒适。

她想过无数种见到许岩廷后的情况，也假想过她应该怎么做才能安慰到他。但是当她见到他之后才知道，语言是多么苍白的东西，而她竟连再苍白不过的一句"你好吗"都说不出口。

与在警局见到的他不同，此刻，他蜷缩着双腿坐在床头，眼睛始终直视着对面的门的方向，眼里有恨，有怜悯，有不忍，却没有爱。

"她就在那个房间里。"他轻轻地说着，像是在跟她说，也像是在自言自语。

冉素顺着他的视线看过去，就是他对面的那个房间。

"你愿意跟我说说你们之间的事吗？"冉素脱了鞋，爬上床，像抱婴幼儿一样半拥着他，声音轻轻柔柔的，格外魅惑。

许岩廷这才抬头看向她，突然就笑了，笑得像个纯真的小孩："她不是一个好母亲，也不是一个好妻子，可是当她想要弥补的时候，已经没有机会了。"

冉素静静地陪着他。她知道，伤心事不易说出口，一旦重新提及，便是再次将伤口撕开，流血，等待结痂。她不逼他，如果他愿意说，那她自然愿意听。

可是，本以为他会继续往下说，谁知久久都没有了后话。而她看着对面那扇门也出了神，当她重新看向他的时候，却发现他竟然睡着了。

冉素动作轻缓地将他安排妥当，帮他盖好被子，蹑手蹑脚地走出房间，出门前仍旧不舍地看了他一眼。

他的心里藏着太多事，以至于活得太累。

冉素心疼，却也知道自己无法一下子就帮他打开心门。

当她准备悄无声息离开的时候，恰好碰到蒋叔出来，见到她似乎并不意外，甚至招手让她等等。

冉素想他可能是有话要跟她说，便在客厅寻了位置等着他。

“人老了，睡得轻了，一点声响就能醒来，今天谢谢姑娘了。”蒋叔忙活着给她端茶倒水，俨然将她当成了贵客。

冉素接过，也不主动言语。初来乍到，一切都是陌生的，她能做的唯有谨言慎行，对方无论说什么，她都微笑着点头应答。

蒋叔自然能瞧出她的态度，倒也不生气，依旧和气地跟她聊着：“不知姑娘跟我们少爷怎么认识的？以前少爷可是不怎么喜欢女孩子的，我还担心他找不着对象呢。不过如今瞧着你们小两口，也算是放心了。想必老爷若是泉下有知，也会高兴的。”

冉素回答得模棱两可：“我们是因为工作认识的。”不过至于他不喜欢女孩子这一说，之前只听人说他冷漠，现在倒是得到了求证。

“姑娘，我不知道有些话跟你说合不合适，但是我看少爷对你很信任，我想他的眼光不会有错，希望你能多陪陪少爷。这孩子，从小就没得到过爱，性子多少有些冷淡，但是他心很善良的。”蒋叔在说起许岩廷的时候，怜惜有之，疼爱有之，包容有之。

既然已经有人引出了话题，冉素的好奇也就随之问出口：“蒋叔，岩廷跟他母亲之间……”

她这边问题尚未问出口，却听得蒋叔的一声长长的叹息：“这两个人啊……”

幸福的家庭千篇一律，不幸的家庭却各有各的不幸。

冉素一直以来都觉得自己是幸福的，父母恩爱，家庭幸福，从小到大一路顺风，工作也没有多遭磨难，就连恋爱都是受人瞩目的，除了后来的那一遭意外。而她也以为像许岩廷他们这样的富贵家庭更应该是幸福的，只是她不曾想到，很多时候，所谓幸福，跟金钱并不是对等的。

翌日清晨，许岩廷从楼上下来，便瞧见冉素在餐桌前忙前忙后。她系着围巾，头发随意地挽起，扎成了个丸子头；她依旧穿着昨日的衣服，有些起皱了，脚上是一双宽大的男士棉拖，他突然觉得心里暖暖的。

他轻声下楼，从后面拥着她，下巴搁在她肩膀，凑脖颈处使劲地深吸了一口：“好香！”

懒懒的，带着点撒娇。处在一起久了，冉素大概也能琢磨透他的一些情绪了，一旦语气柔下来了，那定是他心情还不错：“睡得怎样？”

许岩廷吧唧一口，亲在她侧脸：“香！”也不知道他是说睡得香还是说她香。

早餐过后，冉素去了一趟科瑞，之前的大部分数据已经到位，但是还需要具体了解下“IN FUN”新品上市的细节。

当她到达公司后，被告知江念云正在开会，可能需要等等。而她没等一会儿竟瞧见了贺又西过来了，没想到她们还能再见面。

不过，贺又西见到她倒是一点都不吃惊，自然而又熟稔：“我们又见面了。”

冉素笑着握手，佯装有些失落："我应该带我那件T恤过来的。"之前宋菀儿也不知从哪儿弄来一件T恤，说是如果她能再遇见霍米或者贺又西的话，拜托签个名。

宋菀儿追星也是个半吊子工程，一会儿喜欢这个，一会儿喜欢那个。当然，只要是好看的就都喜欢。

"你可不像是需要签名的人。"贺又西俏皮地笑着直接戳穿了她，"不过我这儿刚好有两张话剧门票，我想你一定喜欢的。"

是《在那一瞬间》！

她早就关注了《在那一瞬间》的巡回演出情况，这已经是第四次了。之前每次都想去看，却总因为各种原因没能看到。

其实她并不是话剧迷，但《在那一瞬间》是她为数不多的想看现场的话剧。

贺又西注意到了她眼里的光，却并没立即接过，将她一眼看穿："我一个朋友送我的，有好几张呢。"

对方都这么说了，若是再推脱，那就是矫情了，冉素接过票，说了声："谢谢。"

贺又西朝她莞尔一笑，示意她不要放在心上："对了，'消消乐'还在继续玩吗？我最近又卡了，卡了好久了。"

"嗯，偶尔玩玩，卡在哪儿关了？我试试？"

"好呀。"

冉素其实还蛮奇怪，以贺又西的出身、背景、身份来说，她应该是云巅之上的人，却又太过接地气，平日里瞧着那么清冷的一人，偶尔却又天真得有些可爱。

江念云从会议室出来，便见着两个人竟然玩"消消乐"玩得不亦乐乎，甚至还能交流心得，相当自在。其实他很少见到贺又西与谁能这般真诚相处，一来是因为工作，二来因为家庭背景，她大多时候是清清冷冷的，不容易与人交心。但是此刻，她不经意露出的笑容说明了一切。

他倒是开始有些好奇起冉素了。

平日里工作的时候一丝不苟，表情也不丰富，甚至可以说有些寡淡，浑身也透着一股子疏离，没想到私下倒也还挺……生动的。

江念云知道她是许岩廷的女友，或者说圈内的人都知道，只是看破不说破。毕竟许岩廷跟霍米的事还尚有余温，许家跟霍家的渊源也不是一句两句可以说清的，至于这个所谓的女友，大家心知肚明。

“江总。”感受到了打量，冉素立马恢复状态，变脸速度堪称一绝。

江念云点头算是回应，又俯身侧耳跟贺又西交代了几句，便与冉素一道进了办公室。

“工作上是有什么进展不顺利的吗？”江念云问得很温和，让人听着格外的舒服。

如果单从表象上来看的话，江念云无愧是行走的温柔使者，但是当你深入去体会的话，其实他的温柔是有区分的。

就如现在，他的温和跟刚在外面与贺又西面前的温和就有着天壤之别。一个是发自内心的，一个却是浮于内心的。如果不仔细感受，很难发现，便会觉得他当真是自带温柔，一如她初见他之时。

随着接触多了，加之她懂点心理学，所以不难发现。

“数据这一块在原有的基础上，我们进行了更进一步的整合，等整理完就可以给您过目了。今日过来，我是想问您几个细节上的问题。”

江念云眉眼一挑，示意她继续。

“‘IN FUN’主打互联网，但是我仔细比对过，相比起‘INT FUN’，其实它的更新程度并没有达到一个质的飞跃，但是我发现，在营销上却把重点放在了硬件的更新上。”

“之前‘INT FUN’的硬件广受诟病，毕竟科瑞不是做汽车出身的，但是今年的新款，在硬件方面有专业人士的加入，在很大程度上进行了加强改造。当劣势得到了解决后，自然是一大亮点。而且，移动车载系统的更新并不如你所说的没有飞跃，它其实更加的专业、严密了。其实所谓的车联网，就现阶段来讲，不过是将移动网络运用到极致，以此来规避很多问题。而这一款的‘IN FUN ’在路线规划，危险趋避，安全警报等方面已经再次做了有效的升级。”

“对于硬件来说，我个人觉得，如果没有特别突出的优势强于其他家的话，如果把这个作为宣传点，有点东施效颦的效果。既然科瑞在移动车载系统上比之前的更极致，那宣传点是不是就应该放在这个上面？从数据上来说，要考虑到用户效应，如果说，客户注重硬件，为啥不直接买老牌，之所以买科瑞的产品，就是冲着移动系统来的。”

江念云若有所思，她的说法其实就是他最初的想法，但是，在宣传的时候也必须要让人看到一个产品进步才行：“那你是怎么想的？”

“依旧主打移动车载系统，在硬件上可以找车评人进行体验宣传，会比直接做硬性的宣传更有说服力。”

“车评人？”找车评人试车、做宣传，这种方法对于关注车动态的人来说，是最直接有效的，但是也存在一定的弊端。他是做网络的，对于网络的两边倒攻势太熟悉不过，有好就有坏，而好不能带动坏，但坏能破了所有的好。

“对，而且尽量找有口碑、有影响力的车评人。”

“那你有考虑过评论所带来的影响吗？”

“一个产品面世，不管好的坏的，都是影响力。有影响力就能产生效应，而科瑞应该能更好地利用网络才是。”冉素并不觉得科瑞会放弃网络所带来的效应。

江念云这才认真打量起她来，他不怀疑她的业务能力，但是没想到她会如此透彻，了然一笑：“这是自然。”

待冉素走后，江念云与贺又西聊天。两人无意间聊起冉素，他说："她倒是个看得透彻的人，可惜了。"

"嗯？"贺又西不懂他这突如其来的感叹是为何。

"许家跟霍家的纠葛不是一天两天，她不会不清楚。"言下之意便是冉素不该蹚许家这趟浑水。

贺又西怔怔地注视着他，摇了摇头："我倒觉得她是个明白人。"虽然接触次数不多，但是女人的直觉一向很准，她并不觉得冉素像是个会纠缠的人，相反，冉素应该是个很决绝的人，"不过你平时不是不喜欢背后说道人家吗？"

"有趣的人还是喜欢八卦八卦的，怎么？吃醋了？"

"我也觉得她蛮有趣的，我想，我们或许可以成为朋友。"

能让贺又西承认为朋友的人可并不多："该不会就因为愿意跟你一起玩'消消乐'吧？"

"不行？"

"行。"

冉素想，有些人，要见的迟早要见；有些事，该发生的总会发生。所以，当沙越找上她的时候，她并没有所谓的惊讶，或者可以说淡定得有些过分了些。

"你好呀，又见面了。"沙越笑起来的时候嘴角会露出两个小小的梨窝，一双眼虽然是单眼皮，但炯炯有神，清澈透亮，笑起来弯弯的，好似只要她一笑，再多的烦恼也不再是烦恼，而是蜜糖。

冉素想，这样的女生就是极易让男人产生保护欲的女生吧。

不知为何，她突然就想起了霍米，同样是阳光明媚的女孩，却有不一样的感觉。沙越像是一株随处生长的蒲公英，而霍米，更像是经过花园里精心培育的玫瑰。

“你好。”相比起对方的笑眼弯弯，冉素的笑就显得生分得多。

“我能请你喝一杯吗？”

面对如此清甜的女孩，她若拒绝就显得太不人道了。而且，她也想知道沙越找她到底所为何事，毕竟上次的匆匆一面还颇有悬念。

咖啡厅里，两人靠窗而坐，一个脸上始终笑颜如花，一个却让人瞧不出情绪。

“你还记得我上次跟你说的话吗？”沙越开口。

冉素想起她上次淡定地说“我见过你”时的情节还觉得蛮好笑的：“嗯，记得。”

“不好奇吗？”沙越就像是抛食者，想诱着她步步踏入。

冉素摇了摇头。她是真的不好奇，毕竟她跟盛凯已经是过去式，至于他对她还有着怎样的情愫都不在她的考虑范围，她只知道自己已经彻底放手了，这就足矣。

“突然觉得我们家阿凯好可怜。”沙越捂着胸口一副受尽委屈的可怜模样。

冉素不禁笑出声来，不自觉地她也跟着活泼了些：“你们家阿凯怎么可怜了？”

“直到现在，我们家阿凯钱包里都还收藏着跟前任的合照，手机里还保存着跟前任的照片，也瞧不见眼前人的聪明伶俐，当真是眼瞎了。”

冉素突然知道自己为什么会把沙越比作蒲公英，而霍米是玫瑰了，一个是自由自在，即使爱了也不受拘束，而霍米却被爱束了手脚，既放不开也走不进。

她明了沙越来找自己的原因，即使对方装得再洒脱，也还是暴露了本心：“怎么会，要不然你也成不了他未婚妻呀。”

“这倒也是。”沙越眼里的骄傲流光溢彩，“其实我们是属于家族联姻。最初，彼此心里都另外有人，所以想着，既然如此，那就在一起吧。

但是，我后来竟真喜欢上他了，可是又不敢表现出来，所以我只能继续装作合作伙伴。你知道的，他很优秀，各方面都很好，其实我很羡慕你，能霸占他心里的位置这么久。”说着说着，她有了些哽咽，“对不起，我知道我不应该来找你，但是，我也不知道该怎么办……”

冉素从没想过这一幕会发生在自己身上，所以现在听来始终觉得有些魔幻：“所以，你是想……”

“你能帮我劝劝盛凯吗？让他怜取眼前人。”

看着眼前眼带泪花的女孩，冉素突然笑了：“你难道不是应该阻止我们见面吗？”

“没事，阿凯说过了，你是个很专情的人。现在你既然选择了跟许岩廷在一起，那就说明你真的放下阿凯了，我不介意的，真的。”

所以，她还应该感谢他的夸赞？

冉素被她弄得有些哭笑不得。她到底该说这姑娘太天真，还是伪装得太深呢？

“我听阿凯说过你们的分手原因，是他主动放手的，所以他知道就算对你是想念，也没了资格再去打扰你。可是，这种思念是会疯长的，我想让你帮我将其斩断，可能这个要求对你而言有些强人所难，但是，我想你们之间或许会需要一个了结。我一直都觉得，恋人分手也还可以是朋友，有心结就解开，然后微笑着祝福，这才是一个最好的状态。”

或许之前冉素都没有想过要帮她或者觉得她来找自己是正确的，但是她说的最后一句话却触动了自己。人与人之间的相处本来就不易，有缘能成为情侣更是不易，又何必带着心结继续往下走呢？彼此微笑着真诚地祝福不好吗？

如果有可能，冉素还真想跟盛凯坐下来好好聊一聊。

即使不能携手往下，但往日的情分依旧。

也因此，从没想过会主动找盛凯的冉素，这会儿竟然出现在了华盛集团大楼下的咖啡厅。盛凯对她的出现颇为惊讶，但是他收敛得很好。这几年里，他越发的成熟有魅力，以前就受人瞩目，现在更是人群焦点。

她也从不否认他的优秀："好久不见。"

当真是好久不见，之前虽有几次匆匆而过，却都相对无言。

他微微点头，在她对面的位置坐下。他不言语，眼神却没有离开过她。她被他看得有些不自在："我以为你会不愿意见我。"毕竟上次就直接把她当陌生人了。

沙越跟她说的那一番话，真假难辨，而盛凯现在的眼神也更让她捉摸不透。

话音落地，一室的沉默。尴尬在他们之间流转，久到她以为他不会开口后他却突然"嗯"了声。

这样的盛凯她是陌生的，以前的他阳光善谈，从不会让气氛冷场，然而现在，他似乎已经习惯了尴尬。

冉素本也不是善谈的人，而且她也不知道到底要怎么开口，来之前想了一大堆话，但是这会儿却不知从哪儿说起。

"如果你不想见到我的话，那我走了。"冉素后知后觉，想着自己可能是脑子抽了，才会答应沙越的请求，这不是自找麻烦吗？

"你就这么不想见我？"盛凯冷冷的声音响起，让她浑身一颤，怎么又成了她不想见他了？

冉素觉得现在的自己跟以前的盛凯可能调换了身份，以前都是他特有耐心地哄着她，围着她转，现在反过来了："怎么成了我不想见你？"

"沙越去找你了？"虽是问句，却是肯定。

她也没想隐瞒什么："是，她让我跟你聊聊。"

盛凯冷笑一声："哦？聊什么？"

冉素也不在意他的讥讽，只是觉得他变了，而且变了许多，时间真的是在催着人成长的同时还逼迫人改变："聊聊我们。"

盛凯的眼神有那么一瞬的快速转变，冉素捕捉到了。从心理学上来讲，这是对事实被戳破后的一种本能反应。

“你不觉得你始终欠我一个解释吗？”冉素始终平心静气，仿佛在谈论着别人的事一样，“其实我想过，或许你当初的分手理由就是你的解释，但是我又觉得不是，要不然你的钱包里怎么还会有我们的合照？”

“我们之间就是商业联姻。”这就是他的解释，很现实，也很诚实。

“最初分手的时候我也想过，觉得我们或许还能回到过去，你也只是需要时间。但是后来我发现，时间真的很可怕，它能给予一切，也能摧毁一切，我不想说你离开后我过得怎样，但是我想告诉你，我在时间里找到了生活，在生活里找到了爱情，真的，你也可以。没有什么是时间解决不了的。

“你有没有想过，你跟沙越之间因为时间已经渐渐地对彼此有了改观，甚至是习惯。只是你自己不愿承认罢了，你之所以留着我们的照片，只是因为你觉得我们的分手是因为外界客观原因造成的，所以，你内心其实不承认，甚至还期盼着能回到过去。但是，我们都没有任意门，已经发生的事，没办法当作没发生，况且我们都不可能停滞不前。”

当这些话真正说出口的时候，冉素觉得无比地畅快。她从没有这么长篇大论的说过什么，但是今天说起来，竟然也挺流利。其实当初两人分手，她是委屈的，可是她从没跟谁说起过。直到后来，她遇到了许岩廷，他们之间的爱情不似年轻时的热烈，却胜在了解、契合。她才渐渐放下，也学会尊重爱情，尊重时间，尊重过往。

“他对你好吗？”盛凯抬头，眼神直逼她，像是糅杂了所有的七情六欲，却又隐忍不发。

冉素点了点头：“挺好的。”

“嗯。”

今日的天气很舒服，暖暖的，从咖啡馆出来后，冉素只觉浑身舒爽，像是背负了许久的重担终于放下了。

她并不期待说能和前任做朋友，只是，她是真心希望他能过得幸福。

冉素约了宋菀儿出来逛街，在路过表店的时候，顺便买了一对情侣手表，是她喜欢的款式。

“你买也不帮我买？我们这么多年的情谊，你都没送过我什么礼物，说起来真是寒酸。”宋菀儿可伤心了，就差眼泪唰唰往下流了。

“红包不算？吃的不算？”有些人纯属白眼狼一类的。

“以后你还是送我实物吧，看着好歹也有存证，红包、零食什么的，花了吃了就没踪影了，记不住你的好。”

“当真是不知好歹。”也不知道是谁以前嚷嚷着说送礼就送大红包，一会儿一个样。

冉素想着，这应该是她第一次主动给他送礼物，是不是应该计划点惊喜之类的？可是这些她都不擅长。想了半天，她把以往看过的言情套路在脑海中都回想了一遍，最后决定走一步看一步，毕竟她也算临时型选手。

——今天要加班吗？附了张卖萌的表情包。

本来在开会的许岩廷看到信息后不自觉地露出了笑意：嗯？怎么了？

——嗯……今天好像有很多想吃的，所以本大厨打算亲自下厨，你要不要表示表示？

——大厨今天想做什么呢？看来小的今天有口福了。

——那必须的。土豆烧排骨、板栗炖鸡、卤味猪蹄、葱煎蛋……都好想吃呀，怎么办？

——那就都吃，我早点回来一起去菜市场。

——可是会胖……

——胖点好，胖点有福气。

冉素俏脸一红，又见到他很快发来一句：也是幸福。

林俊平瞧不得有些人那满面春风的模样，同样是工作，为何他能在工作之余找到媳妇，而自己却依旧孤家寡人？

“我发现你最近的状态越来越好了，恋爱真是一剂大补药啊。”林俊平半调侃半羡慕，“不过，话说回来，霍家那边我觉得你还是要多走动走动。霍纪生这个人不好说，阴晴不定的，若是霍氏真的撤资，你知道结果并不会乐观的，到时霍氏的高尔夫球场开场仪式，你探探他的口风。”

林俊平自认有一双识人的慧眼，但是对于霍纪生这样的老狐狸，他还是缺了点能力。虽然，目前许霍两家的解姻，霍纪生似乎并没有动静，但是总觉得霍家不会就这么善罢甘休的。

虽然说商人重利，但是霍纪生疼女儿是出了名的。

“嗯。”

“还有，‘SN7’的销量已经上来了，‘炫’的销量虽然稳定，却没有突破口。”

“嗯，这个问题市场跟宣发那边已经在处理了，到时你跟进一下。不过科瑞那边的新品发布也快了，你去跟江念云联系下，我对他们这次的产品还是持观望态度，如果可以，还是希望能合作的，华盛那边肯定也会有同样的想法，如果科瑞打算合作，只能是隆欣。”

“冉素不是正在帮科瑞做数据分析？”林俊平问，“她就没透露点什么吗？”

“你是觉得她会说，还是我会问？”许岩廷瞬间表情严肃。

林俊平被堵得哑口无言，是他冒进了。

许岩廷回来的时候冉素已经在忙活了，穿着休闲卫衣套装，扎着丸子头，光看背影就觉得青春洋溢。他暗忖，他是不是有些老牛吃嫩草了。

“回来了？”冉素听见响动便知是他回来了，头也没回，继续专心忙活自己的。

“嗯，不是说等我一起去菜市场的吗？”许岩廷一边应答着一边往房间里走，换了一套运动休闲装。嗯，这样才比较搭。

“反正闲着也是闲着，就出去逛了一圈，顺便给买了。”

因为是开放式厨房，冉素一抬头便瞧见了换了衣服出来的人：“怎么把这衣服给翻出来了？”嗯，小了点，看起来有种强行装嫩的嫌疑。

“这不是为了配合你吗？”许岩廷加入进来，帮着一起处理，“事情都处理得怎么样了？”

“嗯，都解决啦，还跟菀儿去逛了会儿街。”关于去见盛凯的事情冉素没有明说，只说了自己有点事情要去处理下，他也没多问，两人就这般闲话家常地聊着，谁也不觉得无聊。

“买什么东西了吗？我那张卡你尽管刷。”

冉素突然想到之前关于买买买的网络段子，侧眼瞄了瞄他的神态，并没有什么异常。这人，还真是，一出口就是这种顶级情话。

“要是我哪天刷爆了咋办？”冉素撒娇。

“哪那么容易。”

是，不容易，您好歹也是一老总。

两人在厨房忙活着，聊天逗趣，很是愉快。待她准备开始炒菜了，便将他推出了厨房，偏生他不想出去，非得赖在里面看着她弄，偶尔帮她递一下配料，偶尔帮她翻炒一下，好不乐乎。

其实最初许岩廷是不喜欢厨房的，甚至都不喜欢闻油烟味。后来冉素尽量都做清淡口味的，慢慢地根据他的口味进行调整，现在算是有了很大的改变了。

饭后，两人窝在沙发上看电视。冉素对电视没有多着迷，但是她喜欢将电视打开着，如此便好像能热闹点。

“对了，霍氏过几天的高尔夫场开场仪式，你去吗？”

冉素想都没想就直接拒绝了。对这种场面，她一向都是避而远之，能不参加就不参加，更何况霍家。

“那你到时问问周波，我到时帮他弄张邀请函。”

“他肯定愿意的，只是这样会不会不太好？”周波热衷于人际交往，这样的场合自然愿意出席。只是，他这般尽心尽力，让她心里多少有些过意不去。

“我帮他就是在帮你，这个人情算是你的。”

“可是……”冉素想再说点什么，却被他以吻封唇。

在接吻这件事上，许岩廷似乎总是不餍足，总能从最初的轻吻发展到最后的湿吻。而且他乐此不疲，每次都能把她折腾得浑身发软，偏偏罪魁祸首还一脸幸灾乐祸。

冉素软在他怀里，嘴唇微微红肿：“我给你买了份礼物，本来想当作惊喜的，但是想来想去，发现我根本就没有浪漫细胞。”

软软糯糯又带着点撒娇的味道，听得他浑身战栗，他再次覆唇而上，得到满足后轻轻擦着她的唇，带着点诱惑，缓缓开口：“你就是我最大的浪漫。”

真讨厌。

冉素从他怀中挣扎着起来，从沙发垫下摸出一个盒子，打开后里面赫然躺着一对银白色的情侣手表：“不知道你喜不喜欢，不过我很喜欢。”

冉素将他手上的摘下，然后将盒子里的手表给他戴上，动作轻缓却又隆重。

许岩廷将女士那一款慎重地给她戴上，看着手上的表，他不禁笑了：“虽然不是戒指，但这也是我们彼此交互戴上的，意义一样，以后可不能轻易取下。”

许岩廷执起她的手，在她的手背上落下一吻：“洗澡也戴着吗？”这人分明就是狡辩。

“防水的。”冉素偏不让他得意。

“好，等下我们戴着一起洗澡。”

“……”

“老大，今天贺又西的新电影上映，你跟我们一起去看吗？”快下班的时候，吴琳凑过来，“我看了预告，很燃很热血。”

被这么一点拨，冉素猛然想起贺又西送她的两张话剧门票，看了一下电脑右下角的时间，幸好。

不过她是跟许岩廷一起去看呢，还是跟宋菀儿一起呢？

话剧时间是在下周二。

周二……好像是霍氏的高尔夫球场开场仪式，那就约宋菀儿好了。

“老大？”怎么还出神了呢？

“啊？我就不去了，你们去吧，为票房多做点贡献，我请客。”冉素笑她，也感叹年轻就是好，现在她都很少进电影院了，更愿意窝在家里看电视。

她们这厢正八卦着，周波正巧从办公室里出来，应该是准备下班。冉素立马叫住他，并提起包追过去。

两人一同到了地下停车场后，冉素才从包里拿出邀请函给他：“学长，这是霍氏的邀请函，如果你愿意去的话。”

周波喜出望外：“许总让你给我的吧，谢谢。”

其实云智的业务在这一年里有了较为明显的提升，而且口碑也有所扩大，而这自然离不开周波的四处应酬。

有时他也会很累吧，冉素想：“学长，要是觉得累的话，就让自己休息休息吧。”

周波笑而不语，创业公司，哪有那么多可以休息的时间，现在最需要的就是人脉资源的牵线搭桥，业务的口口相传：“放心吧，我不会让自己猝死的。”

冉素"呸"了一声："你这身强力壮的，没事少说点不吉利的。对了，你跟菀儿怎么样了？"上次逛街的时候冉素问过宋菀儿，依旧是一脸蒙，看来周波不太顺利，"我看菀儿是根本就没感受到你是在追她。她神经弱，你行动起来要直接点。"

"……"

看着周波这欲言又止的模样，冉素顿觉他们未来情路坎坷，一个表达得太委婉，一个反应迟钝。折腾吧，反正着急的也不是她。

因为提前跟宋菀儿约好了，所以周二下班后，她便直接来他们公司楼下等着了，然后两人再一起去吃饭，然后再去剧场。

不过宋菀儿因为冉素没有帮她弄到签名这事颇为耿耿于怀，但是看在VVIP门票的分上，暂且就原谅了冉素这一次吧。

只是她没想到，旁边竟然就是贺又西。

不过也是，本来就是连票。

宋菀儿坐不住了，伪粉丝见到了真爱豆，又是握手又是自拍的，激动得胡言乱语，冉素都为她感到丢脸。

不过宋菀儿浑然不觉，完全沉浸在自嗨模式之中，傻得可爱。

"你朋友很有趣。"宋菀儿终于停止了疯狂追星模式。她想，若不是碍于面子，就这样的粉丝，是会被开除粉籍的吧。

冉素苦笑着附和："有趣的时候是真有趣，傻也是真傻。"

随着音乐响起，话剧拉开序幕，众人迅速安静，等待着剧情的拉开。

而另外一边，霍氏的高尔夫球场开场仪式，热闹非凡，差不多聚集了大半个商界的大佬精英。只是这个以霍米命名的"霍米高尔夫球场"开场仪式却不见霍米的身影，倒是让众人有些意外。

不过霍纪生也说了，霍米因为临时的拍摄任务去了片场，不能出席。

"我怎么觉得今天的风有点大？"趁周边敬酒的人少了些，林俊平悄声在许岩廷耳旁说道。

“树欲静而风不止。”

“许总、林总。”江念云也在受邀之列，今日的他穿了一席白色的西装，衬得更加儒雅，“听说‘炫’的销量短短几个月就破了十万，真是恭喜恭喜。”

“承蒙江总吉言。”“炫”从上市到现在，虽有将近四个月，但并未突破十万，“不过如果隆欣跟科瑞联手的话，我相信会有更好的成绩。”

“林总跟我说过你们的策划，我也觉得很好。不过，华盛也给过我策划呢，似乎华盛的诱惑更大一点。”

“众所周知，华盛硬件设施确实不错，但隆欣的优势是电源，且在硬件上也不差，未来新能源肯定普及，到时对于电源的需求就会更加的精细，甚至是苛刻，而隆欣始终在这一块上竭尽全力做到最好。”

“隆欣在电源上确实有自己的优势，但是我用过‘炫’跟‘SN7’，如果单从操作上来说的话，我个人会更加偏向于‘SN7’，它各方面的操作设计简直都是为了符合人体的舒适结构来特意开发的。”江念云觉得‘SN7’的硬件确实要比“炫”高出许多，这就是老品牌的优势。

“不过也正如你说，隆欣的优势是电源。我比对过，在续航、持久度等问题上，‘炫’更有优势，而且‘炫’对于充电桩的兼容进行了优化，这个我很喜欢，毕竟“SN7”只能用自己的充电桩，这在很大程度上有一定的困扰。”

江念云的分析很到位，“炫”跟“SN7”的优劣势其实都很明显，以后怎么尽量做到更符合大众的需求任重而道远。

“正所谓，尺有所短，寸有所长。完善不足的，精化优秀的，这是我们隆欣需要做的。而且，隆欣与科瑞都是年轻团队，对于未来的方向或许更为一致。”

“这天下终将是年轻人的天下。”

“聊什么呢，聊得这么起劲？”霍纪生端着酒杯过来，几人碰了下杯，“江总，听说你的新品快要面世了？到时一定要给我留一辆。”

江念云也不觉得尴尬，依旧笑得清风霁月：“一定一定。”

“对了，我可是听说最近盛世跟隆欣都在拉拢江总，看来最近江总人气很高啊。”霍纪生意有所指。

“哪能比得上霍总，不管哪个行业都拉拢霍总呢。”江念云配合着拍马屁。

“可是，有些人却是我送上门都不要。”霍纪生意有所指地看了眼许岩廷，“那边有人找我，你们年轻人继续聊。”

林俊平在一旁不得不感叹霍纪生的圆滑，他这是在不动声色地警告许岩廷？看着霍纪生离开的背影，林俊平总觉得这不是一个好的预兆，可是他又说不上具体的原因。

反倒是许岩廷轻松了许多：“江总如果跟隆欣合作的话，隆欣一定会给你一份满意的答案。”

江念云始终笑得风轻云淡，方才发生的事也没对他产生任何影响，两人轻轻碰了一下杯。

许岩廷游走了一周，寻了个安静点的地方休息，林俊平尾随而上，他始终不放心霍纪生：“你说，霍纪生不会这个时候撤资吧？”若是这个时候撤的话，那隆欣一下子还真周转不下来。之前的投入花了太多资本，现在的回本也尚不足以支撑运转，他也是头大。

“暂时不会，之后说不定。”许岩廷太过淡定，让林俊平生出一股皇帝不急太监急的无力感。

“那你怎么打算的？”

“我们必须拿下跟科瑞的合作，把项目拽在手里。”就算霍氏撤资，倒是也能有项目拉动投资。

视线所及之处，许岩廷他们看到江念云正在跟盛凯相谈甚欢：“你觉得他会跟谁合作？”

林俊平觉得如果他是江念云的话，会有六成的可能选华盛：“五五吧，机会均等。”

许岩廷笑了：“你心里可不是这样想的。不过，我倒是觉得他选我们的可能性更大。”

“怎么说？”

“感觉。”

之前隆欣跟华盛，又或者说，还有其他车企都向江念云提出过合作，但他都迟迟没有回应，说明他在考量，至于他考量的标准是什么，他暂时还不知道。

或许是条件。

或许是人。

“江总。”盛凯离开后，周波便过去与江念云开起了玩笑话，“最近总听冉素他们抱怨，说科瑞的食堂太好了，都舍不得离开了，还胖了呢。这女生啊，就是对瘦有执念。”

这话冉素可没说过。

“民以食为天嘛。”

科瑞公司的食堂素有美称，甜点、热饮、水果都深得人心，后因员工随手拍的一张照片而上了微博热搜，引得一大批人嚷嚷着跳槽。

“不知江总对冉素他们的工作可还满意？”

“冉素的专业能力没得说，而且也颇有自己的见地，是个人才。”

听到江念云夸冉素，周波就权当是在夸云智了：“冉素的专业素养确实强，但是可能性格上有些执拗，还请江总多包涵。”

江念云想，哪是有些执拗，是很执拗，一旦认定的观点，如果没有足够的理由论据说服她，就很难让她发生改变。

在职场上，这是好事，也是坏事。

但是这样的人，相处起来虽然没有那么圆滑，但胜在真诚。

“听说她是一出校门就跟你了？”江念云突然问了个毫不相关的问题，“算下来，好几年了吧？”

“对，因为大学时候有过合作，看中了她的能力和人品，便邀她进公司了。”周波因此还给了她百分之十的干股。

“周总可知她正在跟隆欣的许总谈恋爱？听说还是因为工作关系在一起的？”

周波虽有疑惑，但还是说了自己的看法：“毕竟出了校园门，想要找对象，也只能靠工作来找了。”

两人相视大笑。

“你真觉得我们有胜算？”林俊平看着与周波交谈甚欢的江念云，对于许岩廷的判断，他还是持怀疑态度。

“你觉得他们在聊什么？”许岩廷答非所问。

林俊平觉得显而易见：“合作公司，自然有话聊。”

“我倒觉得他们不是在聊工作，而是在聊一个人。”因为从他们的聊天状态来看，双方都很自然，而且看得出周波很放松，如果是聊工作的话，周波应该是严肃而正经的。

他虽对周波不了解，但是冉素很了解。从她以往谈及周波的一些言论中不难发现，周波对待生活与工作是分得很开的，也正因为此，周波其实还需历练。

与江念云站在一起，高低立现。

“聊一个人？”林俊平不知道他为何会有这样的判断，但是他们中间唯一可聊的人也只有冉素了，若是真的是在聊冉素的话，那……

“所以，这就是你的筹码？”

许岩廷摇头：“不是筹码，而是人心。”

“IN FUN”上市当天，销量并不是很乐观，购买量并没有达到预期的效果。江念云看着电脑上的销量的曲线变化，并没有多大的情绪起伏，或者说，这一切都在他的预料当中。

虽说不管从硬件还是网络上来，说都有所强化，但是用户的接受能力始终受限。不过，相比起“INT FUN”来说，也算是有了进一步的突破。

冉素没想到江念云会在这一天约她见面。

“对于这个销量，你是怎么估算到的？”冉素的报告中对第一天、第一月的销量都做了个预估，而这个数值差距并不大。

冉素理了理思路：“江总不等明天再看数据吗？”

江念云笑而未答，冉素接着说：“科瑞在宣传上非常有优势，因为知道怎么将网络的效应发挥到最大，而且也确实起到了效果，只能说，买车不是小事。现在华盛、隆欣已经珠玉在前，其他车企也不弱，群众的选择其实很多，而科瑞一直提的口号是互联网车。如果，将车与网分开再结合，或许效果会更好。”

“哦？怎么说？”

“华盛与隆欣在汽车界算是有口碑的，一个重硬件，一个重电源，如果加上科瑞重互联网的话，岂不是三足鼎立？”冉素笑了，她想江念云定能明白她的意思。

“先联合再分裂？”江念云配合她，“你倒是一点儿都不徇私。”

“科瑞不管是跟华盛或是隆欣联手，都是赢家。”这是实话。

“那你觉得我应该选哪家？”

“华盛。”冉素没有犹豫地就做了选择，“相比之下，华盛更能满足现下的科瑞。”她说的是现下。

江念云不禁笑了，她看似是给了他很明确的答案，其实还是把问题抛给了他，在于他到底是选现下还是未来。

“IN FUN”上市一个月，销量远不及隆欣、华盛新品上市一周的销量，江念云觉得他有必要做出选择了。

许岩廷没想到江念云会那么快就约他见面，当陈诺将内线接进来时，他正与林俊平聊针对“炫”的市场活动。

“江总，恭喜。”

“许总哪里的话。”

“这次‘IN FUN’有了很大的改进，尤其在移动车载系统方面更加专业了，相比起来，我们的就有明显不足了。”

科瑞科技推出的这款升级版的联网新能源车，旨在实现全网操作，但是这款车在市场上并不受欢迎。许岩廷去看过那款车，也试驾过，网络方面确实做得不错，将无线、蓝牙模式运用到了极致，而且报警、导航、音乐、购物、支付等功能也做得非常完善。

这是科瑞的长处，能将互联网贯穿到车载系统，但车的硬件上始终存在缺陷，毕竟并非专业出身。如果能将硬件跟互联网合二为一，实现真正的车联网，那就真的是跨时代的进步。

“但是在其他方面比起来，‘IN FUN’的缺点也很明显。”江念云直说，“我今天过来是决定跟隆欣合作的，你们之前提出的条件，我们也都答应。”

这般开门见山倒是省去了很多不必要的寒暄，许岩廷起身从抽屉里拿出一份合同递给他：“选择隆欣是对的。”

江念云接过合同，但是并没有打开：“合同我先拿走，至于正式签约，或许有点仪式感更好，许总觉得呢？”

许岩廷自然明白他的意思：“这是自然。”

正事谈完后，江念云突然问了一句："许总知道我为什么会选择隆欣吗？论硬件，华盛更好；若论电源，华盛也不一定就不能超过隆欣。"

"嗯？"

"有人跟我说，华盛是现下，隆欣是未来，如果是你，你会选现下还是未来？"

"这个就得好好分析了，如果当下能给我足够的资源，让我能对未来有保障的话，当下也不错，是吧。"许岩廷半开玩笑，"当然，如果能放长线钓大鱼的话，自然是更好。"

"那就期待我们一起钓到大鱼吧。"

本来许岩廷想请对方一起吃个饭的，但是江念云说有要事需要先行离开，他便也没多做挽留。临行前，江念云突然一本正经地跟他说："眼光不错。"

许岩廷微微一怔，但也反应迅速："谢谢，你也不错。"

两人了然，相视笑开。

Part 8

你曾经遭受过的苦难，都会照亮你前行的路

宋菀儿的“田园系列”大卖，一高兴，便决定大摆宴席，大快朵颐。可是当她看到对面坐着的周波时，顿时不淡定了。

“你怎么把他也叫来了？”宋菀儿用自以为只有两人能听到的声音跟冉素咬着耳朵。

不过周波倒也不在意，照样吃得欢快：“等下你买单。”

“为什么？”

“人是你叫来的！”有些人当真是理直气壮。不过真不是她特意叫的，刚好她们在打电话的时候被他听见了，然后他说自己恰好没事，能不能一起。

那她还能拒绝不成？

周波也不理会她们的悄悄话，权当充耳不闻，反正他的脸皮在她这都儿已经没有了。

冉素突然有些可怜周波，傻乎乎的，看上谁不好，非得看上宋菀儿？

而这一顿饭也因为周波的加入显得有些不尴不尬的，宋菀儿更是故意不跟他讲话，倒更像是在刻意冷落他，而冉素夹在中间更为憋屈。

一顿饭好不容易散伙，最后还是周波买的单。可有些人偏生矫情，还必须把钱还给他。再后来，周波说送她们回去也被狠狠拒绝了。

冉素让周波先回去，她帮他去探探口风。结果，不问还好，一问才知道，原来周波还没怎么着就直接表白了。

宋菀儿根本就没往那方面想过，结果来这么一招，她想到的只有往后退。

“你当真对他一点儿感觉都没有？”

宋菀儿哐当哐当地摇头，冉素哭笑不得：“当真这么不喜欢？还是说他有哪方面让你讨厌？”

正所谓一针见血：“你不觉得他很傻吗？跟个傻子一样。”

冉素直接笑出声来，自己就是个小傻子，竟然还嫌弃别人傻。

宋菀儿是觉得周波真的傻，傻不楞登的，一点都不知道追女生，也完全不懂女生的想法：“你知道他给我送的最多的是什么吗？居然是外卖！而且还是我不喜欢吃的。还有，你知道他表白怎么说的吗？他一上来就把户口本、银行卡给带过来了，说是要全部给我！我……真是气死我了。”

冉素福至心灵地就想到了那样的场面，竟然还蛮有画面感的：“你不是喜欢吃外卖吗？而且他把全部身家给你不是挺好吗？你还不满足？”

真是无法想象，恋爱中的周波竟然是这样的，差距简直不要太大。

“换成是你，你能接受？一上来就这么猛。真是，就跟个傻子一样，我现在看到他就觉得尴尬。以后吃饭啥的，你再叫上他，别怪我跟你绝交。”看来有人是真的生气了。

瞧着她这又是抱怨又是生气的模样，她怎么觉得有戏？

“我怎么觉着你是在嫌弃他的表达方式？”

“拜托，我是在嫌弃他这个人好吧。”

好好好，不能说了，估计再说下去就要奓毛了。冉素识时务地立马转换话题：“对了，你不是一直说想让许岩廷请吃饭吗？就明天怎样？他明天有时间，如果可以的话，地点随你定。”

“真的随我定？那我要吃五星级的。”宋菀儿典型的脾气来得快，去得也快，随便一个话题就能转移她所有的注意力。

“六星级的都行。”

只是他们没想到，吃个饭竟然都能遇到熟人，也不知道是不是宋菀儿选的酒店太过高级，正当他们准备吃饭的时候霍米竟然过来了。

“廷哥哥，你来这儿吃饭怎么不跟我说呀。那个，经理，等下这桌免单。”霍米吩咐完后又朝冉素问了句，“不介意我一起吧？”

“霍小姐都帮我们免单，怎么会介意呢？”其实冉素对霍米并没有所谓的排斥，倒是觉得这姑娘在面对感情时，还挺真性情的。

许岩廷见霍米还拖着行李箱：“怎么没回家？”

“不想回去。”

许岩廷本就不是话多的人，此刻能多问候两句，也都是因为往日情意。不过霍米就不一样了，叽叽喳喳的，跟他说着一些在片场的趣事，偶尔也吐槽一下自己受到的委屈，宋菀儿竖起耳朵听得起劲。

冉素倒是不太感兴趣，只是偶尔听到贺又西的名字，仔细听了后才知道，原来这次她们俩一起接了一个双女主的电影。

哦，她好像在贺又西的朋友圈有看到她发过一次剧照。

不过是一顿普通的聚餐而已，因为有了霍米的出现，竟然就被媒体给放肆夸张地报道了，什么新欢旧爱齐聚，其乐融融之类的，也不知道他们的脑洞怎么就那么大。

当真是白的也能被说成黑的。

“是不是觉得委屈了？”许岩廷见她看着报道发呆，还以为她不开心了，“我跟她的故事，你大部分都清楚。如果你真的觉得委屈，就痛骂吧，我当你的垃圾桶。”

冉素抱着他的腰：“你怎么能是垃圾桶呢，你是我的树洞。”

许岩廷回抱她，揉了揉她的脑瓜子：“阿冉，很抱歉，我不能跟你保证，因为你不喜欢我就不见她之类的，但是，我能保证，自始至终，我爱的只有你。”

“嗯，我知道。”

“那你呢？”

“嗯？”

“你爱过几个？”

这猝不及防的一问，她是不是掉进他挖的坑了？

不过冉素没想过要隐瞒他什么，本来就想着如果哪天时机合适就跟他坦白，这会儿既然问起，索性就说了：“两个，很可惜，你不是我的初恋。其实，我跟盛凯读大学的时候是情侣，两情相悦，以前甚至想过会结婚，只是，自以为的感情最后总是分道扬镳。不过，现在我遇到你啦。”冉素不想否认自己爱过盛凯，毕竟当时的他们是真心相爱的，就算现在已经无瓜葛，但是过去却是抹不掉的。

即使他早就知道了她与盛凯有过去，可是这会儿听她主动说起，他说不上来是何种感受，就算随便换个人都好，可偏偏是盛凯，但是他还是轻柔地说着：“不可惜，你是我的初恋。”稍作停顿后，他附在她耳边轻轻地说，“只是，我没有什么做别人男朋友的经验，做得不好的地方还请多多包涵。”

冉素瞬间耳郭泛红，浑身僵硬。这人怎么总能若无其事地说着这些让人面红心跳的话呢？不过，她好喜欢。

只是冉素也何其敏锐，许岩廷的细微表情都没能逃过她的眼：“你跟盛凯，或者说跟盛家，”冉素犹豫着到底应该怎么说才比较得体，“是不是发生过什么不好的过往？”

许岩廷没想到她能察觉到，只是有些事，他并不打算说。很多时候，一些不必要的事说穿了，只会徒增烦恼，他不愿她承受这些：“商场上你来我往，没什么不好的。”

冉素显然不相信他说的，只是既然他不愿意，那她自然也就不强求：“对了，听说跟科瑞达成合作了？”

许岩廷宠溺地刮了刮她鼻头：“你倒是消息灵通。”

“嗯，今天听周波随意说了一嘴，不过具体的也不太清楚。”她不清楚，周波也不清楚。

“对，已经达成初步合作，但是还没正式签约，之后会走签约流程，会有签约仪式。”

“嗯，是应该这样，总得激起点水花才行，而且也正是做话题的好时候。”冉素突然想到一件事，“你说，你们最后谁才是‘魏’？”

许岩廷迅速跟上她的思维，摇了摇头：“谁也不是，也没有谁是吴、汉，虽说商场如战场，但是市场却不是，市场允许存在的可能太多。只能说，隆欣跟科瑞联手，一旦成功打响市场，就会占据有利位置。”

冉素想了想觉得也是，毕竟市场的包容性太大：“不过，要是你是曹操就好了。”

许岩廷这次没能get到她的点：“嗯？”

“因为我喜欢啊。”

没想到就这么一句简单的话，许岩廷竟然还真跟她一本正经地讨论起了三国的人物，还说他最喜欢的是杨修，虽然自负，但是自负的人总是活得开心些。

冉素倒是没有那么多想法，只是单纯地觉得曹操是个值得佩服的枭雄，有阴谋，有手段，有野心，也有人情味。

挺好的。

冉素看着许岩廷侃侃而谈，对每个人人物的命运发展都有自己的看法。她觉得这个时候的他，是最放松的，也是最自然的，好像进入了一个他自己筑造的三国世界。

她想，或许他喜欢的不是杨修，只是喜欢他的生活态度，人总是对自己做不到的格外向往。

她突然想起蒋叔在老宅里跟她说的话。

他说，这娘俩啊，隔阂太深了，这一时半会儿修复不好了。人年轻的时候总是要犯点错，才知道哪样才是对的，因此也总会留下诸多遗憾。姑娘，少爷不容易，心里头苦，你多陪着点，帮他纾解纾解。

许岩廷从小到大几乎没有感受过母爱。

张曼丽是个工作狂，许岩廷出生后也没能让她放缓脚步。

她与许雷生是同学，两人自由恋爱，后来许雷生开始创业，她充当他的左膀右臂。两人从无到有，也算是受尽屈辱，幸好，后来隆欣也渐渐走上正轨，有了点规模。

隆欣稍稍稳定后，张曼丽就火速完成自己当妈的使命，然后就将孩子丢在家里，请人照顾。直到许岩廷三岁，用人因为老家有事不能继续，而蒋叔就是在这个时候到的许家。

张曼丽是个风风火火的性子，有时候吃个饭都恨不得三口就吃完，大部分时间是待在公司或者外出谈业务。她讲究什么事都亲力亲为，甚至隆欣的员工都认她为老板。

也因此，许岩廷的整个童年几乎都没有母亲的影子。

许雷生反倒恋家一些，一有时间就会陪许岩廷玩，或者带着他去游乐场，做他想做的事。

如果说，别人的童年都充满着父爱、母爱，那他的童年没有母爱，只有父爱。

后来，许岩廷读高一突然性情大转变，变得沉默寡言，情绪低落，还厌食，许雷生想尽了办法才稍微让儿子有所好转。没过多久，许岩廷竟主动提出出国，许雷生虽有不舍，不放心，但是却也抵不过儿子的执拗。再后来，许雷生车祸，许岩廷回国，接下隆欣，带领隆欣走向一条完全陌生的征途。再后来，也不知怎的，张曼丽就变成了如今这副模样。

冉素从蒋叔口中所听到这些的，不过是些事情的结果，至于其中的起因、经过，他皆不清楚，或许只有当事人知道。

“岩廷，这周末我们回一趟老宅吧。”

许岩廷没料到她突如其来的话题，愣了许久都没有反应。

“我想吃蒋叔做的大酱骨了，真的超级好吃的，我也顺便去学一下。”许是怕他不相信似的，还又强调了一遍，“真的。”

周三，也就是八号，是个好日子，宜合作。隆欣跟科瑞的签约仪式就定在这天，签约仪式上，许岩廷与江念云正式签订合同，并向媒体发表感言。两人都表示，这次的合作将是跨时代的一次合作，将更好地打造“轻IT车联网模式”新能源汽车，且之后将合力推出更加平民化的重质重量的品牌汽车，并当场宣布“隆瑞项目”正式启动。

当天冉素就坐在下面，看着台上的人自信沉稳，口若悬河，以及对未来产品的向往，光是看着就觉得光芒万丈，不自觉地露出姨母般的微笑。

蒋婷依不得不提醒她擦擦口水，都快丢死人了。

冉素问蒋婷依怎么看待这次的合作，蒋婷依表示自己不太懂车，说不了什么深奥的道理，不过台上的两位帅哥她还蛮喜欢的。

冉素笑她怎么变得越来越不正经了。

“阿冉，你说到底看上了许岩廷什么呀？除了长得帅，有点钱，还有什么？温柔体贴没有吧，善解人意也没有吧，就连一张笑脸都没有，你图他什么呀？”对于许岩廷，在蒋婷依眼里，当真是没有可取之处了。

“就图长得帅又有钱啊，人生在世，得及时行乐。”冉素附和着，至于什么温柔体贴、善解人意之类的，她就暂且偷偷地藏起来独自享受吧。

“肤浅的女人啊。”

“做人啊，开心最重要。”

她们俩在台下叽叽喳喳，那边各路媒体也开始发问，问题都相当犀利，比如：

“对于未来的车联网，有想过要达到哪种程度吗？”

“针对之后的移动车载系统将会做出怎么的改革呢？”

“在电源上依旧是采用‘炫’的吗？还是说会做新的研究？”

“听说之前华盛也找过江总，并表示希望能达成合作，在两者之间为什么选择了隆欣呢？”

……

诸如此类的问题接踵而至，江念云与许岩廷两人默契地选择性回答，媒体问答结束后，这场签约仪式也就算结束了。

盛世涛看着直播问盛凯：“你怎么看？”

“选择本来就是相互的，既然他选择了隆欣，那就证明隆欣有他想要的东西。”盛凯透过屏幕，不仅看到了许岩廷与江念云，还看到了人群中坐着的冉素。她笑得很开心，是发自内心的那种开心。

她说，让他放下。

可是，他从头到尾就没想过要放下。

而现在的她应该是真的幸福吧？

“隆欣这几年的发展确实不错，许岩廷也颇有手段。你也上些心，华盛迟早都是要靠你的。”盛世涛语重心长地拍了拍盛凯的肩膀，这些年，他的精力也早就不如以前了，本来是想着等盛凯能够独当一面，就全部交给他。只是他发现，如果不放手，盛凯就始终不可能独当一面。

或许是时候该让他学着长大了。

会场后面，冉素找到许岩廷，他正与江念云在交流。她也没打断，另寻了地方等他。

许岩廷谈完，一转身就看到了她：“怎么样？”

“挺好的，都挺帅的。”

“那是我帅还是他帅？”

“你这人怎么越来越皮了？”

“那你就说呗。”

“各有千秋，不是同一款式，没有可比性。”

“你竟然把我们当作物品？”

“有什么物品能比你们高贵吗？”

“那应该没有。”

蒋婷依过来的时候恰好瞧见了两人打趣的场面，她实在不敢相信这是她所认识的许岩廷。

之后几人一同驱车前往尘阙，陈南川早就已经准备好了，在等着他们了。席间喝得开心了点，冉素突然想起门匾上的字，问是谁写的，瞧着有些眼熟。

蒋婷依大呼：“就你家男人写的啊！你什么眼光？还眼熟呢？”

她还真没见过许岩廷写书法。不过，为何她会有种熟悉感呢？便问了句：“你书法谁教的呀？”

“陈景玄老师，怎么了？”许岩廷一说名字，冉素瞬间就明白了。

陈景玄跟老冉算是老熟人了，以前冉素很小的时候，老冉就想过让她跟着陈老学，可她学了几天之后就没有了耐心。当时，陈老还拿一些写得好的作为样品展示，就为了激励她，不过最后她还是没沉下心来学。

想来，当初的那些优秀字应该就是许岩廷的佳作了。

许岩廷看着她一脸了然的模样，问道：“怎么了？”

“我也算陈老的学生吧，只是学业太差，半路弃学了。而你，就是陈老的得意学生。”

没想到他们之间竟然还有这样一层渊源。

注定要遇见的人，兜兜转转，到最后终归是要遇见的。

因为合作达成，作为公司福利，隆欣与科瑞联合组织了一次两日一夜的大型户外聚餐活动，也算是变相的联谊。

许岩廷有意要带冉素一起过去，不过冉素觉得太过招摇了不太好，而且她也没有什么特别要好的熟人，想着还是拒绝了。再者说，就算周波好说话，她也不能总是请假。

周五快下班的时候，冉素竟然收到了贺又西的微信，约她一起出去吃火锅。

冉素与宋菀儿对火锅皆有执念，她两觉得火锅这东西绝对是一项伟大的发明。

佳人有约，自然应邀。

店是贺又西选的，看着像是私厨，人不是很多，环境很舒适。等到开吃后发现，味道也超级棒，正宗的重庆九宫格。

“这里的老板是我朋友，重庆人，后来嫁到了这边，就开了个火锅店。一来自己解解馋，也稍微赚点钱。”贺又西，“以后如果你想来，直接报我的名字就行。”

难怪味道如此地道正宗：“那估计以后其他火锅我都会看不上了。”

其实很奇怪，冉素跟贺又西在一起并没有多少话题可以聊，顶多就是聊聊电影、话剧之类的，而她也不是很熟悉，在贺又西面前颇有点班门弄斧的感觉，所以很多时候也都是她听说。但是，两个人就算是不说话，光是坐着，就觉得很舒服。

贺又西其实也有同感，两个认识不深、职业全然不相关的人坐在一起，没有那些攀比和钩心斗角，吃吃东西，聊聊天，就觉得很轻松。

她入娱乐圈将近十载，却没有真正交心的朋友，该说她高冷呢，还是说人心太复杂。

有时候人真的很复杂，明明认识了很久，却不像友人，而有些人刚刚认识，却觉得值得交往。

“我以后能经常约你吗？”

“荣幸之至。”

周末，冉素与许岩廷前往老宅。冉素还当真有模有样地跟蒋叔请教起大酱骨的做法，许岩廷去了一趟张曼丽房间，便去了书房。

其实冉素很想去看看张曼丽，却被蒋叔拒绝了，说是张曼丽现在见不得陌生人，一看见就闹，虽然经过这些年的治疗已经有所好转，但是为了保险起见，能不见的还是不见。

蒋叔每次说起张曼丽就是无限感慨，总觉得当初那么要强的一个人，如今变成这副模样，实在是让人唏嘘。

冉素端着做好的大酱骨站在书房外面，仔细听了听里面并没有什么异动，她敲了敲门：“进来。”

冉素推开门，一眼就看到双手插袋，站于落地窗前的许岩廷。他的背影透着孤寂，冉素只觉一抹酸涩爬过心房，揪得她难受。不过她还是快速恢复了情绪，凑过去，笑得一脸开心：“要尝尝我做的大酱骨吗？非常好吃呢。”

许岩廷拿起一块骨头啃了几口：“嗯，不错，果然有天赋。”

冉素站在他刚站过的地方，楼下就是一大片草地，靠南的位置还有一个有些年代的简易篮球架：“你刚在看什么呢？”冉素突然也变得有些沉重，“岩廷，你愿意跟我说说你的过去吗？”

许岩廷显然没想到她会这么问，放下大酱骨，与她并排站着，开口不自觉就染上了苦涩：“你真的想知道？”

冉素郑重地点了点头。她发现，有些问题，如果想要他自己开口，估计是不可能的了，就算在他心里腐烂掉，他也不会开口的。

许岩廷盯着楼下的篮球架，像是陷入了某种回忆：“那个篮球架是我跟我爸一起搭的，那是我童年最开心的时候。只是后来，他陪我打篮球的时间很少了。”

冉素默默地听着，也不打断。

“小时候，我最期待的事情就是能跟他们一起吃个饭，但到最后，这也成了一种奢侈。小时候，我几乎没怎么见过我妈，早上去读书的时候，她已经出门了；睡觉的时候，她却还没回家；家长会经常性没人参加，为数不多的几次有家长出席都是我爸去的。同学们都说我是没有妈妈的野孩子，当时我觉得很气愤，但是后来觉得他们说得也对，有跟没有都没有啥区别，也就坦然了。”

冉素不能想象一个母爱缺乏的童年应该怎么走过，同学的嘲笑、自己的孤独，过早地让幼年的孩子背上沉重的枷锁。

“后来我就出国了。”许岩廷哽咽着不愿继续，冉素轻轻捋着他的背，“当时，我听到了她跟盛世涛在……在……”

冉素懂了，或许母爱的缺乏并不是他的魔怔，这才是他心里的魔怔。所以他厌食，不接近女人，对华盛总有着一股隐隐的恶意，又厌恶想接近他的张曼丽。

冉素不知道自己应该怎么开口安慰，这一刻的她无比恨自己话语的匮乏，也恨自己为什么非要让他说出来。看着他再次揭开伤疤，然后鲜血淋漓，她亦痛得不能自抑。

她紧紧地抱住他，却发现他在微微颤抖。她想要给他力量，可是，他却失去了接收的能力。

冉素想要阻止他，却听得他自言自语般继续说着：“后来，我厌食、精神不振，他们都不知道我到底怎么了，到处请医生。后来我好了点儿，我就要求出国。我爸开始不同意，但是拗不过我，他只得嘱托那边的朋友帮着照顾下我。开始的时候，我在国外各种不适应，但是胜在自在。可能因为我性格不讨喜，总被人教训，还挺惨的。有一次被人围殴时，是俊平帮了我，我们也是那个时候认识的。再后来呢，我爸就出车祸去世了，是在去谈业务的路上，但那次本来应该是张曼丽去的，要不然，死的也应该是她。死的为什么不是她？”许岩廷压抑地一直重复着这句话，眼里的恨意快要将他湮灭。

冉素能做的就是抱着他不松开。

“所以我回国，我要夺走她爱的一切，她不是爱工作吗？那我就光明正大地从她手中抢走，我告诉了我当年听到的真相，我质问她当年车祸死的为什么不是她。可是她太不经打击了，竟然就变成这样了，变成这样了，变成这样了……”

许岩廷趴在冉素的肩膀上，喃喃自语的，一直吟着这句话。他想哭，却发现欲哭无泪。他没想过会这样的。

“这不是你的错，这不是你的错。”冉素不知道自己到底应该怎么安慰他，他心中的执念太重，以至于在张曼丽垮掉的那一刻，他心里的支撑也就垮了。

对于张曼丽，他的感情太复杂，恨、爱、怨、悔，重重纠缠，最后谁都没有想到会是这样的结果。

“可是我不知道为什么会变成这样，真的，我真的不知道。”就像个孩子一般，懊恼、悔恨、愧疚、自责，却已经弥补不了彼此的错误。

冉素不知道许岩廷在成长过程中到底经受着怎样炼狱一般的磨炼，她想她还是应该感谢上天，即使在经历过生活的摧残后，他依旧美好。

后来，他们两个谁都没有再说话，彼此依偎着坐在窗前，看着那个破旧的篮球架发呆。她想，过去即使不堪，也都已经成为过去，他们的将来，会是美好的将来。

“你还记得老李吗？”许岩廷突然发问。

“喜憨儿店的那个老板？”

“我回国后，有一段时间特别喜欢寻求刺激，赛车成了我唯一的发泄。那个时候就真像泄愤一般，数次发生意外也觉得无所谓，甚至觉得就此一了百了也挺好，不过每次都没能如愿。恰逢当时隆欣的状态也不是很好，我不是想做新能源吗？但是那些老古董怎么都不肯同意，非说这是张曼丽辛苦做出来的，不能让我毁于一旦。呵，真是笑话，要不是我，他们晚年能过得这么好？”

作为一个聆听者，冉素是合格的，她总是安安静静的，乖顺又柔软。

“有一次，我在飙车过程中发生意外，翻了车，我以为我会死的，结果被老李救了，后来我就再也没有了这种想法。我觉得我的命是别人救的，不能再做伤害自己的事情了。老李说自己上半辈子造孽太多，下半辈子想帮助那些残疾的孩子，做点好事，积点福。所以我们就一起弄了那个喜憨儿洗车店。”

原来如此。

生活中没有谁一帆风顺，也没有谁是天生就阳光美好，都是在经历了摧毁后想要抓住那一点点彩虹。

这一晚，许岩廷睡了他有史以来最为安稳的一个觉。而冉素却睡得一点都不安稳，梦里，许岩廷一会儿是血，一会儿被打，可是她不管怎么呼喊都帮不到他丁点儿，她怕，喊着喊着眼泪不知不觉就已浸湿了枕头。

当悲伤被揭开的那一瞬，或许会鲜血淋漓，可是当有人拿着热毛巾敷着的时候，慢慢地就会觉得温暖，因为那是爱。

翌日，冉素特意去了一趟喜憨儿洗车店，老李见到她并不热情，冷冷的，只把她当成了众多洗车客中的一个。

冉素也不在意，对着老李恭恭敬敬地鞠了一躬：“谢谢。”

老李被她整得有点蒙，突然的大礼让他承受不起。

“谢谢您当年对岩廷的救命之恩。”

如此一说，老李便明了了，只是听着她这亲昵的口吻：“你们在一起了？”不过一年的时间，可真快，不过那孩子确实需要个人陪着。

“嗯。”对外这般大方地承认恋情，冉素还是有些别扭，不过，她是既别扭又幸福。

“好好过。”

简简单单的三个字，却包含了无数的叮咛与祝福。

相关隆欣与科瑞的合作事宜进行得有条不紊，每个人的生活也都井然有序，就连周波跟宋菀儿也在她看不见的时候悄然发生了变化。最为值得八卦的，就是江念云与贺又西多年的地下恋情终于被曝光了，网络上一片哀号。

有一次，冉素跟贺又西微信聊天，聊起作为公众人物，恋情被放大关注是种什么感受。

她说：“嗯，也谈不上什么感受，就是觉得自己的心理承受能力更上一层楼了。不管是被祝福还是被咒骂，你都得听着，有时候真的恨不得骂个痛快，但是转念想想，觉得自己真没必要为了个陌生人生气。只是吧，依旧会觉得难过，不过，难过的次数太多，也就会麻木，只要不触碰底线，就都和平相处吧。

冉素笑她都快活成神仙了。

可是哪有什么神，生活本就是一场修行，总会逼着学会如何选择。

对于霍米主动约冉素见面这件事，是意料之中，也是意料之外。两人多多少少有过几次交集，但是霍米都并没有对她有过任何的表示，又或者说，霍米根本就没把她放在眼里。

静谧的咖啡厅里，霍米穿着一身米黄色连衣裙，自然的波浪卷，浅橘色的口红，整个妆容精致自然，衬得她格外的甜美。

而冉素只是简单的白色衬衫搭配千鸟格格子包臀裙，化着淡淡的妆，一头直发随意地披着，孤傲清冷。

两人虽风格迥异，但都足够吸引眼球。

冉素没有主动开口，她有些琢磨不透霍米的想法，她在等霍米开口。

“我爸在计划撤资的事。”

冉素放了咖啡杯，狐疑地看向霍米，她有太多的不解。

“我也是无意中听到的，至于具体的我还不知道，但是我想肯定是因为我，我不知道怎么跟他说。”霍米继续说，而她口中的“他”指的就是许岩廷。

“不管怎样，你让他提前预防吧。不过最近隆欣跟科瑞的合作，估计隆欣也没有多少流动资金了。”霍米完全不在意冉素，继续自说自话，更像是要一次性把话都说完，“本来是想着找林俊平的，不过他不怎么待见我，那我还不待见他呢。”咦，她怎么不知道林俊平不待见她？

“至于我为什么会找你，就权当我没人找了吧，反正你到时跟他说吧。”话算是在这儿落下了句号，霍米抿了口咖啡，“哦，对了，我找你不代表我接受你。”

哦，她也没想过要被接受：“我会转告的。”

两个人的谈话似乎到这儿就该结束了，但是谁也没有提出要走的意思，气氛充斥着尴尬，但是又都无所谓，最后还是冉素憋出了两个字：“谢谢。”

霍米抬首看了她一眼：“嗯。”

冉素觉得自己应该说点什么，但是最后选择以沉默相对。

“你就没什么想问我的吗？”倒是霍米漫不经心地问了一句。

冉素想了想，最后决定：“没有。”

“好，那我问你。”这画风，冉素竟然觉得对面的姑娘还挺可爱的，情不自禁地笑出了声。霍米虽不知对方的笑所谓何意，不过她也没有想要问的意思。

“他……你们挺好。”话到嘴边却转了弯。

冉素岂会不懂她的意思，说来说去，这场关系中她都只是一场单相思，这种人最为受伤。她点了点头：“他挺好的，我们也挺好的。”

霍米翻了个白眼，相处下来发现，霍米其实就是个裹着成熟大衣的任性小女孩罢了。所谓的百变荧幕女神，那不过都是她的保护色。而现在的她才更像是真实的她，有着自己的小情绪，想要知道喜欢的人过得如何却又问得别别扭扭。

而之前她在许岩廷面前所表现出来的一切，或许也是明知没有结果，所以想仗着身份再努力一把。

“我干吗问这个呀，你们好不好关我什么事？我还希望你们不好呢，这样我就有机会了。”

“嗯，放心，我们会一直好下去的。”冉素找到了如何跟霍米交流的方式，言语间也就放松了不少。在她眼里，此时此刻的霍米其实就是个狐假虎威的小刺猬罢了。

当她竖起浑身的刺想要刺痛你的时候，你最好轻描淡写地去回应她，这样她就会觉得所有的攻击都显得没有意思。

“你是不是没有谈过恋爱？只喜欢过许岩廷？”看着她别别扭扭的样子，冉素突然想跟她八卦八卦。

“关你什么事？喜欢我的男人多着呢。”

那是。

“其实你可以多谈谈恋爱，或许你就会发现许岩廷并不适合你。”

“适不适合我自己知道。”

“女孩子只有在被爱过之后，才会懂得怎么去更好地爱别人，你值得更好的人爱，你也应该尝试着去爱，尝试之后，你定会有不一样的感受。”或许这话听来很是矫情，但这确确实实是她的经验之谈，正如盛凯教会了她被爱，而她也学会了爱，所以，当她遇到了许岩廷之后，她知道如何给予爱。

霍米没有反驳，安静地喝着咖啡，像是在思考她话里的正确性。

冉素去了洗手间，想让霍米独自坐会儿，当她回来的时候却意外地发现刘洋与盛凯进了另外的包间。

刘洋与盛凯……

冉素实在想不通他们之间见面的动机在哪里，而且不止一次，光她碰见的就有两次，至于其他时候……

刘洋是隆欣电源研究的核心人物，而盛凯是华盛集团的继承人，两人的见面怎么想都容易让人想歪，地点还选在了私密性极好的包间。而之前许岩廷也曾问过蒋婷依，刘洋此人怎样，如今想来更让冉素觉得不安。

冉素从洗手间回来后一直思绪不宁，霍米也瞧出了她的异样，两人意思了一下便离开了。

冉素一直在犹豫这件事要不要跟许岩廷说，如果那两人之间只是单纯的朋友之间的见面呢？可是她又担心如果真的存在商业机密出卖的情况怎么办？最后她决定先去找蒋依婷，从侧面打探一下情况。

不过，蒋婷依也不确定刘洋与盛凯是否认识，但是对于冉素突然问起这个问题，她很是狐疑，聪明如她，自然能联想到一些问题：“你是不是发现了什么？”

冉素连连否认，现在她什么都不确定，这一切都不过是她的猜测。如果猜测错了呢？这对个人的声誉影响太大了，毕竟刘洋是做研究的，如果出了这档子事，他之后的人生基本就相当于毁了。

可是，如果真的存在她想的疑虑的话，那到时真正毁了的就是隆欣。而且，许岩廷对华盛存着恨，她不敢保证如果被他知道了，会产生怎样的反应。

她迷茫了。

连续几天，冉素的情绪都有些低落。许岩廷也察觉到了，但是每每问及，都被她避开了："对了，如果霍氏真的撤资的话，对隆欣的影响是不是会很大？"

许岩廷以为她是在担心霍氏撤资的事，也就没多想："我从侧面打探过霍总的意思，现在隆欣跟科瑞的合作势头正好，他没有撤资的理由。而且我们也已经在找其他的投资商了，这事你不用担心。"

如果说站在商人的角度来说的话，隆欣与科瑞的合作确实风头正盛，看似是个大馍馍，有利可图，商人自然重利。但是对于许岩廷不接受霍米这事，虽然从表面看，许岩廷给足了台阶，但是怎么说也还是薄了他霍纪生的面子。

自己的女儿当众宣布婚讯，最后的结果也是他们霍家主动放弃这门婚事，怎么看都有点闹腾了。虽然中间有其缘由可以去深究，但不管怎么说，他霍纪生是有理由心存怨恨的，尤其是他这种女儿奴。

如果霍纪生想做点什么阻拦隆欣与科瑞的发展的话，着实很简单。

不过看许岩廷的反应，应该是暂时还不会有问题，只是她心里始终有着隐隐的不安。

而她的不安，没多久后终于落地了，霍氏集团退出隆欣。

霍氏对隆欣本来就是投资拿回报的模式，如今霍氏突然提出退出，其中的理由让人深思。网络媒体对其的各种猜想满天飞，而他们的猜想也不是毫无出处，仔细想想，觉得他们说得还挺对。

隆欣的资金大多投入到了电源的研究这一块，可周转的活动资金并不多，虽然之前一直在拉投资，但是并没有实际进展。当时许岩廷就已经察觉到了问题，他只是没有跟冉素说而已。

现在的撤资也在他的预期之内，霍氏的影响力远远大于隆欣，就算他们此刻有着良好的项目，但是这个项目很多企业都是持观望态度的，如果真让他们出钱的话，谁都不太情愿。

至于科瑞，它所涉及的行业多，周转起来也就更难。

因为霍氏的撤资，隆欣的股票也跟着跌，但庆幸的是，还不算大跌。

这些天，隆欣的高层一直忙于到处寻找投资对象，但是始终没有得到有效的信息。

虽然不知道隆欣现在公司的具体运营情况到底如何，但是光是看外界媒体的报道，冉素就跟着担心。

许岩廷回家的时间也少了，冉素担心他身体吃不消，好不容易有所调整的饮食习惯到时又给打乱了，所以她能做的就是尽量抽出时间安排好他的一日三餐。

许岩廷虽然忧心公司的事情，但是对于冉素的付出也都全部接受。

冉素问周波有没有认识的风投之类的熟人，但是周波熟知的那几个，许岩廷也都已经联系过了。对方都以很委婉的方式拒绝了，但是都承认这确实是一个不错的项目。

而让他们所有人都没想到的是，不好的事情一波未平一波又起，电源研究方案出现了外泄，弄得整个科研室人心惶惶。

而科研中心里，除了刘洋是一年前的特聘外，其余的都是老人了。不管是老人还是新人，许岩廷都不愿意去相信是有人故意为之。

冉素始终在犹豫该不该把自己看到的一切告诉许岩廷，但是没有证据的事，她又不知道该怎么说。如果说仅凭一两次见面就笃定刘洋出卖商业机密的话，这个帽子扣得有点大了。

只是没想到随着调查的深入，有人爆出刘洋跟盛凯见过面的事，且有照片为证，照片记录的正好是冉素第二次见刘洋时的场景。一时之间，刘洋成了众矢之的，但是自始至终，刘洋都没有为自己辩解过，用沉默为自己发声。

为了堵住悠悠众口，许岩廷能做的就是暂时停掉刘洋的一切事务，彻查事件的真实性。

冉素问过许岩廷，相不相信事情真的是他做的，许岩廷沉思了三秒，告诉她：不相信。

“如果我说，我也曾见过他单独跟盛凯见过两次面呢？”冉素问。

许岩廷有那么一下恍惚，但是最后还是理智战胜了感性：“见面也说明不了什么，毕竟也没有条例禁止他们见面。现在既然没有明确的证据指向他，那他就还只是嫌疑人，也并不能排除其他人的嫌疑。”

“刘洋自己怎么说？”

“他沉默，从事发到现在，基本就没开口说过话。”

冉素不知道刘洋到底在想什么，一旦这样的罪名扣下来，他这一辈子也就完了。

许岩廷与刘洋进行过一次深刻的谈话，但是大部分时候是许岩廷在讲，而他全程都是低着头。

许岩廷厌恨这样毫无意义的对话，也厌恨刘洋所谓的“老实”。

当许岩廷起身准备离开时，刘洋突然开口：“我确实跟盛凯见过面，但是我们之间没有谈过任何有关工作方面的内容。”

许岩廷听到这句话的时候，不知怎的，心里竟然就像是卸下了一块大石头，他相信他。

其实最初聘请刘洋的时候，许岩廷对刘洋做过调查，知道他家境一般，家里人为了供他出国就已经负债累累。他不是个爱说话的性子，很多时候都是沉默的，给人一种老实憨厚的感觉，但是偏偏在做研究这一块颇有天赋。

后来，许岩廷无意间听到刘洋的一次电话，电话那头的人声音很大，像是声嘶力竭，说是家里出了什么事，紧急要钱。刘洋当时只是把手机举远了，等对方说完后，他很冷静地说了五个字：我来想办法。

这五个字或许放在任何一个人身上都是一种担当，只是许岩廷很好奇，以刘洋的状况如何在短时间内去凑齐大笔钱。毕竟之前刘洋一直在做研究，并没有多少收入。

所以他才会去问蒋婷依怎么看待刘洋这个人，或许他当时先入为主地将刘洋想得自私了点，怕刘洋做有损公司利益的事。即使后来得到了蒋婷依的回答，也依旧不能消除他的疑虑，直到后来无意间听到刘洋跟同事到处借钱，才放下心来，也得知了刘洋之所以需要钱，是因为家里老人脑出血，命悬一线。

是许岩廷自己将人想得太黑暗了。

所以即使现在有人说刘洋有嫌疑，他也不愿去怀疑。

他相信，一个人在至亲有生命危险时都能守住底线的人，不会随意就去糟蹋底线，而现在，在听到刘洋肯定的答复后，他算是放下了对这人的怀疑。

虽然许岩廷很好奇刘洋与盛凯为什么会见面，见面聊了什么，但是既然与工作无关，那他自然也就不会深问。

“我们见一面吧。”盛凯看着短信上的几个字，不由得有些苦涩，但还是回了一个“好”。

地点是冉素选的，一家很安静的茶餐厅。盛凯其实不喜咖啡，却偏爱喝茶，她现在都还记得他最爱的是哪一款。

看着冉素依旧记得他的爱好，盛凯颇有些意外：“你还记得？”

“嗯，以前的你其他方面不挑，就喝个茶讲究蛮多，若是没你中意的，宁愿喝白开水。”随意地提起以前的那些过往，都历历在目，“你现在还是这样吗？”

盛凯摇了摇头，“现在连个喝茶的时间都没有，哪还有什么挑的。以前不喝咖啡，现在就靠咖啡提神。”

看吧，在不知不觉中，他们都已经改变了很多，没有什么习惯是经年不变的。

“嗯，咖啡虽提神，但也不要过量。”之前许岩廷一个晚上能喝好几杯，现在这习惯都被她强硬着改变了不少，咖啡喝得少了，睡眠也就跟着上去了。

“嗯。”盛凯单手摸着下巴，眼睛看向她，“你今天找我是因为刘洋的事？”

盛凯突如其来的点题让冉素有些不自在，就像她明知自己就算来问了也没用，但还是来了一样。

只是她没想到，他一猜就中。

她也没否认：“嗯，我想听听你的说法。”

“在你眼中，我就是那么不择手段的人？还是说，就因为当初我因为家族事业放弃了你，你就这样怀疑我？”不断气的两个反问让冉素有些无地自容。

若是以前，她会百分百相信他不会做出这种没有原则的事情，但是两人毕竟已经分开多年，而且都已经被社会侵染，现在到底如何，谁都不能保证。

冉素的沉默落在盛凯眼里就成了一种笑话。

“就算我当初能放弃你，也不代表我能为了事业而放弃自己的良心道德。”盛凯的声线压得很低，像是在抑制某种即将破土而出的情绪。

而冉素似乎听到了他心碎的声音，她没想过他会这么想，她今天过来其实就想问问他跟刘洋到底是什么关系。但是他已经预知了前奏，并成功将她带偏，让她觉得这次见面于他来说都是一种羞辱。

“阿冉，如果说你在见到我跟刘洋见面之后就来问我，或许我会告诉你一些事情，但是你现在才来问我，让我觉得你就是在怀疑我。这不仅是对我的侮辱，也是对我们这么多年感情的侮辱。”

一声“阿冉”叫出口，往日的那些缠绵恩爱跟随着过境。

盛凯说得很轻，但是话的分量却足够重。

“你知道？”冉素没想到他竟然都知道，可是她根本就没发现他知道这些。

“第一次，你跟蒋婷依在逛街，我在你之前就已经看到你们了，至于第二次，在咖啡馆那次，我并没有看到。只是后来因为调查一点事故，我在看监控的时候知道的。你看，其实你有很多次机会可以问我的，但是你都没问。”盛凯无奈地摊了摊手，“就像当初，我说分手，你就直接接受了，根本就没有想过要对我追根究底一下。到现在，你放下了，然后就让我也放下。是，我知道我没有资格挽回什么，但是你不觉得其实你也有问题吗？当时只要你来找我，我就会把一切真相告诉你，不管最后我们会如何，那都会是另外一种选择。”盛凯笑了笑，“不过话说回来，主要是我的问题。”

冉素以为两人在上次的谈话中就已经把一些问题给解决了，没想到，在他这里竟然还有这样的想法。

只是，过去已经是过去，即使现在有再多解释也无用。其实，当初她是想要找他要个解释的，但是那场车祸改变了所有。

至于他们没有了往后，只能说这一切都是命运使然。

“阿盛，过去的都已经过去，我们都彼此放开吧。”熟悉的称呼在耳畔回响，只觉得悲伤。

“我今天找你确实是想问问你跟刘洋之间的关系，我也没有想过要怀疑什么，不过我想我已经得到了答案，谢谢。”她顿了一下，“阿盛，适当地怜取下眼前人吧，祝你们幸福。”

冉素从茶厅出来后给许岩廷发了一条信息，发完后顿觉浑身轻松。

过去的就彻底地过去了。

“你当真相信刘洋是无辜的？那他为什么要跟盛凯见面？我调查过了，他们之间没有任何关系。”隆欣总裁办，林俊平还是很疑惑，他不懂许岩廷为什么就肯定刘洋是无辜的。

“俊平，当所有的证据都指向他的时候，我们就要好好想想到底是不是他了。”

虽然话是这么说，但是对于刘洋私自见盛凯这件事，林俊平就是难以接受的。

“事情调查得怎么样了？还是没有任何进展吗？”

“当初我说直接交给相关部门处理，你不愿意，非要自己查，这可是商业机密泄露，是犯罪。”林俊平很生气，按他对许岩廷的了解，他不应该这般是非不分的，若是放在平时，直接就转给相关部门了。

为什么呢？许岩廷也在想，就权当他相信刘洋的人品吧。

“这件事你吩咐下去，加紧调查，请过来调查的人可不是请他们来吃白饭的。”这件事必须加快进程了，拖得越久，对整个研发团队的结构来说，就越不稳定。而且，若是研发拖延了进展，对隆欣与科瑞合作项目的进展也不利。

林俊平虽有不解，但还是应下了：“对了，你那边情况如何？还是没有人愿意给我们投资吗？”

许岩廷揉了揉额头：“嗯。”

“这霍纪生做人也做得太绝了吧，我们也没对不起他吧，还非要仗着自己的人脉堵我们的路。”林俊平被最近这些糟心事闹得都没睡好过觉，就连没脾气的人脾气也都有些见长。

“他对隆欣没看法，只是对我有看法而已，他堵的也只是我的路而已。”许岩廷觉得自己或许应该找霍纪生好好谈谈了。

只是，这个时候霍纪生似乎并不愿意见他。好几次了，许岩廷连面都没见着，最后只得通过霍米。

关于霍氏对隆欣的撤资霍米也听说了，只是她最近忙着各种拍摄，连回家的时间都少得可怜，也就对具体的情况不太清楚。不过这会儿许岩廷都亲自找上她了，那就说明了事情的重要性，只是她虽然不赞同霍纪生的做法，但是有些问题她也还是要弄清楚："我想问你几个问题，你一定要如实回答我，可以吗？"

许岩廷点头应下。

"你来找我是不是最后的方法？"

许岩廷想了想，算也不算。

"我找你只是想通过你见霍总一面，有些事情我觉得可能存在误会，我想解释清楚。"

"好，那是不是也就是说，如果没有这档子事，你就不会来找我？"霍米步步逼近，此刻的她冷静得可怕。

"是。"

霍米冷笑了一声："放弃我，你有没有那么一点点的后悔？"

许岩廷有些头疼，对于这些问题，他并不想回答，但是霍米的性子他也清楚，此刻不说清楚，之后也会想着要个答案的："没有，而且我也谈不上放弃你，你本来就没属于过我。"

"所以，你从来就没有一刻是喜欢我的，对吧？"

"小米，我们从小就认识，你应该知道我是怎样的人。"

霍米若有所思地点了点头："你能告诉我，你喜欢她什么吗？或者说她的什么吸引了你？"她口中的"她"指的是冉素。

这个问题来得猝不及防，许岩廷从没有想过这个问题，现在被突兀地问起，他竟然一时之间不知道如何回答。

之前陪着冉素看电视，看到女生总喜欢缠着男生问"你到底喜欢我哪儿？你为什么会喜欢我"之类的问题时，他还问过冉素：好像自始至终你都没问过我喜欢你什么？为什么喜欢你呢？

冉素是怎么回答的呢？她说：情不知所起，一往而深，哪有那么多为什么？在一起了就在一起了，就像两块磁石，自然而然地吸在了一起。

回想起来只觉得她何其通透，嘴角的笑意也就不自觉地扩大。

许岩廷的反应说明了一切，但是霍米不死心，她想亲口听他说。

“如果是她，她就不会问这些问题，她会觉得问这种问题的人就像在问磁铁为什么会相吸一样。”

霍米了然：“你是真的很爱她吧。”她竟然很羡慕，自己爱慕多年的人，自己怎么抓都抓不住，可是总有人丝毫不费力就抓牢了。

“爱。”

许岩廷很少直白地表达自己对冉素的爱意，就算在动情的时候，他说得更多的也是我们会一直在一起的，而不是我爱你。

偶有说我爱你的时候也都是冉素先来了情绪，她说出了口，感染了他，他才会回复，说“我也爱你”之类的。

冉素对爱的表达不是很强烈，但是润物细无声，让他在不知不觉中就已经深陷其中。

而如今，他大方地承认自己对冉素的爱，只是因为他发现她已经无声无息地融入他身体的每一寸。如果两人哪天散了，他想，他的身体应该也会因为缺少养分而慢慢干枯，然后尘归故里吧。

霍米看着沉浸在幸福中的男人，心像是在被人一刀一刀地割。以前就算他怎么拒绝，也总想着自己是有机会的，可是现在，当看到他对其他女人毫不遮掩的柔情后，她知道，自己连备胎都不是了。

在这一刻，霍米忽然就明白了，不爱就是不爱，将就或许也能产生感情，但是怎么都不及两情相悦让人心生荡漾。

随即她直接给霍纪生去了个电话，霍纪生接得很快。她这边还没开口，霍纪生就已经迫不及待地开口了：“小米，拍完了吗？拍完了一起吃个饭，你妈都想你了。”分明是自己也想得紧。

霍米在霍纪生面前永远都是小女儿姿态，跟他撒着娇：“爸，晚上我请你吃大餐吧，景悦居，怎样？我们单独吃父女餐。”

“不带你妈？”

“不带。”

“好。”

电话结束，霍米转头面向许岩廷，已是满脸泪水：“这是我最后一次帮你了，就算我之前胡闹的赔偿。”她想，她也要放弃他了，可是她说不出口。

“谢谢。”

Part 9

披荆斩棘是你的征途

景悦居，霍纪生已经点好了霍米爱吃的菜在等着了。他满心欢喜地等着宝贝女儿的到来，可当他见到后面跟着的人后，所有的笑意都瞬间凝结：“你来干什么？”

“霍总，对不起，打扰到您了。”

霍米拉着他坐下：“爸，如果这件事您是因为我才做的话，我希望您收回，如果您是有其他的考量的话，那你们好好聊聊。您以前不是还挺喜欢他的吗？怎么现在是见都不愿见了？”

“以前是觉得他做女婿挺好的，现在？白眼狼一个。”霍纪生冷哼了一声。

“好的男人那么多，您怎么就非觉着只有他呢？到时我给你找个比他好一百倍的，保准你满意。”霍米搂着霍纪生的胳膊撒娇，霍纪生什么气都没了，呼吸也顺畅了，但对许岩廷依旧没有什么好脸色。

“爸，这顿饭我请，你们就好好聊聊吧，成不？”

“你都把他带过来了，我还能甩手走人不成？”

“行，那你们谈，我先出去等你们。”

霍米走了，气氛瞬间压抑下来："不知许总这么大费周章地找我所为何事？"

"霍总到现在还是觉得我是能给小米幸福的人吗？"霍纪生的软肋只有霍米这一根，打蛇打七寸，许岩廷自然知道。

"怎么？许总不会以为我是因为小米才撤资的吧？我霍纪生在你眼中，就是这么小气的人？"霍纪生抿了一小口酒。

霍氏对隆欣撤资，对外的说法是因为霍氏又拍下了一块地，打算打造成商业一条街，需要投放大量资金，所以需要资金回笼。但是谁都知道，这肯定不是真正的原因，因为商业街的打造早就在霍氏的计划中了，而且还是霍氏的重点项目，怎么可能会出现资金周转不过来呢？不过许岩廷也不戳破，他有自己的计划："霍总爱女心切这是人之常情，也确实是岩廷负了小米，就算霍总生气也是应该的。我也算是小米的半个哥哥，自然也是希望她幸福的，若是以后有人惹她生气，我也不会袖手旁观的。"

霍纪生斜了他一眼："你倒是通透。"

"通透倒是说不上，只不过是真心希望小米幸福罢了。"

"哼。"

许岩廷不知道自己的这番真心落在霍纪生眼里到底有几分价值，能不能产生一些影响，他能做的也都做了，至于之后的事就听天由命吧，总归是天无绝人之路的。

蒋婷依约了冉素在尘阙见面，冉素知对方定是想问关于刘洋的事。不过这事她也不知道，但从许岩廷口中，她分析出他应该是相信刘洋的，只是现在还没有证据。

"他相信刘洋？我就说嘛，刘洋那么老实的一个人，怎么可能做这种事呢。"蒋婷依在听到冉素的分析后也松了一口气。要是刘洋真的出卖机密的话，她作为推荐人，就算许岩廷不怪她，她自己心里也过不去。

"嗯，应该不是他。"冉素或许不了解刘洋，没有相信他的理由，但是她相信盛凯。

"你说怎么会出这档子事呢，偏偏还卡在这个关口。"

"没事，都会过去的。"冉素倒是淡定，焦虑的时候已经过去，现在她觉得车到山前必有路。

正在这个时候，谢东山又出现了，还在坐在原来的位置，脸上依旧挂着慈祥的笑意。冉素猛地一拍脑袋，怎么把他给忘了。

蒋婷依一脸蒙："你怎么了？"

"他不就是做自由投资的吗？"

蒋婷依点了点头："是啊，怎么了？"话音刚落，她也想到了，"你确定？每天那么多人拿着好的创意请他投资，他都没有答应，你觉得会答应你？"

"总要试试的嘛。"

冉素一路纠结着，一路思考着。

纠结着自己这般贸然是不是妥当，思考着自己到底要怎么说才能说动他，或者要怎么说才能给他留下深刻的印象。

见老头对面的座位空了，冉素怀着一颗忐忑的心坐了过去，开口道："您好。"

"你好。"谢东山抬起头打量她，看了一眼她两手空空，可面上依旧是慈祥的笑意，"知道我的规矩吧？"

冉素点头。

"嗯，您好，很抱歉贸然打扰您，我今天没有准备详足的资料，但是我们的项目真的很好，是新能源车与互联网的合作，而这个项目，对实现'车联网'具有跨时代性的效果。不知道您对这个项目感不感兴趣？"

"那你们的这个创意跟之前不久前宣布的隆欣与科瑞合作的'隆瑞项目'有什么区别？"

冉素没想到他竟然知道这个，那就好办了。

“我说的正是这个项目，但是因为一些不可控的原因，项目遇到了资金瓶颈。”

谢东山了然一笑：“姑娘，你是这个项目的什么人？”

啊？冉素没有想到他突然这么一问。不过，她总不能说自己没关系吧，便给自己挂了个名号：“我负责这个项目的运营。”

谢东山若有所思，像是在想什么。过了一会儿，他说：“留个你的名字吧。”

都要留名字了，那应该是有戏了？冉素接过名单，原来前面已经留了好长一排了，白开心一场。

不过虽然有些失落，但还是写下了自己的名字：“谢谢。”

接下来的几天，冉素并没有接到陌生人的电话。她决定再去一趟尘阙，却被告知，说是谢东山以后都不过来了，可能找到了合适的项目。

冉素的心都凉了，怎么一到她这儿，对方就找到了项目呢？

不过他说的是可能，也就是说现在还不确定，那她还是有机会的。于是她便托人到处寻找谢东山的踪迹，却始终没有任何消息，后被江念云告知，谢东山可能在巷水河钓鱼。

江念云对于冉素为何会找谢东山很是好奇，在得知前因后果后便不由得笑了：“我很早之前就找过他，但是被拒绝了。”言下之意，就是可能没戏。

不过冉素是那种如果没有得到确切的答案便不会死心的人，所以，不管如何，她也想要一个答案。

或者说，是希望能再次争取。

巷水河是宁城郊区的一个宁静小村庄里的一条河，这里野生鱼类丰富，环境也还没被污染，有很多钓鱼爱好者都喜欢来这儿。

只是，这也太远太偏了吧。

冉素一路导航过来，开了三个多小时，但是当她到了巷水河畔时，觉得就算是三个小时也值了。

因为这里的环境真的太好了，空气里都是泥土的芬芳，河水也是真正清澈见底，还能看到小鱼儿游来游去，突然听到有人喊了一声："老谢，我这儿一条黑鱼呢。"

"好好好，等下去老吴家用青椒给炖了，黑鱼好啊。"被唤老谢的老头应和着。

"小姑娘，你找谁呀？"老头见到这里突然出现个光鲜亮丽的小姑娘，很是好奇，不免问了句。因他这么一问，几道视线全都看了过来。

冉素丝毫不在意，俏皮地问道："大叔，您这钓了多少？今天的晚餐够不？"

"刚钓了条黑鱼，够吃了。"

"黑鱼呀？很鲜的，而且刺少，肉也嫩，用青椒炖汤的话格外地好吃。"以前老冉也喜欢钓鱼，若是钓到了黑鱼，通常都会用青椒炖汤，那叫一个鲜，连带着青椒都格外味美，而那鱼汤就更加好喝，清甜里面带着点点辣，两者恰到好处的融合。光是想想，就觉得口水都要流出来了。

"看来姑娘是个行家啊，刚才老谢也说要用青椒炖了呢。"

"哈哈哈，我也是我爸告诉我的，以前吃过几次，到现在都是念念不忘的。"

聊着聊着，冉素不自觉地就走到了被称作老谢的老头旁边："我陪您钓会儿鱼吧。"

谢东山看了她一眼："我可没多余的钓竿给你。"

"没事，我带了。"冉素笑得了然，晃了晃手里的袋子，然后又去不远处弄了一根竹子，利落的几下就做了一杆简易的钓鱼竿，待重新回到河边的时候，冉素自信昂扬，"您跟我打个赌吧，赌谁钓得多怎样？如果我赢了，您给我一点时间。”

谢东山打量了一番，没有开口，倒是旁边的老头跟着起哄：“老谢，原来这漂亮姑娘是来找你的呀？”

“要是你输了呢？”谢东山问。

冉素俏皮一笑：“虽然我不觉得我不会输，但是如果我输了，我给你们炖青椒鱼汤怎样？帮你们做一顿鱼宴。”

谢东山觉得这倒是有趣。

沉默，那就表示应许。

冉素观察过了，他们的鱼食都是自带的，但是钓鱼最好的诱饵其实是蛆，其次是蚯蚓。

蛆就算了，冉素寻了块比较潮湿且地面松软的地方翻出了几条蚯蚓，然后寻了个钓鱼的位置，比赛正式开始。

比赛一直持续到太阳快下山的时候，冉素提着袋子信心满满地过来，谢东山看了一眼：“多少？”

冉素的手一松，袋子应声而落，里面的水也瞬间融入地面，一只都没有。她搓着手傻笑：“各位大叔，今天就尝尝我的手艺呗，愿赌服输。”

谢东山还以为她当真多厉害，没想到这姑娘偏生兵行反招。

“好啊！走，带你去老吴家，要是做得不好吃，可是要罚的。”

“必须必须。”

冉素特意走在最后，前面是谢东山，谢东山对她说：“我还以为你多厉害呢，大言不惭。”

冉素倒也不在意：“要是我赢了，就没有机会做鱼给你们吃了，岂不是很可惜？”

谢东山哼了一声，不过今日看她的架势倒不像是假把式，他问冉素：“你会钓鱼？”

“会啊，我爸教的，只是我没耐心，根本就坐不住。今天算是破例了，但是可能是鱼都不习惯我的认真，被吓到了。”

冉素腆着脸皮卖乖，她都不知道自己还能有这一面，若是被吴琳他们瞧见了，肯定会惊得眼珠子都掉出来。

谢东山没再搭理她，她也乖乖得不再说话。

冉素虽然没钓到鱼，但是厨艺确实让人惊艳了一把。红烧鲫鱼、青椒炖黑鱼、油炸小鱼仔、香辣条子鱼，色香味俱全，光是看着就让人垂涎欲滴。众人品尝后，更是对味道赞不绝口，冉素庆幸自己还有这么个手艺。

晚餐结束，明月已经挂上夜空，零星的星星点缀，夜里来凉，有了些冷意。冉素跟各位长辈告辞，准备驱车返回，却被谢东山叫住：“我不喜欢撒谎的人。”

哈？

冉素一时没反应过来，想了想后就明白过来了，想来他应该是将她调查得一清二楚了，便也释然了，笑得真诚：“我确实跟这个项目没有直接的关系，但是我男朋友是隆欣的许岩廷，我只是希望能帮到他一点。很抱歉，我欺骗了您。”

谢东山递给了她一张名片：“明天上午十点来这里找我，我也不喜欢迟到的人。”

“您放心，肯定不会的。”

翌日上午，冉素提前达到景悦居，十点整，谢东山准时达到。

“您好。”冉素立马站起身迎接。

“你说你是许岩廷女朋友？”冉素虽不知道这个问题有何意义，但还是点了点头，而且看他的样子，他认识许岩廷？但是她怎么从没听许岩廷提起过？

但也不像是认识的人，若是认识的话，许岩廷自己就已经找过来了。

“资料带了吗？”谢东山完全没有了平日所见的慈祥，全然公事公办的样子，给人一种极其严肃的威严感。

冉素将自己准备好的资料全部递交给他：“这个项目真的很好，新能源车是未来趋势，而人们对于车载系统的要求也越来越高，但是现在车辆的移动网络有很多不足的地方，如果能实现互联网与车企之间的合作，这将是一次很大的发展。”

“这份资料我先带回去，到时我会让我的助理联系你。”

“好。”

本来以为话题就此结束，不过谢东山似乎对许岩廷格外地感兴趣：“你能跟我说说许岩廷是个怎样的人吗？”见到冉素有一瞬的疑惑，他只是说自己想知道自己到时投资的项目有一个怎样的负责人。

冉素不相信知道隆瑞项目的人会不知道许岩廷。

“他是一个值得相信的人，也是一个对这个行业充满了热爱的人。”突然这么问，她也想不出更好的回答。

“如果抛开工作呢？”

“嗯？”

“就是在生活中，他是怎样的一个人？”

冉素虽有疑惑，却也还是认真地想了想：“嗯，怎么说呢，他在生活中比较执拗，很多时候看着很强势，但是内心却很脆弱。”冉素想起那些他独自哭泣的夜晚仍然很是心疼。

“哦？这倒是挺像的。”谢东山呢喃了一句，冉素没听太清楚，可谢东山也没有再说一遍的打算。

而这厢，隆欣对于电源研究的重要文件的泄露调查也在有条不紊地进行着，而在对所有人进行人际关系网进行调查时发现，当初举报刘洋的肖楠，竟然私下跟盛世涛的助理沈科有过几次会面，这不得不让人生疑。

不过按照肖楠的说法，沈科是他的远方亲戚，出门在外，两人也算是有个照应，所以两人才会见面，但是两人见面从没有说过任何跟工作有关的事。

而调查后发现，肖楠竟然真的跟沈科有亲戚关系，且在调查他的资金账户时发现，肖楠老婆的账户在这期间竟有过几次大额度进账。然后顺藤摸瓜，这笔账的来源竟是沈科的私人账号。

事情不言而喻。

“为什么这么做？”许岩廷实在想不通肖楠为何要做这种事，他在公司有六七年了，隆欣给他的待遇并不低，而且他也是高知出身，按理来说，不该有此等举动的，“你就没想过一旦被发现是什么样的后果？那毁的可是你的一切。”

肖楠没想过要为自己辩驳，在答应沈科的那一刻起，他就知道会有这么一天，只是早晚的问题。

肖楠冷笑。他想，生而为人，总有经受不住诱惑的时候。就像沈科当时拿着他做梦都想不到的金额出现在他面前的时候，他心动了。

只要拿到了这笔钱，就算到时被开除又怎样？他可以带着家人出国，从此过上好生活。人不为己，天诛地灭，所以他接受了。

“许总，谢谢你这么多年来的关照，这次错了就是错了，我承认。不管你是报警还是其他处理方式都行，我没什么可说的。”

“你倒是承认得爽快，你自己做了肮脏事也就算了，竟然还要诬陷刘洋？”许岩廷对于自己做了坏事还要泼别人一身的行为最是厌恶。

“我无话可说，许总想要怎么处理就怎么处理吧。”

这一副破罐子破摔的样子还真是让人倒尽胃口：“报警吧。”

之前一直没想过要报警的许岩廷，这会儿却不想再息事宁人，本来想着只要还有一丝值得同情的，他就私下处理了，但是，他厌恶了。

肖楠被带走的那一刻，朝许岩廷鞠了个躬，却依旧没做任何解释。

这件事算是落下帷幕，应该庆幸的是，肖楠并不是负责核心技术的。若是这次事件当真发生在刘洋身上，事情的结果可能就没这么简单了。

后来，刘洋主动找了许岩廷：“谢谢你相信我。”

许岩廷倒不觉得这有什么值得感谢的，公司出现了这种事情，那就证明他的管理没有到位，或者说是他给的工资福利不够，才让人轻易被诱惑了去。

“几张照片说明不了什么。”他可不会承认当时他看到照片时确实有那么一刻的气愤。

“我跟盛凯是之前做研究的时候认识的，当时他们华盛正在做磷酸铁电源的研究，而我也有这个方向的研究经验，他找到我了解了些情况，我们见面都是谈的这方面的。我发誓，我绝对没有泄露跟公司研究相关的任何一个字。”

他竟然还傻乎乎地举手发誓。

许岩廷觉得这人老实得有些可爱了。

“后来你怎么又转而研究了三元锂电池？”许岩廷颇为好奇。

“三元锂在很多方面其实是更具优势的，如果想从事商业研究的话，这个更具研究价值。”刘洋倒也是实话实说。

“你倒是挺会想的。”许岩廷笑他，这一笑，算是将之前的阴霾统统一扫而空。

连日来笼罩在隆欣上空的阴云总算是稍微散开了点，许岩廷脸上也不再是一成不变的生人勿近的气息，稍稍恢复了人气，连带着公司氛围也有所好转。

冉素已经得知泄密案件已经处理完毕，回去便准备了丰盛的晚餐为他接风洗尘。

都没有好好放松休息过的许岩廷，一到小区楼下就看到自家房屋里亮着灯，心里就像是被蜜糖塞得满满的。

黑暗中，有一盏灯永远都为自己亮着的感觉真好。

推开门的那一瞬间，香味便扑鼻而来，幸福感油然而生。

而冉素已经坐在座位上等他了："赶紧洗洗手来吃吧，我自己看着都快流口水了。"

今日她做了红烧小排、鲫鱼汤、葱煎蛋，还有个小炒时蔬。虽都是些家常小菜，却都是她用心做的，里面可都包含着她满满的爱意。

"等久了吧？"许岩廷一到家便卸下了所有的重担，像个小孩子一样，直接用手拿起一块小排就往口里塞，"嗯，我媳妇做的就是好吃。"

突如其来的"媳妇"两个字一时让冉素呆愣在原地，本来想说让他用筷子夹的话，到了嘴边都给咽回去了。

许岩廷看她一脸傻样，用另外一只手捏了捏她脸蛋："怎么？你不想做我媳妇？这么吃惊？"

不是吃惊，就是突然觉得有点承受不来，怎么他就能轻轻松松地叫媳妇叫出口呢，她叫老公可是叫不出口的："不是，你之前都不是这么叫的。"虽然觉得需要消化，但还是觉得很甜。

媳妇……

好像也还蛮好听的。

老公……

还是有些叫不出口呢。

"你打算什么时候嫁给我？"再一枚炸弹丢下，冉素雷得不轻，她似乎还没想过结婚这一茬……而且，哪有人问自己什么时候打算嫁的？倒是连求婚都省了。

冉素也是老实，都忘了反驳。这一刻，全凭自己脑回路在做主："我还没想过结婚……”

许岩廷其实也没想过她会立即答应，或者反问自己怎么都不求婚之类的，但是没想过会是这样一番答复，本来只是随口一个试探，然后寻着合适的时机再来一场正式的求婚。好，现在连非正式的都被拒绝了。

说不难受是假的，但是他的情绪收敛得快，冉素都没能发现他的破绽：“我逗你玩呢，别瞎紧张。”

她哪有紧张，只是觉得进展好像有点快，她是真的没有做好准备。

“岩廷。”冉素一本正经地唤了他一声，他抬头注视着她，眼里满是柔情，“我不喜欢彼此靠猜的爱情，如果到时我想好了，想结婚了，我会跟你求婚的。到时请你一定要答应我，不要犹豫，可以吗？”

所以，他这是被反攻了吗？

不过看着她这义正词严的模样还挺可爱的，心里的爱意全都一拥而上，二话不说直接站起来，越过桌面吻住了她。

刚吃了菜呢。

冉素不知道自己到底哪句话惹到了他，吃个饭都吃得不安生，啃着她一顿乱咬。

饭后，许岩廷收拾妥当后提出想出去走走，冉素自然乐意奉陪。

“事情都处理好了？”两人十指相扣，在小区里慢悠悠地逛着，耳畔偶有几声虫鸣，时不时出来扰一下又不见了踪影。

“嗯。”

“不想跟我说说？”刘洋的事情解决了，也算是放下了心里的一颗大石头。

“本来有很多想说的，但是都被你扰了计划，现在脑海里只有一句话。”许岩廷不经意地又在她侧脸偷亲。

“什么话？”她怎么不记得她说了什么扰人心神的话了？

“你说你到时会跟我求婚。”

原来是这句。冉素算是明白他突然的情之所至了，当时她真的是那样想的，也就那样说了，并没有觉得有多撩人啊，怎么落他耳里就感觉变了味了呢？

男女感官还当真是不一样。

“没问题，不过我可不会什么花样儿，你别抱太多幻想。”

许岩廷想：怎么会有女人这么可爱呢，还当真是一点都不矫情。不过，光是她的一句话就能让他缴械投降了，哪还用得着什么花样儿？

这女人怕是太低估自己的影响力了。

“嗯，我等着。”

既然你都要求了，那这个机会自然是要好好把握的，到时他再补她一个梦幻的便是。

“我们好像很久没跑步了，我是不是都胖了？”看到有人从身边跑步而过，冉素捏了捏自己腰间的肉，好像是有点见长。

“肉一点比较好。”许岩廷将她环入自己怀中，嗅着她发间淡淡的清香，只觉岁月静好。以前只听人说恋爱如何如何，如今自己竟也沉迷其中无法自拔。

“要不我们从明天起把晨跑也捡起来吧？”冉素提议。

“不要。”许岩廷的拒绝来得太快，大好时光，他才不会拿来跑步呢。以前之所以跑步是想要自律，可现在温香软玉在怀，他可不想自律。

冉素见他拒绝得又快又狠，一想便知道他脑子里在想些什么，找准他腰间的嫩肉使劲一掐。某人疼得七扭八歪，偏又不能叫出声。

“食色，性也，我又没做错什么，干吗下手这么狠啊？”许岩廷可委屈了，看来刚才那一掐还真的掐疼了，腰间肉可是他的禁区。

“真的很疼？”冉素突然后悔自己是不是下手重了，赶紧柔声安抚。

“嗯，疼。”有人得了便宜还卖乖，踩着阶梯使劲上，“要亲亲，亲亲就不痛了。”

冉素气绝，这男人怎么这么幼稚。

好了，她生气了，怎么都哄不好的那种。

晚间九点，冉素突然接到一通陌生电话，对方自称是谢总的助理，让她明日十点与许岩廷一起去景悦居。

谢总？

等冉素反应过来，她都快高兴疯了，抱着许岩廷的脖子又是亲又是啃的：“岩廷，谢总打算帮我们了。”

“谢总？”许岩廷一头雾水。

“谢东山，自由投资人。”冉素把之前发生的事情拣重点跟他说了一下，“明天上午十点，你有其他安排吗？如果有的话能暂时往后推吗？这个真的很重要，隆瑞项目不是需要投资吗？若是这个拿下了，就能解决很多问题了。”冉素太过高兴，都没发现许岩廷眼里滑过的异样情绪。她没想到谢东山这么快就会约她见面，不管明天的见面会是怎样的，但就现在而言，确实是个好消息。

许岩廷的注视赤裸而强烈，却没有笑意。

“你不高兴吗？”冉素问。

“你什么时候开始联系的？为什么都没有跟我说？”冉素说得太过轻描淡写，但是以他自己的经验来看，拉投资并非是一件易事，就她这种连吃饭应酬都不太愿意参加的人，又是怎么让对方答应的呢？

冉素不知道许岩廷的这些想法，自然不知道他的担心：“我不是经常去尘阙吗？然后里面有个老头，经常在那边听人的创意，他想找个项目投资，但一直没有找到合适的。前几日我见着他就跟他大概说了隆瑞项目，他也蛮感兴趣的啊。”

“就这样？”

“就这样啊，老人家很慈祥的，而且很能接受新鲜事物，明天你去见见就知道了。”

听得她这么说，许岩廷也算是放心了不少，只是他依旧不想她因为自己的这些事操心担忧，她应该做的就是享受好自己的生活：“以后别做这些事了，你自己的工作也不轻松。”

“没事啊，我这不是顺手的事吗？再者，谢总很随和的。”冉素不想让他知道自己在这个过程中所做的付出，而且本来她也就没做什么惊天地的大事。

现在能有见效，也就不枉之前的付出。

按照约定的时间，冉素与许岩廷准时出现在景悦居，不知是不是太过凑巧，所在的包间恰好是当日他与霍纪生见面的包间。

约莫十分钟过去，敲门声传来，冉素控制不住的高兴。只是一开门，门外站着的并不是谢东山，而是一个二十七八岁的男士。

“冉小姐，您好，”男士朝她微微鞠躬，“我是谢总的助理，之前跟您通过电话的。”

“谢总今天不来吗？”

“谢总来的路上出了点小故障，现在去了医院。谢老委托我来亲自见您一面，顺便谈下初步的合作事宜。”

“去医院了？严重吗？那我们现在就去医院？”冉素一听进了医院就不由得担心，人老了，身体本就不如年轻人结实，经不起折腾。

见到冉素自然而然流露出的担忧神色，徐来也算懂了谢老对冉素的评价了，小姑娘是个待人真诚的人。

“倒也不严重，只是谢老不喜欢有人探病，要不然他总觉得自己像个病患。”徐来笑着解释，也是委婉的拒绝。

都进医院了，本就是个病患了，还不想当病患，这老头也是有趣。

“冉小姐，让您带的资料都带了吗？”

“带了带了。”冉素立马将其要她准备好的东西一并交给他。

“这是合同，你们两位看看。另外，谢老有一个要求。”

“嗯？”

“他想见张曼丽女士一面。”徐来停顿了半晌，看向许岩廷，“这是谢老唯一的要求。”

许岩廷想都没想就拒绝了，合作意向就此止住。出了景悦居，许岩廷就让林俊平去查谢东山的身份。

但是，唯一能查到的是，他确实是一位自由投资人，比许岩廷早几年出国，然后一直定居外国，去年回国的。这些年有投资过不少项目，都不是很有名，却都很有特色，也很有开发意义的项目，其中有亏有赢。

至于其他，并没有更详细的介绍。

谢东山怎么会认识张曼丽？他们之间有什么关系？他又为什么要见张曼丽？

而对于冉素来说，震惊之余也反应过来了，她终于知道了谢东山为什么会接受她提出的项目，是在她提出隆瑞项目的时候他才有的反应，而他说他知道隆瑞，也就证明他肯定知道隆欣，所以他就是为了接近许岩廷，然后接近张曼丽？

她顿时不知道是不是自己被带入了一个坑，又或者是，对方早就知道了她的身份，挖好了坑在等着她跳？

可是又不像，他没这个必要，而且不具备完整的时间链。所以，事实到底是怎样呢？

有这样的结果也是完全在冉素的意料之外，她也不知道应该怎么跟许岩廷解释：“岩廷……”

许岩廷知道她想说什么，他自然不会去怀疑她：“没事的，投资总会有的。”

可她想说的不是这个：“对不起。”

许岩廷牵过她手：“傻不傻，你说什么对不起。不过我觉得我倒是真有必要见见这位谢老了。”

“那我跟你一起去。”

“不急，他不是不希望有人去医院找他吗？我们过几天再去。”许岩廷蹭了蹭她发顶，“你能自己回去吗？”

“嗯？”

“我约了盛世涛，我要过去一趟。”

冉素呆呆地看着他，眼里淌过的尽是担忧。若是不知道他的过往，那也就无所谓，可是现在，她什么都知道了，伴随而来的就是深深的心疼：“没事吗？”

“没事，你放心吧，到家了给我发信息。”

他越是表现得镇静，她就越是担心，毕竟是童年的阴影，虽然这么多年过去了，但有些伤痕却会越磨越深。

“真没事，以前光是听着名字就觉得恨不得杀了他，所以我选择了逃避，后来我也明白了，有些事情越是不愿面对，伤就越不容易好。这些年下来，很多事都已经麻木了，放心吧。”

冉素从他眼里确实没有看到杀意，但总归还是放心不下：“岩廷，有些事并不是我们的错，也不是我们能掌控的，又或者有另外的隐情，我们有时也骗骗自己吧。”

“傻瓜。”

华盛集团总裁办，站在这里可以俯瞰整个宁城，当真是独一无二的好地段。盛世涛递了根烟过去，许岩廷接过，点燃：“盛总不觉得有些事做得不太光彩吗？”

“我记得你以前可是总喊我盛伯伯的。”

不得不承认，如果撇去过往，盛世涛绝对是一个值得敬重的人，在商界的口碑不差。相比起来，霍纪生倒是还没他磊落。

许岩廷不想跟盛世涛提过往，可盛世涛却似乎陷入了回忆中：“以前我跟你爸可是共过患难的人，当时他进这一行，我可帮了他不少忙。他一个毛头小伙，没什么背景，也没什么专业能力，就想混汽车行业，若不是我扶他一把，可没有今日的隆欣。”

华盛是家族企业，也是老企业了。当年的许雷生什么都没有，有的只是对车的喜欢以及一手不错的修车手艺，也因此认识了盛世涛。两人在对车的见解方面颇为一致，算是相见恨晚，格外对眼。

再后来，许雷生说想做一款自己喜欢的车，盛世涛笑他，那就自己做。谁知许雷生还真就起了这个念头，也就有了后来的创业。

这些许岩廷从许雷生口中略知一二，所以，他小时候是真的喜欢盛世涛的，也正因为当初是真心喜欢，所以一旦发现了污秽，就很难以接受。

“你倒是有你妈的风范，有商场手段。”盛世涛突然提到张曼丽，许岩廷脸色一变，血液凝结。

有些事，他以为真的麻木了，可是只要稍微有点风吹草动，他就如那惊弓之鸟。当口的那些话不自觉地进行着循环播放。

“你轻点儿，等下雷生进行要是被发现了怎么办？”

“我又不是傻的，确定他的车子走远了我才进来的。”

“你慢点，急什么？坏了怎么办？……”

“我这毛手毛脚的，弄疼你了吧，不好意思。”

……

原来有些东西，无论怎么想忘都忘不了，就像已经刻入了骨子里，就算他怎么用力始终都冲刷不掉。

“盛总，我今天来不是听你回忆的。”许岩廷面无表情地打断了他，

“肖楠那事是你指使的？”

“你这孩子，怎么跟你妈一个德行，一点儿耐性都没有。”盛世涛越是提张曼丽，许岩廷就越觉得恶心，偏生某人还一副极其熟稔友好的语气，“是我做的，你不是都处理好了？那人留不得。”

“他留不得，你手段倒是高明？”许岩廷只以为他是因为任务失败而觉得留之无用。

盛世涛对他的无礼一点儿都不放在心里：“你母亲最近怎样了，好点了吗？还是不能让我去看看吗？”

“不劳盛总费心了。”

也不知道有些人会不会在午夜梦回的时候惊醒，这副装模作样的样子真的很让人倒胃口了。

“你今天来找我是因为肖楠的事？”盛世涛重回话题。

“盛总就没什么想说的吗？”

“这事我无话可说，我只能说肖楠这人留不得。”盛世涛起身，从桌面抽出一沓文件，“随便一点利益就能让他出卖公司，你倒是还拿他当块宝。”

许岩廷打开文件看了看，都是隆瑞项目的一些科研成果，但是幸好都不是什么核心资料。

他承认自己在看人上有所失误，待在自己身边七年的人，他都没发现对方到底是个什么人。

“盛总如果以后有什么想法，也请找对人。”许岩廷冷冷地说了句。

“他跟沈科确实有点关系，但两人联系上没多久，而沈科稍微给他点利益，他就收下了。你这眼光不如你妈的十分之一啊。”盛世涛再次提到张曼丽，许岩廷的愤怒已经提到了嗓子眼，却听他继续道，“当初你想尽办法想把黄建、李立群、林昭他们除去，他们除了思维老化了点，其他方面倒是比这肖楠强多了。”

许岩廷不知道他突然说起这些是什么心思。不过，他说得没错，李立群他们在对公司的事情上确实可以说是兢兢业业，只是公司的发展也确实不再适合他们了。

“盛总管好你自己的手下即可，我今日来不是来跟你聊天的，这些资料我收回，这本就是隆欣的东西。另外，你不许在我面前再提我妈。”许岩廷一怒而起，两人不欢而散。

盛凯过来的时候正好看见许岩廷垮着一张脸从盛世涛的办公室出去。

“他来做什么？”盛凯见自家父亲倒是并没有什么特殊的表情，也就没做多余的猜想，“因为肖楠那事？”不过他也不理解盛世涛为什么要这么做，这对华盛来说，并没有任何好处。

“嗯。”

盛世涛有些累，许岩廷的态度他并不是没瞧出端倪，而且这些年，隆欣的发展他也看在眼里，许岩廷若有若无地针对华盛，他也不是不知道。只是，那也都算是商场上的正常竞争。这些年许岩廷对他的态度倒是发生了很大的改变，他不知道这期间到底发生了什么，而老友张曼丽虽同在一座城，却已是好多年没再见过。

只是，许岩廷对张曼丽的事特别的敏感，甚至是抗拒。

这几年，他虽然知道张曼丽在老宅，但是始终见不到她人，也了解不到具体的情况，看院的蒋叔是老人了，口风很严，什么都问不出。

盛世涛跟许岩廷提出过几次想见见张曼丽，却都被对方毫不犹豫地拒绝，他不是没有怀疑过，但是他总想着，儿子总不能对母亲做什么吧。

“沈科这么做是不是您授权的？”盛凯的提问打断了他的冥想，“您为什么要这么做？这对华盛有什么好处？”

盛世涛揉了揉额头，抬眼看向盛凯，他不想解释什么，也没什么可解释的：“小凯，如果你真的不喜欢沙越的话，就取消了这桩婚约吧，已经捆绑了你多年，或许是时候给你自由了。”

盛凯不懂父亲这突如其来的安排，只是，为什么在听到可以解除婚约的时候，他并没有感觉到轻松？

“爸，是不是发生什么了？”虽然他知道，他跟沙越的这桩婚约本来就是商业联姻，甚至还是他一手捆绑起来的，他想不通父亲为什么现在又突然提出让他解约。

盛凯在盛世涛的眼皮底下长大，一举一动都逃不开他的眼，他颇有些欣慰：“看来你们两个绑着绑着，也绑出感情来了，罢了罢了，你们年轻人的事你们就自己去解决吧，以后你总归是要自己过日子的。”

“对了，你来找我什么事？”

盛凯将一份文件递给他：“这是南江的市场销量分析，对比之下，我们并不占优势。”

盛世涛看了眼大致的数据，心里也有了个大概的了解：“其他城市的市场销量分析呢？”

“销量稳定，比例有所上涨。”

“嗯，南江那边不用去管。当初入驻南江，只不过是想着为家乡做点事而已，销量什么的，你不用太在意。”

“可是这份数据说明隆欣在市场上比我们更具优势。”

看着自家儿子，盛世涛意味深长地笑了：“盛凯啊，做生意，有很多变数的。你呢，要学会看全局，现在全局是什么？现在的方向是新能源车会越发普及，而这次的数据也说明了新能源车确实在加速发展，但是我们在电源方面确实存在弱点。我看过肖楠给过来的资料，在很多方面，隆欣都有了很大的改进，不管是软硬件都进行了很大的改善，尽量符合人们的使用习惯，这些我们都要看到，不要因为一点点数据就觉得天都要跨了。现在我们需要做的就是重新调整，如何找突破口，这才是当下我们真正需要做的。”

盛凯恍然觉悟，与盛世涛比起来，他光是眼光格局就低了。

“如果你是用户，如果隆欣的隆瑞出来了，你会买吗？”盛世涛问。

“买。”

“为什么？”

“方便。”

“对，人们对于车的使用已经不仅仅是代步的要求了，也有了更高的需求。比如一键式购物、一键式家庭家电管理、一键式报警等服务，方便、实用，甚至在很多方面能起到一定程度的替代作用，懂了吗？”

盛凯若有所思地点了点头，他好像懂了。

许岩廷将那份资料丢给林俊平，林俊平看完后松了一口气，万幸。

“你去找盛世涛了？他怎么说？”

许岩廷松了松领带，冷笑一声：“他说他好心帮我除了个不该留的人。”见过不要脸的，没见过这么不要脸的。

林俊平倒是有另外的看法：“他说得也对，要不是这次出事，谁知道肖楠会是这种人，随便一点利益就能让他叛变，幸好没让他负责核心。”说完意识到自己跑偏了，立马回来，“不过说回来，我混职场这么久，也自认会识人，可总有些人让人看走眼。”

“不说他了，警察那边怎么处理就怎么处理吧。”许岩廷觉得既然有胆做，就要有胆承担后果，只是依旧还是会觉得心寒。

或许，这就叫喂不熟的白眼狼吧。

“对了，今天有个电话打到公司来了，找你的。”林俊平当时觉得奇怪，但是对方一听许岩廷不在就挂了电话。

“说是谁了吗？”

“他说他姓谢。”

谢东山。

许岩廷忽然有些烦躁，这一个两个的都要见张曼丽。她有什么好见的，你们要见，偏就不如你们意。

许岩廷本来想着过几天就去见见那个谢东山，现在却是连一点儿见的想法都没有了："还是没有人愿意投资吗？"

林俊平摇了摇头："我再想想其他办法吧。"

"嗯。"

"对了，江念云跟我说，冉素去找了谢东山，似乎还谈得不错，她没有跟你说吗？"

许岩廷若有所思："江念云认识谢东山？"

"认识，听说是忘年之交，但是，谢东山似乎对江念云的项目并不感兴趣。"

"这人倒是奇怪。"

许岩廷想着，那过几天，还是去见见那个怪老头吧。

许岩廷跟江念云碰面的时候随口打探了下谢东山的情况，江念云说他还挺高深莫测的，虽难以揣测，却是个值得交往的人。

两天后，许岩廷终于见到了本尊。

黑框老花眼镜，棉麻休闲装，老北京布鞋，很老年化的打扮，脸上挂着和蔼的笑意，倒不像是高深莫测。

不过，大隐隐于世。

"谢总，您好，之前听说您出了点意外，这是我们的一点心意。"冉素将一盒人参随手放在就近的桌台上，"身体好了点吗？"

"来就来，还带什么东西，浪费。"谢东山招呼着徐来让他备茶水，"在家就别叫我谢总了，跟着徐来叫谢老吧。"

"你就是许岩廷？许雷生的儿子？"谢东山的视线落到许岩廷身上，打量了一下，又摇了摇头，"你倒是跟你妈更像点。"

许岩廷眉头微皱，他不喜欢有人提他父母，尤其是张曼丽。只是，眼前人似乎跟他们关系很熟稔："您认识我爸妈？"

"何止认识。"还知道你不知道的事呢，不过他没往下继续，"我看了你们隆欣的销售数据，隆欣在你手里发展得还挺好的，难怪他们都说你年轻有为，有手段。这点跟你妈也挺像的。"

谢东山三句不离张曼丽，许岩廷对他更为好奇，只是，他似乎并没有多说的意思，冉素知道他的内心动荡，不动声色地从后面握住了他的手。

"现在新能源车的市场挺好的，一旦实现车联网的话，市场会更好的。"冉素开口，"而且年轻人对年轻产品的接受度也高。"

他俩的小动作悉数落入谢东山眼中，他若有所思地点了点头："你们的项目策划我都看了，确实值得投资，但是我有一个条件，不过我听徐来说你拒绝了。"

"您跟我爸妈是什么关系？"为什么非要见张曼丽？

"朋友。"

很显然，谢东山没有想要跟他摊牌。

"那投资也是因为他们的关系？"虽然许岩廷也相信自己的项目值得投资，但是他不相信那么多的项目里面，对方偏偏选中了这个。

这么一说，冉素瞬间明白了。所以，她之前的猜测没有错，谢东山或许并不是冲着项目来的，而是冲着张曼丽或者许雷生来的。

谢东山倒也没有否认："你们的项目我是做过评估的，确实有投资价值。但是，也确实是因为你是许岩廷我才投资的。"

许岩廷越发怀疑谢东山的身份，但是他可以肯定及确定，他从未从父母口中听到有关这个人的零星半点。

"你为什么非要见我妈？"张曼丽出事的消息始终没向外界透露，一旦让他接近张曼丽，就存在很多风险，到时定然又是一波未平一波又起。

谢东山但笑不语。

越是这样，许岩廷就越好奇："可以，但是我也有一个条件。"

“好。”谢东山回答到。

“之后不管你见到了什么，都必须保密。”

“好。”

合作算是就此达成。敲定合同后，许岩廷与冉素从别墅出来，冉素还是有些怀疑：“你当真对他一点记忆都没有？”

不光冉素怀疑，就连许岩廷自己也深表怀疑。他不知道谢东山出现的目的到底是为了什么，又为什么非要见张曼丽不可。

而他总有一种预感，谢东山定然跟他父母之间有着某种关联，要不然对方不会要求必须见张曼丽。

但是不管怎样，现在找到了合适的投资也算是解决了一大危机。

林俊平得知后也算松了一口气。

贺又西与霍米主演的电影上映，冉素收到贺又西的信息，邀请她及一众好友前往观看，并且相当大方地送了她一百张票，冉素笑她这算不算给自己炒上座率？

贺又西说她好不容大方一次，竟然被嘲炒作，做人好难，做个好人更难。

冉素思考着这些票如何分配的时候，被吴琳瞧见了，在得知了前因后果后，吴琳不得不感叹：“简直大手笔啊。”不过，转头就开始为自己谋划，“老大，我能多要几张吗？这电影我跟我朋友都超级想去看的呢。”

“你知道？”

吴琳跟看傻瓜一样地看着冉素，那眼神大概在说：也就只有你不知道了吧。

不过这段时间冉素确实很少关注这方面，所以也就不太了解最近有什么新的电影。如此看来，倒是她这个做朋友的没到位了。如此一想，她平白无故地拿了对方这么多票，总觉得有点良心不安，所以除了给自己留了几张，其他全部分给了公司同事，并嘱咐他们一定要向周边亲朋好友多多安利。

“老大，你什么时候勾搭了女神啊，你能帮我弄到签名吗？最好能多要几张，我到时在微博做个转发的活动，直接送贺又西签名照。妈呀，我又能涨好多粉呢。”吴琳觉得自己这个想法实在是太棒了，这么好的资源怎么能不合理利用呢？

冉素翻了个白眼，让她自行体会。

当冉素亲自把优惠券码发给周波的时候，没想到周波竟然羞答答地问她：“你这票还有多的吗？连坐的。”

瞧他这一副情窦初开的模样，冉素便明白了，老男人恋爱起来其实也挺可爱的，便生了想要逗一逗他的心思：“你该不会是想请菀儿看电影吧？请女生看电影哪有用优惠券的，直接自己买才够有诚意啊。”

“啊？这样？”周波就信以为真了，“那我自己去买？”

冉素真是服了，怎么一点儿都不经逗？没意思。不过她还是很好奇他们现在的状态，她都已经好几天没有跟宋菀儿联系了：“你们现在到哪一步了？”

“啊？就……刚开始啊。”周波还不好意思地挠了挠头。

“你们这进度是不是有点快？”想着好像之前某人还对周波是嫌弃这嫌弃那的，什么时候就鬼混到一起了？

看来她有必要去好好探究探究了。

然而当冉素盘问起宋菀儿的时候，某人竟然也一副羞答答的模样，还想着当纯情少女呢。冉素不得不感叹，是自己把她想得太过强悍了些。

见着冉素一副唉声叹气的样子，宋菀儿的气势上来了：“你叹什么气，还不能容许人家第一次恋爱不熟悉流程的吗？”

“能能能，就算外表是汉子，内心终究是个女人。”冉素笑她，“不过你们俩怎么就突然又好上了？当初某人不是各种嫌弃吗？”

“那有时候嫌弃也是一种爱啊，你不爱他，你嫌弃他干吗？”

想想说得也对，只是这陷入恋爱状态的宋菀儿有点让冉素不太适应：“你们啊，也不容易，一大把年纪了还能遇见，然后成为彼此的初恋，真挺好的。我祝福你们，一定要好好的。”

“祝福收下了，到时你给准备个大点的红包就行。”

“这就都想到结婚了？”冉素惊觉他们的速度太快，她就算跟许岩廷认识了这么久，都还没有结婚的打算呢。

“嗯，我们本来就是奔着结婚去的，而且遇到喜欢的不容易，那就干脆结婚呗。然后就生孩子，等到我五十岁的时候孩子刚好大学毕业，也就不用我操心了。我就可以开始安享晚年了，这安排是不是很合理？”

冉素想了想，从时间上来说，确实很合理，只是这样真的好吗？

婚姻难道不应该多了解了解吗？而且这速度，是不是真的有点操之过急啊。不过，周玲应该会很高兴的。

“你确定你想好了？”冉素其实并不恐婚，也想结婚，只是，她总觉得，婚姻不容草率，买房买车买错了，那也都只是钱的问题，可如果结婚结错了，那可不是个小问题。

宋菀儿很认真地点了点头：“我觉得周波其实挺好的，而且你不是也觉得他挺好吗？有上进心，而且挺憨实的，我觉得他以后不会亏待我的。”

周波人是好，但是以后的事谁知道呢？

她虽然也算是介绍人，可也没让他们就结婚吧？而且当初宋菀儿还各种嫌弃。

但是感情的事终究是如人饮水，冷暖自知，她不能把自己的生活模式套到他们身上，幸福的结局总是万里归一的。

睡觉前，冉素拥着许岩廷入眠，两人唠嗑说起这事，还是不得不感叹人生的机遇，遇见谁，爱上谁，离开谁，说到底都是缘。

“你想象中的婚姻是怎样的呢？”冉素想起了周边的一些人，那些正走在婚姻中的，那些正徘徊于婚姻周边的，那些在婚姻里走了一圈又出来的，他们对婚姻又是怎样想的呢？

许岩廷沉思半晌：“我希望我的婚姻能高于生活，却又融于生活。两个人能床头吵架床尾和，每天早上说上一句‘早上好’；晚上回家有灯亮着，然后我知道那是在等我；进门的时候两人相视一笑，轻轻拥抱一个，彼此送上一个吻；睡觉前互道一句晚安，我觉得这就是岁月，也是婚姻。”

明明是很简单也很朴素的一段话，可听着他娓娓道来，却觉得格外的心安。冉素轻轻地给了他一个拥抱，送了他一个吻，然后说：“晚安。”

“晚安。”他说。

Part 10

世界很大，有你刚好

中午在食堂吃饭的时候，张锐突然说起“悟空无人客运车”正式试运营的事：“听说明天会在城西那边试运营，你们要去看吗？”

“那有啥好看的，JD不是早就推出了无人车送快递吗？而且，你敢坐吗？”吴琳对无人车这种高科技产品还没有到完全接受的地步，她总觉得安全系数过低，“而且，我之前还看过一个关于无人车道德研究的帖子，说是无人车在设计时，在考虑事故问题方面会更大程度的选择牺牲乘客，礼让行人。”

吴琳说的这个帖子，冉素也有看过，之所以说是道德贴，是因为确实存在选择性，而且是颇有点违背人性的选择。

“老大，你去吗？”吴琳转问冉素。

她对无人车没有多大的兴趣，虽然说无人车未来可能会成为一种趋势，但是她想，可能在她有生之年应该体验不到了吧，不过谁又说得准呢：“我不去了，看不出什么名堂。你们感兴趣的倒是可以去看看，甚至具体感受下也是可以的。虽然研究无人车的科技公司那么多，但是要突破还是挺难的。”

吴琳附和："我还是觉得就算机器厉害、敏锐，总还是有应付不了的情况，各种环境都是不一致的，怎么可能做好所有的应对方案？除非有无人车道还差不多。"

"还别说，以后真的会有无人车道。"一旦无人车投入使用，那自然是要另开车道的。

饭后回到办公室，冉素将这件事跟许延廷提了一下。她想听听他的想法，不过回答她的却是一个链接。她打开一看，是关于"如何看待百度无人车， 三千多个场景，一万多个if"的帖子。

没过一会儿，电话就过来了："看完了？"

"嗯，觉得挺……"她一下子没想到形容词，稍作思考，确定了用词，"挺滑稽的。"

"其实关于这个无人车的问题，三千个场景，不管是局面还是片面，都定然是不止的，随便一个地点，就能生出无数个场景。不过对于特定的场合，适用性可能会挺好。"

"你想没想过研究研究无人车？"

"这个成本太大，汽车行业本来对现金流的需求就大，若是这次我们能把车联网做成功的话，就是很大的一步了。如果说，网络应用能对地面情况进行自动识别，然后做出有效的判断，再反馈给驾驶者，这就相当于雷达效果了。"对于路面情况的识别、路线情况的处理，这一直是汽车行业在争取改进的地方，一旦得到改善，便能从很大程度上实现车网与路网的互通。

"隆瑞这边最近进展怎样了？"说到资金流通，冉素突然想起好像距离跟谢东山达成合作也有几天了。

"嗯，这个你别担心，就算谢东山没有注资，一时半会儿也垮不了，就是拖延下进度而已。"许岩廷宽慰到，"对了，晚上一起吃饭？"

嗯……他们好像只要一有时间就是在一起吃的吧，不过冉素大抵懂他的意思：“出去吃？”

“嗯，听说尘阙附近开了家新店，味道不错，一起过去？”

一听在尘阙附近，便知定是陈南川告诉他的：“还有依依他们？”

“嗯。”

冉素突然想到一个问题，他们俩似乎从来没有正式的，仅限于两人的，在外面的餐厅有情调地吃过饭。

这是个问题。

虽然她不讲究这些，但生活还是需要点仪式感的。

这家店主打湘菜，冉素喜辣，吃得还挺过瘾。席间，蒋婷依问了许岩廷一些关于电源研究的进展事项，便转过来跟她唠嗑。

“阿冉，我怎么觉得你们跟我们一样？”蒋婷依跟她咬耳根，“看着一点儿都不像是热恋期。”

热恋期？

他们之间根本就没有热恋期。

“我看你们挺腻歪的呀，怎么？你还想把他给栓裤腰带上？”冉素想起自己跟许岩廷的相处，在外人面前两人都很少秀恩爱，甚至更多的是一本正经的工作模式，而私底下，许岩廷倒是挺黏人的。

冉素很喜欢这种状态，她内心始终觉得相爱是两个人的事，关起门来怎么都行。

“他以前不这样的，感觉自从我回来后，整个人就变了，变得黏黏糊糊的。”蒋婷依虽然口里吐槽着，但脸上却是掩盖不住的幸福，“真的，男人黏糊起来比女人还受不了。”

对于这点，冉素深有感触。许岩廷就是这样的，看电视的时候非要搂着，动不动就要亲亲，睡觉的时候拥着还不行，还要十指相扣。

都说男人不管什么时候都是小孩子，这话是没错了。

“依依，你们有没有想过什么时候结婚？”冉素不知是不是受了宋菀儿的刺激，总开始无意间关注起结婚这件事来了。

蒋婷依的眼珠骨碌碌地转了几圈后，面带娇羞：“他没求。”

“那你会答应吗？”

“会吧，毕竟我也没想过要跟其他人结婚啊，除了他，也只能是他了。”是啊，他们是混迹了对方大半辈子轨迹的那个人，除了彼此，还能是谁呢？

可是，她跟许岩廷……

隆瑞的项目因为谢东山的注资得到了有效的进展，对于移动车载系统的更新，科瑞也做出优化。比如，最大幅度地改进了车辆的导航正确率、路面情况的提醒以及正确指导、语音的控制实现，与家庭网络系统的连接以及对车本身硬件的把控程度，等等。

隆欣这边针对电源、电桩等方面也做了更新调整，两者的合作有条不紊地进行着。

周五下班前，许岩廷接到了徐来的电话，说是谢东山与张曼丽约在周六下午见面，问他有没有时间。

许岩廷问了蒋叔张曼丽最近的状态如何，又问了韩医生她能否接见陌生人。在得到具体答复后，许岩廷方回复对方，具体的时间定在下午五点，这个时候，张曼丽喜欢去院里走走，神志也相较清醒。

为了以防万一，许岩廷也通知了韩医生过来，希望能在意外之时有所准备。

冉素本来想着自己还是不去为好，但是又怕许岩廷有心理压力，最后还是一起去了。只是，让他们都没想到的是，张曼丽面对谢东山竟然意外的平静，还能跟他聊上几句，气色也挺好，这是从未有过的情况。

觉得奇怪的不仅是许岩廷，就连蒋叔、韩医生都觉得不可思议。

他们所了解的张曼丽在大多时候是神志不清的，甚至有时候会做出一些连自己都无法控制的事情。可是，面对谢东山，她竟然就像个正常人。

两人大约聊了半个多小时，张曼丽的情绪渐渐有些不对，韩医生出面停止了这场谈话。

许岩廷对谢东山越发好奇，所以聊天一结束，许岩廷就迫不及待地想知道他们聊了些什么，他与张曼丽、许雷生之间到底是什么关系。

只是谢东山并没有想要跟他交代的想法，倒是跟韩医生问了几句。

待谢东山走后，冉素跟韩医生聊了几句。她对心理学也算颇有心得，再根据许岩廷告诉她的一些事件，多少也是能分析出点病因的。

张曼丽身为女强人，定然把自尊看得比什么都重，可当她失去了丈夫，之后又被自己本就深感愧疚的儿子捅得刀刀见血，因为崩溃导致失智也是正常的。

当她与韩医生聊完后，韩医生肯定了她的看法。

只是，很多时候解铃还须系铃人，又或许有些铃一旦系上，就再也解不开了，张曼丽属于后者。

她的是一个死结。

可谢东山跟张曼丽之间又有着怎样的关系呢？

本来许岩廷打算看看张曼丽的情况，看看能否发现什么，或者问出点什么。只是张曼丽进了房间后便再无动静，就连蒋叔给她送晚饭都没有搭理他。

许岩廷怕她出事，从窗户往里悄悄地看了看，却发现她竟然抱着许雷生的遗像呆呆地坐在床上，动不动，就像个没有任何精气神的木偶。

许岩廷按捺不住，晚上九点多就出现在谢东山的别墅外。接待他的是徐来，但是徐来告诉他，谢老从老宅出来后便去了其他地方。

冉素试图电话联系谢东山，却被告知对方的手机已关机。

事情就像一团迷雾，而人就在迷雾中踽踽独行。

杨瑞的突然归国给了冉素一丝喘息的机会，谢东山始终联系不上，许岩廷情绪时常低落，往日那些被束之高阁的自责、愧疚、歉意、悲痛、怨恨，就像是被人用鸡毛掸子全部扫落，翩然落地。

就算他沉默着不说，甚至强迫自己在面对她时佯装笑意，可她又不是傻子，怎么会察觉不到？

可是，每个人心里都有一道伤，就算愿意把伤口对外，却也不愿别人拿针线来帮忙缝。而她好不容易将他调整过来的厌食症也再次发作，不管她怎么变换花样，他都有些恹恹无力，她看在眼里疼在心里，瞧着他不过短短几日时间，便已消瘦得不成人形，连带着自己也情绪低落。

杨瑞离开了好几个月，一回国便瞧见了她这副憔悴的模样，也是心疼得不能自已，看着她强颜欢笑，跟着越发难受。

且别说杨瑞，就连宋菀儿，不过几日不见，瞧着好友整个人都疲惫得不行，也是担忧得不行。

冉素不想因着自己的事坏了气氛："怎么突然就回来了？也没提前说一声，我们也好去接你啊。杨大医生今天回国，咱们好好喝一杯，权当放松放松，也不说不醉不归了。"

本就是一起长大的好友，自然知其本性，见她不愿多讲，便想着办法逗她开心。杨瑞讲了自己在国外的各种有趣见闻，宋菀儿极力配合着，笑得像个傻子。

说着，笑着，哭着，不自觉地就真的成了傻子。

冉素很少哭，就算当初与盛凯分手都只是想着醉一场，然后挥手告别。可是对于许岩廷，她是实打实地心疼他，疼到骨髓的那种，所以他疼，她跟着疼，疼到想哭。

聚餐散场后，杨瑞始终有些担心，想先送她们回去，冉素也没驳他的一番好意。送到楼下后，宋菀儿也跟着下车，给了她一个猝不及防的拥抱，然后掉头便走了。

很多时候，拥抱的力量远大于语言。

她不说，她也懂。

看着车子渐渐驶远，离开视线，冉素明媚一笑：有你们，真好。

许岩廷站在落地窗前，正巧瞧见了楼下的一幕。

待冉素上楼来，打开门，房里漆黑一片，唯有窗前闪动着忽明忽暗的星火。

冉素没有开灯，脚步轻轻地走过去，从后面拥住他。

许岩廷手里的烟蒂无声落下，零星烟火向各处散开，不消一会儿便已暗灭。

在抱住他时，他僵硬的身体有一下颤抖，冉素敏锐地感觉到了：“在想什么呢？也没开灯。”

他一向不喜欢黑暗，总喜欢把房间里到处的灯光都打开，照得通亮。起先，冉素还会责备他浪费，后来也就习惯了。

而今夜，他站在窗前，融于黑暗，这样的他，让她感到害怕。

“你会不会觉得很累？”低沉而浑厚的声音在她耳边回荡，以前只觉他的声线沉稳而有吸引力，可现在听来却像是高浓度的白酒，入喉割痛。

“怎么会？怎么这样想？”冉素趴在他后背，语气轻柔。

许岩廷喜欢她这样抱着他，软软的，带着特有的清香，而他就像是她所有的靠山，若是再轻柔地说上几句话，便觉得自己飘忽在人间。

“很多事情由不得自己，谁都不想难受，也不想伤心。可是，我们都有七情六欲，有感知，有放不下，有执念，一切只要过去了就好了，没事的。”黑暗里，冉素温柔的安慰就像那月光，柔和而又明亮。

“你要不要跟我谈谈？”冉素在回来的时候就想着，如果许岩廷愿意的话，那她就充当一回心理导师，“毕竟我也很厉害的。”

轻轻的笑声，拖着一点点尾音，很是俏皮。许岩廷想，他本来也是想跟她谈谈的：“好。”

依旧是黑暗的房间，落地窗的窗帘已经拉上，外面的光亮悉数被挡在外面，两人背对背坐在地毯上，彼此谁也看不清谁的脸。

“我刚刚看到了宋菀儿抱你，我就想，你是不是也很累，工作本就不轻松，还总是为我担心，我甚至在想，你之前跟盛凯是怎样相处的，会不会很轻松愉快，又或者，如果我放手的话，你是不是会过得没这么累。可是，我又怕，我不想再一个人了。以前站在那儿看着楼下别人牵手、相拥，就觉得很幸福，后来遇上了你，我们也可以相拥、牵手、亲吻，我不敢想象如果我真的放手会怎样。”

冉素不知道原来他有那么多关于她的想法，她一直以为，他现在的状态几乎都是围绕着张曼丽，或者是对过往的歉疚、自责之中，但万万没想到，这其中也包括她。

她该高兴的。

“岩廷，其实我很高兴，真的。因为我感受到了我在你心中的地位，你会担心我离开，会离不开我，这就足矣。真的，只要你不放手，我就不会主动离开。就算有一天，你不要我了，我也会厚脸皮地求着你再看看我的。不过，如果我都求了，可你还要放手的话，那我肯定会走的。”冉素娇嗔道，“岩廷，这段时间我确实很累，可我知道，你肯定比我更累。你对过往的那些事放不下，它们就像埋伏在你内心的恶魔，只要有点点风吹草动，它们就会出来吞噬你。就连我，也都拽不动你，我不想你被吞噬，你知道吗？以前我听人说，发生的就是最好的，当时觉得不以为然，可是现在想来，确实如此，不管好的坏的，却都是最好的。人想要成长，就要有付出，有经历。你渴望万事顺意，那是不可能的，你可以伤悲，可以自责，可以愧疚，但是，你也要学会解脱。父母给了你生命，诚然感激，若是他们带了一身的罪孽来，那也不是你要承受的，若是你作了孽，也要承担报应。我们谁都不能倒退，只能往前走，以后的日子，是我们俩一起过的，我希望我们能一起承担那些所谓的报应也好，福报也好，痛苦也好，磨难也好，我们都一起，好不好？但是，你也要试着放下，好吗？”

冉素絮絮叨叨，她也不知道自己到底说了些什么。她只知道，她不希望他太过折磨自己，就算有苦痛，也还有她在身边陪伴着，他不是孤身一人，这就够了。

过去的都是回忆，未来的才是希望，我们都应该带着希望上路，而回忆，就让它在那儿吧。

金庸说，天下武功最厉害的是时间。

老先生诚不欺人。

时间总会将伤口愈合。

轻柔的女声，低沉的男声，在封闭的暗黑中彼此缠绕。渐渐地，男声减弱，只听到女声依旧缓缓如流水。

冉素渐感后背的力量，轻轻唤了声“岩廷”，却没人应答。

她小心地回头，却见那人已经靠着她睡着了，呼吸轻浅。

冉素轻轻地活动，试着转动身体，将他的头枕在自己腿上，俯身亲了亲他眼睛，祝你好梦。

翌日一早，许岩廷一睁眼便瞧见了冉素垂下来的脑袋，眼睛闭着，有些微动，似乎很是不安。

许岩廷想伸手摸摸她的眼睛，但他一动她就醒了，还一脸的茫然。她稍稍一抬头，然后便捂着后脖颈直呼气。

许岩廷麻溜地起来，帮她揉着："怎么不叫我起来？"满心都心疼，这样杵着迷瞪了一晚，能舒服吗？

冉素想着站起来动动，却发现腿也是麻的，她就不应该母爱泛滥的，直接把他叫起来去床上睡多好，两个人都踏实。

可当时看着他睡得香甜，也是实在不忍。

许岩廷看着实在心疼，直接公主抱将她放在床上，又是帮她揉腿，又是按摩后脖颈的，顿恨自己怎么只有两只手。

看着他这无措的模样，冉素满心欢喜，她知道，他是真心疼。

冉素实在是不舒服，跟周波请了半天假。周波很是狐疑，这从不见请假的人竟然要请假了？

"是不是出什么事了？"

"别，您可别瞎说，就是脖子有些不舒服，我下午就过来，你跟张锐他们说一下。"冉素又想起最近手里的那个互联网项目，又立马上微信跟张锐说了下情况，这才算安心了。

许岩廷笑她像个操碎了心的老母亲。

那可不，她倒是想做个甩手掌门人，奈何自己过不了自己这关。

"你今天不去公司吗？"冉素看了一下时间，见他并没有去上班的迹象，随口问了一句。

"你都这样了。"言下之意，是他得留下来照顾她。

这一刻，虽不是什么华丽告白之词，却让冉素心中一紧，这种被人放在心上的感觉真好：“岩廷，谢谢，谢谢你让我有了被重视的价值。”

许岩廷帮她揉着脖子，因为她的一句话，喉咙不自觉地哽咽了一下，继而笑道：“说什么傻话呢。”

冉素不觉得这是傻话：“因为你，我很幸福，所以，你也要因为我而感到幸福，好吗？”

“好。”

冉素下午回了公司，却发现他们小组的人竟然都不在办公室，一问才知道，大家都被周波叫去了办公室。冉素这人护犊子，立马去找周波，推门进去便发现他们一个个的都耷拉着脑袋：“怎么了？出什么问题了？”

周波面色不善，只是丢给了她一份数据报告。冉素一看，瞬间脸色也不好了，报告上有明显的数据错误，会影响到后期对整个情况的分析，而这份数据是吴琳统计的。

“怎么回事？”冉素问。

吴琳低着头，始终不敢抬头看冉素，声音低若蚊蚋：“老大，对……对不起。”

“这种错误你们怎么会看不出来？已经发给对方了吗？”冉素担心的是一旦给过去了，影响的将是整个云智。

吴琳摇头。

幸好。

那这问题是谁发现的？

“今天谷图的陈总恰好跟我聊起，也顺便问了这边的进度，然后我回来一看就发现了这个问题，幸好我还看了一眼。你们也不是第一天做数据了，怎么这么明显的错误都没发现？”周波算是脾气好的，并没有过分责备他们，只是想不通这错误到底是怎么造成的。

从办公室出来后，冉素找吴琳谈话，问她最近是不是有什么难处之类的，也怪自己尽忙着自己的事，没有注意到他们。

不过吴琳表示真的只是自己大意了，并表示之后都不会了。

冉素想说点什么，却又不忍心责备太多，他们叫她一声“老大”，她就有责任将他们带好。在她眼里，他们都是平辈，没有所谓的级别之差，大家都是因为这个专业而聚集在一起，先不论喜好，但就说为了混个饭碗也好，既然相聚，那便是缘，就值得好好维护珍惜。

“老大，对不起。”

“以后可不许再犯这样的错误，做数据的最怕数据出错了，直接影响后面的分析，以后都要检查清楚了，知道吧。”

“嗯。”

尘阙。

“听说你一直在找我？想问我关于你母亲的事？”谢东山因为私事离开了几天，刚回来便听徐来说许岩廷找过自己好几次。

许岩廷点头：“我想知道您跟我母亲说了什么，以及您跟他们是什么关系。”

谢东山并没有当即回答他这个问题，而是反问：“你母亲这段时间状态如何？”

张曼丽的状态如初，只是发呆的时间越来越长了：“老样子。”

“我跟你爸妈是故交，年轻时候就认识了，那时他们还没结婚，你爸好结交朋友，我们因车结缘，后来，我因为家人的关系出了国，我们便少了联系，再后来就听说你爸妈创业的事。当初你爸也找我聊过，说盛世涛愿意帮助他，而后来盛世涛也确实帮助了他们不少，你爸还挺感激他的。

再后来，就听闻你爸妈结婚了。”谢东山在说起许雷生的时候是赞许的，也是认可的，“你跟你爸不怎么像，倒是跟你妈挺像。”

许雷生温润敦厚，对生意没有多大的斗志，他更多的爱好都在研究车、改装车上，而张曼丽却是风风火火，雷厉风行，手段狠戾，说一不二。隆欣的生意，几乎是张曼丽全程掌控。

许岩廷也因此才对她有诸多埋怨。

谢东山说许岩廷像张曼丽，其实，只有他自己知道，他更像许雷生。

对于生意，他也是被逼的。如果可以，他宁愿静心做着自己喜欢的事。说起来，其实他是羡慕蒋婷依的。

“因为距离，我跟你爸的交流渐渐少了，当时他的事业也刚起步。不过后来，也就是你父亲去世前，我收到了你爸发来的一段视频。”谢东山没再继续往下，他观察着许岩廷的神情变化，却并没有从他脸上看出什么情绪来。

许岩廷不好奇是假的，只是他知道，就算他不问，谢东山也会说的。

“你不是想知道我跟你妈说了什么吗？我跟她聊了些以前的事，她还记得。而关于后来的一些事，她却不愿再开口，我不知道她为什么会成这样。但是，我想她心里始终有一个结没有解开，是你，或者是其他人。”

谢东山没有说谎，他跟张曼丽聊的确实是过往的那些往事，回忆起年轻时，总是格外有趣。

人越成长，越能体会到生活的艰辛，也会越累。

而张曼丽心中的那个结，许岩廷知道，是他，是许雷生，是盛世涛。

许雷生已经成为过去，已经是死结。

至于他跟盛世涛……

“我不知道你跟你母亲之间到底是怎样的关系，但是当我聊到你的时候，我能感觉到她内心的骄傲，只是她不准许自己有这份骄傲。我觉得你应该跟她好好聊聊。”

“那份视频，我带过来了，我今天给你。但是你看完后，也不要有任何的心理压力，父亲爱自己的孩子，那都是天性。”

许岩廷接过光碟，此刻，他并不知道里面到底是什么，但是他隐隐有种不好的预感。

当他打开光碟，看到视频里面的许雷生，积聚的思念猛然释放，光是听到他的声音，泪水便已止不住地流。

“东山，对不起，这么久没有联系你，现在却这般贸然打扰，很是抱歉。最近总觉得心神不宁，然后总想起往日的一些老朋友，昨日跟老盛聊了下汽车未来的走向，从他那儿得到颇多见地，如果到时你回国，我介绍你们认识。老盛是个值得结交的人，你到时一定会喜欢的。对了，你说你现在在做投资？如果我万一哪天真的突遭不幸了，你要记得帮帮我妻儿，曼丽好强，岩廷也还小，不知他的未来会如何……这人啊，上了年纪就总喜欢胡思乱想，到时回国的话记得联系我，咱们好好聚聚。”

许岩廷听着许雷生跟老友自然而熟稔的唠嗑，不自觉回忆起许雷生也总喜欢这般跟他碎碎念，说着一些事，温温暾暾、不急不缓的。

只是许雷生自己也没想到，录完这个视频不久，竟然真的遭遇不测，而谢东山之所以愿意投资隆，原来也是因为许雷生的委托。

可能许雷生自己也想不到，当时的一句随口拜托，多年后竟真的帮助到了他吧。

而他也提到了盛世涛……

可是，许岩廷从许雷生口中听不出半分对盛世涛的否定，反而全是对他的肯定以及认可。

许岩廷思考许久，还是决定将视频放与张曼丽看。

张曼丽看着视频里的许雷生，整个人格外的安静，一遍又一遍地循环，而泪水也早已不知不觉地流了满面。

许岩廷试图想跟她说点什么，却发现他已经不知道要跟她说什么了，原来他们母子之间竟然已经生疏到了这种地步。

突然觉得有些悲哀。

许岩廷本就不是擅长言语之人，静坐了一会儿后准备离开，却在他即将踏出房门的那一刻，突然一道微弱的声音将他牢牢锁住。

“廷儿……”

多少年了，这个称呼，他从没想过会再次从她口中喊出。

许雷生喜欢喊岩廷，唯有张曼丽会喊他廷儿。虽然他记得她唤他的次数不多，却记得深刻。

一个称呼便足以让他丢盔弃甲，想逃，脚却像扎了根，挪不了半步。

“廷儿，不是那样的，不是那样的……”张曼丽像是在自言自语，又像是在跟他解释，始终重复这同样的一句话，“不是那样的，不是那样的……”

不是哪样的？

许岩廷转身，泪水在眼眶打转，直直地看着她。当年回国，他年轻气盛，对她的那一声声质问言犹在耳，可是当时她连一句解释的话都没有，最后却给了他最狠的报复。时至今日，她却泪眼婆娑地看着他，一个劲地说着“不是那样的”，那他应该怎么办？

许岩廷极力控制着自己，让自己保持平静：“我们能谈谈吗？”他在恳求。

可是，张曼丽一会儿看着视频哭，一会儿看着他笑，刚刚恍惚的那一声“廷儿”好似是幻听。

“妈……”多少年了，这个字从未叫出过口，久到都快让他以为自己再也唤不出口了，却不知，还是容易得很，“你能告诉我当年到底是怎样的吗？”

华盛。

盛世涛对许岩廷的到来很是好奇：“怎么？你找我有什么事吗？”

“我想知道你跟我父母的关系。”许岩廷单刀直入。

这几日，他思来想去，迫切地想要一个答案，而他只能找盛世涛。

“怎么突然想起问这个了？朋友啊，很好的朋友。”盛世涛对许雷生夫妇还是很认可的，当年许雷生突然去世，他还悲伤了许久。

“2005年8月12日，你记得发生了什么吗？”

对于这个日子，许岩廷记忆犹新，永生难忘。

盛世涛一脸茫然，都多久以前的事情了，他怎么可能记得？还具体到年月日。

“当初你跟张曼丽在房间里……”许岩廷不知道该怎么形容当时自己所听到的那一切，现在看着盛世涛真的什么都想不起来的样子，他有些暴躁，“你们在房间里，背着我爸……”

“偷情”这两个字他怎么都说不出口，他觉得这是对许雷生的侮辱。

盛世涛仔细回想着过去十几年的事情，虽不知许岩廷为何纠结于这一天，但说起跟张曼丽单独在一起，他倒是想到一件事，一拍大腿：“哦，你说那天哦！当时我们公司做了一款汽车模型，是根据你爸的想法做的，做好之后我就拿过来给你妈，并让她藏好，到时给你爸一个惊喜，怎么？你妈没给你爸？不可能啊，后来你爸还跟我讨论了关于汽车的改进啊。”

“你轻点，等下雷生进行要是被发现了怎么办？”

“我又不是傻的，确定他的车子走远了我才进来的。”

“你慢点，急什么？坏了怎么办？”

“我这毛手毛脚的，弄疼你了吧，不好意思。”

……

说者无意，听者有心。

许岩廷不知道自己是怎么走出华盛的，他只觉得所有的一切都像个笑话，都在嘲笑他，笑他是个大蠢蛋。

在那个躁动的年纪，从没想过因为自己的无知、幼稚，而犯下了多么可笑的错误。那个时候的他，年幼无知，对很多事情刚刚开窍，自以为听到的就是真相。

天空忽而变色，瓢泼大雨倾盆而下。许岩廷茫然地走在街道上，他不知道自己该哭还是笑。他只是恨，原来那么多年的怨恨只是一场青春时无知而幼稚的臆想。

而这场臆想带来的却是家庭的疏离，亲情的隔断以及心灵的伤害。

冉素接到蒋叔的电话后马不停蹄地赶至老宅，蒋叔在门口等着她，急得直跺脚，见到她到来好似才有了个支撑点：“冉小姐，今天少爷浑身湿淋淋地回来，也没开车，整个人情绪不济，想个木偶一样，然后也没换衣服就直接把自己锁在房间了，不管我怎么问都不大搭理。你说，会不会是出什么事了？”

冉素问了陈诺今日许岩廷的行程，得知他去了华盛后，也顾不得那么多，直接联系盛凯，并问了盛世涛的电话。

盛凯虽有狐疑，却还是给了。

盛世涛也没隐瞒，悉数告诉了她。他也狐疑许岩廷为何会问他那些问题，不过都被冉素敷衍过去了。

蒋叔看她到处打电话，这会儿见她停下来：“发生什么了？”

冉素安抚地朝蒋叔笑了笑：“没事的。这几天阿姨情况怎样？岩廷有没有跟她聊过什么？”

问起这个，蒋叔倒是想起来那天的事，将自己所知道的一些细节都告诉了她，冉素稍作思考，便知道了其中的是非曲折。

这么多年的怨恨，到头来却是自己因为年幼无知而犯下的一场错，叫他该如何承受？

若是放在她身上，她亦会不知如何处理。

冉素没有打扰他，陪着他坐在门口，一个在门里，一个在门外。隔着门，她能听到他隐忍而压抑的哭声。

后半夜，冉素才开口：“岩廷，你饿吗？我给你做份蒸蛋好不好？”

没有声音。

可是冉素知道他听见了。

她缓缓开口，温柔而又掷地有声：“其实我有个秘密一直没有告诉你，本来想着寻个合适的时机再跟你说的，但是又总觉得没有必要。”

“在认识你之前，我其实是个怪物，因为一场车祸，我没了任何情绪感知的能力，是个真正的木偶，所以你看到的我都是生硬冷清，甚至是没有生气的。他们所有人都只是觉得是我性格如此，但他们都不知道真相，而我当时也想着我就这样无欲无求地过一辈子也挺好的。”

“可是，我遇到了你，杨瑞说你是开启我情绪的开关，让我多接触你，后来也确实是因为你，让我有了重新感知这个世界的能力，重新拥有了喜怒哀乐、爱恨情仇。”

“岩廷，你说过，我们要一起到白头的是吧，这话你不会忘的吧？我知道你很难受，我也很难受，可是有些事情发生了就是发生了，我们能做的就是把后面的日子过好。”

“你开开门好不好？我想抱抱你。”她已渐渐染上哭腔，却仍带着轻笑，柔情似水。

她不知道门后面的他情况到底如何，可是，门外面的她却渴望给他温暖，给他力量。

许岩廷始终没有说话，屋里也渐渐没了声音。蒋叔说他回来时浑身是湿的，又经此情绪大变，怕他出现意外，只得让蒋叔拿备份钥匙开了门。

果不其然，他倒在了门口，身上依旧是那身湿透了的衣服，地上一大片水渍。

冉素探他的额头，有些烫手。

她也顾不得是深夜了，立马给韩医生打电话，让他过来。

经过一番折腾后，天已经开始蒙蒙亮。冉素却是一点儿睡意都没有，始终守在他左右，不离半分，蒋叔让她去休息一会儿，她也不愿。

她知道他心里有多累，所以她想多跟他说说话，或许他听不见，可是那也无妨。

许岩廷一整晚都迷迷糊糊的，眉头紧皱，身体蜷缩，眼角的泪水悄然滑落，冉素心疼地帮他擦着。

一直到第二日中午，许岩廷才幽幽转醒，双眼空洞无神。

林俊平在接到冉素的电话后也过来了，虽不知道具体到底发生了什么事，但光看着就觉得难受。犹记得之前许岩廷在国外打架的那次，打架时狠戾残忍，可到医院后，他却陷入了茫然无神，了无生气，跟此时的他如出一辙。

林俊平知他是个心藏故事之人，却一直都不知道那个故事到底是什么。这么多年下来，他虽有疑惑，却也始终保持朋友间的界限，不打听，不好奇。

如有一日，许岩廷愿说，那他自然愿做忠实的聆听者。

“你怎么过来了？公司那边怎样？”许岩廷身子虚弱，声音气势倒是不低。

“公司照常，放心，就算暂时没你，也倒不了。”林俊平想他这人，都这种时候了，竟然还在想着公司的事，当真是不知轻重缓急。

“嗯。”他想了一下，继而朝冉素道，“我想吃你做的皮蛋瘦肉粥。”竟然意外地带着点撒娇意味。

冉素知他是想支开她，便也随了他的愿，径直离开。

许岩廷一直看着她，直到她的背影消失在门外才恋恋不舍地收回视线，继而轻不可闻地叹了口气。

这一切都被林俊平收入眼底，试图打趣来缓解气氛：“知道心疼了吧？别让人跟着担心太久，都成年人了。”

没想到许岩廷竟然“嗯”了一声，算是回复。

“我错了。”

突如其来的一句话，林俊平听得莫名其妙，可当看向许岩廷时，发现他神色依旧，丝毫瞧不出任何的不妥。

“这些年，我始终想要跟盛世涛一争高下，或者说，有意与之为敌，原来，这都不过是我的一厢情愿，盛世涛根本就没把我放在眼里。”

“我以为我回国接手隆欣是为了父亲，可到头来不过是一场掠夺。这么多年对我妈，我藏着掖着，也恨了这么多年，却全是因为我的愚蠢。”

“俊平，你帮我去一趟华盛吧。”

他说得很平静，听不出多少起伏，也猜不透他的内心。

可林俊平懂他，即使他说得隐晦。

林俊平去了华盛，见到了盛世涛。

一个含笑而威的老人。

“盛总，今天我来是代表许总跟您道歉。”

盛世涛摆了摆手："年轻人啊，做事就是冲动，商场哪有什么道歉不道歉的，都是为了利益。"

"南江市场的事……"

"市场是你们自己谈下的，跟我无关。"盛世涛笑意了然，"我倒不明白你为什么要代表他来道歉，如果说商场上有什么争夺，那都是各凭本事，如果是私事，我希望他自己来。"

盛世涛是聪明人，从那日许岩廷突然来质问他，他就隐隐觉得有事情要发生，再后来，冉素又来问他，他就知道事情应该已经发生了，至于是什么，他却不得而知。

而今天，林俊平又来跟他道歉。着实有些让人摸不着头脑。

"许总这几日身体不适，等过段时间，他会来的。"

只是，盛世涛等了好几天都没等到许岩廷，不过却接到了他的电话，并约了他在老宅见面。

当天，太阳正好，温暖宜人。许岩廷与张曼丽围坐在前院桌前，瞧着盛世涛进来，张曼丽的眼神突然亮了一下，但很快又黯淡下去了。

"曼丽，你……"

今日张曼丽虽然说收拾妥当且精气神不是太差，但盛世涛还是一眼便瞧出了她的不对劲，整个人还是有点恍恍惚惚的。他颇为吃惊，但很快就收拾好了情绪。

"盛总，你们先聊聊，她现在情绪还算稳定。"这段时间，谢东山偶尔也会来，跟她聊聊过去的一些趣事，冉素一有时间也会开导开导她。相较之前，她的情绪倒没那么大起大伏了。

待许岩廷离开后，张曼丽似乎变得轻松了许多，没有了那种拘束感。盛世涛很明显地感受到了，若有所思地望向许岩廷离开的背影。

张曼丽难得主动开口说话，而开口第一句话便是："雷生没了……"染着哭腔，好似下一秒泪水就能下来。

盛世涛轻拍着她的后背："没事，我们总会再见的。"他顿了一下，"而且，我们不都还在嘛，隆欣也发展得很好，岩廷也很棒。"

张曼丽眼里滑过一丝微弱的光彩。

之后盛世涛又跟她聊了些过去的事，倒也还算正常。

不过没多久，张曼丽就显然有些精神不振。

将张曼丽送回房后，许岩廷与盛世涛约了在书房见面。

"你妈怎么回事？"盛世涛一直想不通张曼丽隐退的原因，想来也是奇怪，就算是隐退，也不该断了所有的联系，现在想来，却已明了。

许岩廷这几日始终在跟自己做心理斗争，他不知道自己到底应该怎么去面对这一切，去处理这些事，他恨不得自己有时光机，回到十五岁前，那他一定不这样做。

"盛伯伯，对不起。"

许岩廷一直叫他盛总，这声"伯伯"，当真是久违了。

"您还记得我之前问你还记不记八月十二的事情？"许岩廷有些哽咽，他不知道怎么去形容自己所犯的错误有多愚昧无知。

盛世涛点了点头，他始终想不起来那天到底有什么不同。

"因为那天，我在外面听到了你跟我妈的一些对话，而我以为那些对话，是你跟我妈在……"许岩廷无法继续，总是三缄其口，最后终于说出口，"以为你们背着我爸出轨。"

在得知真相的这一刻，盛世涛不知道自己到底应该作何反应，呆愣着半晌都没有出声。

死寂。

房间里一片死寂。

"我接受不了，我爸对她那么好，她不仅没为这么家付出过什么，甚至还这样对我爸。我生气、怨恨，后来一度产生厌食，也不想看见你们，所以我闹着出国。开始我爸不同意，最后还是同意了，再后来我爸车祸，我回国后便质问了她，把所有的事情归责在她身上，还说我知道你们之间的奸情。当时恰好我爸去世，她的情绪本就不高，然后再因为我的刺激，就……"

时至如今，盛世涛都已经不记得自己当时到底说了什么，让许岩廷产生如此大的误会，而这些误会还带来了接二连三的连锁反应。

而他也无法去责问晚辈当时为什么不说，不问，不证实。

可一想，当年的他也不过是个十五岁的孩子，青春懵懂，无知躁动，他又能说什么？

"再后来，我接手隆欣，调转方向，做新能源，为的就是想打败华盛。只是，终究是我妄想了。这些年，隆欣与华盛之间若有若无的一些竞争，确实有我的一些私心在里面，为此，我也跟您道歉。"

说到最后，唯有苦涩。

真相揭开，竟觉浑身轻松。

盛世涛不知道自己应该说什么，没想到临了，却还有这么一档子事。

他看着许岩廷，想说些什么，却又不知道怎么开口，最终还是沉默。

"我让俊平去找过您，只是因为我自己觉得没有脸面对您。"

盛世涛终究是过来人，大风大浪也都经历过，许岩廷内心的自责他可以感受得到。对于这，他只能说，很多事终究是要付出代价的。

不过对于商业："上次俊平来我就说过了，我不惧任何竞争，不管是恶意还是良性的，有竞争才有发展。而且，这些年你带领隆欣做得很好，我想如果你爸还在，也会为你感到骄傲的。新能源这块，你确实抓住了机会。只是你还年轻，以后看人可要看准点，上次肖楠的事我顺手帮了你，算是帮了你一个忙，也算是给了你一个教训，以后多长点心。”

关于肖楠这件事，后来许岩廷也想清楚了，如果说华盛真要窃取机密，又何必找肖楠？现在听他这么一说，心里五味杂陈。

“年轻人，路还长着，不要太固化自己的思想，也不要执念太深，最后伤人伤己。”

盛世涛走后，许岩廷在书房待了很久，关于这些年的这些事想了很多很多，直到冉素敲了房门才出来。

冉素这段时间都很少跟他聊天，大多时候都是安静地陪着他，只是更多的时候他都愿意独自待着。

她也知道他需要空间，便也给了他很大的空间，偶尔在一起时，多数是她在说着一些生活琐事，他有时也会配合着搭上两句。

不过今天，她觉出了一丝不同，他身上的气场有所变化，不再是死气沉沉或者悲哀戚戚，更多的是力量与生机。

“想不想喝点啥？我炖了银耳莲子，还挺好喝的，阿姨也觉得不错。”因为他的变化，冉素也跟着高兴。

“嗯。”

因为谢东山与盛世涛的经常造访，加之许岩廷放下心结，陪伴在身边，配合韩医生的治疗，张曼丽的情况有所好转，人也爱说话了些，只是偶尔还是有些神志不清，总是念叨着许雷生。

许岩廷总恨自己，若是早些陪伴，早些解开心结，是不是就不会浪费那么多时间。想着那些时间里，张曼丽都是独自面对黑暗与恐慌，他就内心不安。

很多次午夜里，冉素总能听到他不安的呻吟。

不过冉素知道，很多事情只能慢慢来，让时间来治愈，而她能做的就是陪伴。

不知道霍米从哪里得知了许岩廷的情况，来老宅的次数也越来越多，不过大多时候她都只是来陪陪张曼丽说说话。

有时也会碰上冉素在，两人倒也默契，彼此互不打扰。

冉素摸不准霍米的出发点，但是，她这人有个特性，人不犯我，我不犯人。

因为隆瑞项目的进展，许岩廷将更多的时间精力投放到了工作上，冉素觉得这是他释放的最好方式，倒也没有怨言。只是对于他厌食的这点是真心不能忍，很多时候她都做好东西送过去了，结果他吃得很少，整个人都轻飘飘的了，估计一阵风就能吹跑。

为此，冉素义正词严地强烈要求过，就算是吐也要吃。

在她的威逼利诱下，也算是有所好转。

一日，她正在给许岩廷准备清蒸鲈鱼，霍米突然过来找她，优哉游哉地靠在门框边，看着她劳作，漫不经心地说了一句："你还挺贤惠的。"

冉素也没回头，继续忙活儿着自己手里的事。对于这个霍家大小姐，接触多了也就了解了，她的心地是善良的，但任性也是真的，不过这些都无伤大雅。

"喂，你教我做，我看你做得还挺好的。"

冉素终于看向她："你？"不可置信。

霍米也不生气："对，我。"还挺自信的。

冉素也没再多问，只是自己在做的时候跟她详细说了步骤，需要放什么，放多少量，都一一跟她说了。

霍米竟然还当真认真地在记，这倒打破了她对霍米的认知。

霍米见她一副不可思议的模样，有些不爽："怎么？以为我是霍家小姐，就可以懒惰成性？就因为我是霍家小姐，所以我才需要格外努力，要不然别人就会觉得你没资格成为霍家小姐。"

冉素没想到她竟然还有这番觉悟，当真是小瞧了她。

不过她说得也是，生在富贵之家，带来的高起点，同样也需要她更加翻倍的努力才能配得上这样的起点。

总归是各有各的不容易。

准备出门的时候，冉素正打算自己开车，霍米却说："我送你过去吧，我正好也回去。"

冉素看了霍米一眼，霍米有些心虚，被她瞧入眼里，有些别扭地道："就是我有些话想跟你说。"

原来如此。

冉素也不矫情，可上了车后才觉得自己应该矫情一番。

"其实你挺好的，什么都会，条件也还过得去，长得也还行。"

冉素心里一阵呵呵，就权当是在夸她吧。

"但是，我条件比你好吧，长得比你好看吧，凭什么他选择你而不选择我？"

原来这才是真心话，不过这姑娘倒是挺可爱的。

"我觉得他眼瞎。"霍米气鼓鼓的。

冉素在心里暗想：他若是眼瞎怎么看上我的？这不拐着弯骂她呢嘛。

"不过你放心吧，等你们结婚了，我就会退出的。"

所以这意思就是他们不结婚，她就不放手？

冉素酝酿了中心思想，缓缓开口："你很好，我也不差。不过一厢情愿总抵不过两情相悦。放心吧，若是哪天你真的有机会了，我一定会告诉你的。"

霍米很不爽，将冉素送到隆欣楼下，便急速而去。

这车速跟它主人倒是挺像的。

冉素提着准备好的饭菜，站在许岩廷办公室门口，突然产生了某一种念头。

林俊平本打算跟许岩廷商量点事，结果就遇到了站在门口发呆的冉素，便开玩笑道：“怎么不进去？里面没人。”

冉素朝林俊平悄然一笑，然后敲门，推门进去，顺便把门反锁了。

听着这落锁的声音，林俊平很诡异地笑了，并吩咐陈诺任何人不得打扰许总，毕竟你们许总现在有重要事情要做。

“站那儿干吗？”许岩廷从文件中抬头，看着某人反手背靠着门，一副视死如归的模样，不自觉地就多了一份宠溺。

你爱过一个人吗？很爱很爱的那种。

什么是很爱很爱？

很爱很爱就是，感觉除了这个人，你再也不会爱其他人了。

许岩廷看着冉素，柔情似水，脑海中忽然就闪过这段话。他想，他很爱很爱一个人，今生不会再爱其他人了。

冉素的内心很是纠结，此时此刻，她仍在进行事件的可行性分析，眼珠子转来转去，最后定在他的方向，然后快速朝他走去，将饭盒放在他面前，忽然笑了，笑得很诡异。

许岩廷不自觉地打了个冷战。

“我们结婚吧。”她说，语速飞快，口齿伶俐，面色绯红，本以为会很难开口的，没想到说出口其实也很简单，“霍米说，只要我们结婚了，她就退出。”

许岩廷被她逗笑了：“我不觉得你是能被激的人。”

“那我吃醋了。”冉素俏皮地莞尔一笑。

许岩廷刮了下她的鼻头：“求婚这种事应该男人做的。”

“可是我说过，如果我想结婚了，我会跟你求婚的。”冉素很是认真地辩驳。

许岩廷哭笑不得：“真的？”

真得不能再真。

“不是因为霍米？”

不是，她还不够格。

看着她无比真诚的眼神，许岩廷轻轻点了点头：“好，我答应你。”

冉素从办公室出来，低着头，让人瞧不真切她的脸色。而林俊平一进办公室就见许岩廷笑得像个餍足的孩子。

这么容易满足？

冉素一路捧着发烧的脸，出了大楼都在怀疑事件的真实性，怎么都觉得这求婚太过轻率了。

冉素给宋菀儿和杨瑞发信息，说是请他们吃饭，地点随便订。

宋菀儿一点儿都不手软，直接定了个高端大气上档次的。冉素瞬间有些心疼自己的钱，都是累死累活赚出来的啊，谁都不容易，女人何苦为难女人。

宋菀儿一见到冉素就瞧出了她的异样，逮着她问：“老实交代，发生什么好事了？”

冉素也没想瞒着：“我刚跟他求婚了，然后他答应了。”

宋菀儿用一脸看白痴的样子看着她，半天都没说话，又看了看她的手，空空如也：“戒指呢？”

“我忘了买。”

这下都不是看白痴了，简直是病入膏肓，无药可救。

杨瑞倒是觉得挺好的："来来来，开心事，先走一个。"

宋菀儿一脸痛心疾首地摇头。

"你该不会真打算去买戒指吧？"宋菀儿想起一个问题，"这个我可跟你说了，就算要买也是他买；就算是你买，那也得他出钱，懂吗？你想要抓住一个男人，就首先要抓住他的经济命脉。"

杨瑞跟冉素同时看向她："这该不会是恋爱后得出来的结论吧？"

"我看书上说的。"宋菀儿说着说着就泄了气。她可不敢管钱，让她花钱还差不多。

冉素斜睨着她，这才多久，这理论倒是一套一套的了："你少看点乱七八糟的理论，别人的不一定适合你，少作一点就行了。"

"我告诉你，女人就得作，越作男人越爱。"

"到时你把周波给作没了，可别来找我们哭。"

对于她们女人之间的问题，杨瑞表示不参与，但奈何战火总向他蔓延。

"杨瑞，你说，你是男人，你是不是也喜欢作一点的女人？"

这个问题有点超纲，他这都还没有女朋友呢。不过他还是很认真地想了想："我觉得，什么都是适可而止的好吧，恰到好处的作也算是情调，要是作过分了，也不太好吧……"

冉素已经感受到了他强烈的求生欲。

不过他说的恰到好处的作也是一种情调，这个她倒是赞同的。

而冉素的求婚，落在许岩廷眼里就是恰到好处的作。

林俊平看着某人面色红润，春色满园，一扫近段时间以来的灰暗，他还挺替好友高兴的："什么好事这么开心？"

“嗯……你有没有什么求婚的策略？”说完他反应过来，“你连对象都没有，算了算了。”

所以，许岩廷这是在鄙视他没有对象？

“你打算求婚了？”动作还挺快啊，本以为还会在黑暗中沉浸一段时间呢，不过现在结婚冲冲喜也是极好的。对于好友的这个举动，他是举双手赞成的。

“我刚被求婚了，不过我得补一个，这种事总不能让女生来。”

林俊平瞧着好友脸上的嘚瑟劲儿，作为好友，高兴之余还有感动。冉素这一路的陪伴他都看在眼里，或许他们并不是世人眼中所谓的门当户对，但他们绝对是灵魂上的伴侣。

“当真不需要我帮忙？”

“她不喜欢大张旗鼓。”

最近因为项目到了最关键的时刻，冉素每天都忙着加班，对于前几天求婚的事都没有多余的时间去想，与许岩廷也依旧保持着良好的状态。

宋菀儿偶尔八卦一下他们的进展，但大多时候冉素都没回，有时是真忙，有时是意念回复。所以后来宋菀儿还跟周波抱怨，说他们的工作压力太大了，会未老先衰，尤其女性。

不过对于他们这个行业来说，加班是常事，也并非领导不人性，是现实使然。

项目结束已经是两个星期之后的事情了。为了犒劳小组成员，冉素请他们周末去户外烧烤，并且可以带家属，其实她是自己想带许岩廷出去放松放松。

而许岩廷这段时间也没闲着，到处搜罗关于求婚的方式，本想着等她项目完成便来个浪漫的二人世界，结果却再次被延迟。

他真的很生气。

一个员工，却比他这个老板还忙。

Part 11

他逆光而来，身披荣耀

“周总，你找我？”

周波示意冉素坐下，递给她一份文件：“你先看看。”

冉素打开文件一一看下来：“中万集团？金融？”

先不说她对金融一窍不通，再者说了，如果是做金融的话，首选难道不是宁翔？谭松那么厉害，怎么都轮不到他们啊。

周波点了点头：“你有没有兴趣？”

兴趣是有：“可是中万为什么要找我们呢？我们的优势并不是金融。”金融是一个看着深奥难懂，实际也深奥难懂的行业。

宁翔之所以能在数据这行快速占据地位，主要就是因为他们领队中的好些人都是从事过金融行业的，尤其谭松，之前更是金融大鳄。

至于他为什么不混金融圈，而改行做数据，这始终是个谜，毕竟怎么看都是金融更赚钱，也更有名头。

“说起来，中万的总经理跟江念云是好友，算起来也算客户介绍。”

原来如此。

周波见她有些犹豫，也知她担心的地方：“这个单我也还没确定要接，只是问下你的想法而已，毕竟金融这一块不是随随便便看几本书就能懂的。”

冉素没有反驳，毕竟他说的是实话。

这些年，云智大部分针对的是互联网行业，贸然接下自己不擅长的领域，风险实在是太高，而且对方还是有名的中万集团。

可是，她又想尝试下其他未知的行业。

“我能不能考虑一下，我问问他们的意思。”毕竟这个需要的是团队合作。

周波点了点头：“如果觉得不行就别勉强，也不是硬要接这个单的，量力而行。”

这个冉素懂，云智好不容易打起来的名声不能因为逞强而毁于一旦。

名声这东西来得慢，去却极其容易。

“这个你考虑一下，想好了告诉我。”周波顿了一下，神色有些别扭，冉素想他应该是还有其他事要说，果不其然，“阿冉，你能不能帮我个忙？”周波脸上的纠结难色让冉素一度觉得应该是件很棘手的事，谁知道，“我想跟菀儿求婚。”周波像是做了一个无比重大的决定一般，话音落地，只觉浑身舒畅。

求婚？现在动作都这么快的吗？

突然想起距离自己求婚好像也过去蛮久了，他们的求婚，当真是一句话的事。

本来听宋菀儿猜测，说许岩廷到时一定以及肯定会补她一个求婚，只是好像到现在都没有半点踪影。

他该不会是不想结婚吧？

可是不对啊，他都答应了。

当初就应该直接去扯证了，这样也就不会有这些七上八下的想法了。

不过，这段时间她忙，他也忙。

“确定了？”冉素问，“你们这才多长时间？”

“这跟时间有什么关系？我就是觉得想跟她一起度过以后的日子。作为男人，总要给女人安全感的，再者说了，还是我爱的女人。”

得得得，这恋爱中的人就是不一样，说起情话来都一套一套的。

突然想起之前宋菀儿关于结婚的那套说辞，她说：婚姻其实真的很简单，就是两颗心有着相同的频率，吃得下同样的食物，过得了一样的生活。有些人能认识几天就结婚，有些人认识好多年，最终也无法走进婚姻，关于结婚这件事是跟时间无关的。

果然是要结婚的人了，想法都是一致的。

“那你想让我怎么帮你？”

周波跟她说了一大串他的想法，听得她瞠目结舌，这还是当初那个在爱情面前懵懂无知的那个人吗？

果然，爱情是改变一个人最大的生化武器。

“你这个大忙人，怎么有时间舍得约我吃饭？”电话里宋菀儿格外地嫌弃她，“许岩廷还没跟你求婚吗？我怎么觉得你们之间有问题啊？”

“我们之间能有什么问题？好着呢，放心吧。我发地址给你，穿漂亮点出来。”冉素觉得有必要提醒一下，“别以为是见我们就穿得跟刘姥姥一样。”

“跟你们有什么好打扮的呢？再者说了，本姑娘是天生丽质，怎么样都美。”

也不知是谁给的她自信：“知道你好看。但是，拜托你收拾一下，好歹你也要考虑一下杨瑞身为男生的视觉感受。”

“他无所谓，我什么丑样他都见过了。”

好吧，随她去了。

“你跟许岩廷求婚了？”杨瑞问，他一直都不知道，还是一次无意间从宋菀儿口中得知的。

冉素有些尴尬，现在的她总觉得跟杨瑞相处有些别扭。明明什么都没说，可感情上却已经不知不觉地发生了转变。

“嗯。”

“挺好的，你一直都知道自己要的是什么。”

冉素猛然抬头，直接撞入他的眼，眼神下意识地有些躲避。

杨瑞怎会不知，苦笑着打趣：“怎么？还怕上我了？”

冉素与他直视，无比虔诚：“老杨，我们都会幸福的，我会，你也会，菀儿也会。放开该放开的，寻找该寻找的，幸福或许会迟到，却不会缺席。”

杨瑞粲然一笑：“我喜欢你现在的样子。”

嗯？

“没有刻意的躲避，真诚而善良。”

“谢谢。”

周波过来跟他们对流程，冉素与杨瑞看着他那紧张到不行的模样，不知该安慰还是该取乐：“学长，你就把这个当作是签单吧，放松点。再说了，菀儿还没那些客户难搞呢，放心，你的计划绝对万无一失。”

虽然得到冉素这个好友的肯定，但是他还是很紧张，毕竟这可是人生第一次。

瞧着宋菀儿进来，周波立刻躲去了后厨。

再一瞧，冉素想掩面而泣，这姑娘穿的都是啥啊？卫衣、牛仔裤、运动鞋，真够随意的，等下有她后悔的。

“你们怎么选这儿了？我看着像是刚开张的吧？都没什么人？怕是味

道也不咋样吧？”宋菀儿一进来就噼里啪啦地进行各种点评，“不过这装修风格倒是蛮符合我审美的。”

“请你吃就不错了，哪那么多挑剔的？”冉素将她上下打量了一番，“不是让你打扮一番吗？”

“你怕不是傻哦？吃火锅我打扮那么漂亮干吗？我特意没洗头来的，吃完刚好去洗头。”

好像这么说也是没错了，突然对接下来的仪式有点反差的期待了。

点的菜陆续上来，味道竟然还不错。不过，怎么就没人来呢？宋菀儿觉得很奇怪，还担心它是不是没做宣传，所以生意才会这么冷清的。

她这边刚担心完，一阵音乐突然响起，火锅店前面的显示屏也渐渐开始显现，里面都是宋菀儿从小到大的各种照片。

随着音乐的响起，周波抱着一大束娇艳欲滴的红玫瑰缓缓朝这边走来，而本来正吃得尽兴的宋菀儿一阵蒙。等她反应过来，就一个劲地拍打着冉素，嚷嚷着为啥不跟她说，否则她也就洗个头出门嘛。

冉素很无辜啊，能说的她可都说了。

周波单膝跪地：“菀儿，我们的相识或许不是那么愉快，但是我们的相处、相知、相爱都很愉快，我想，未来我们会更加愉快。你喜欢追星，只要你不喊他老公就行；你喜欢追剧，我可以陪你一起，但是你也不能朝着他们喊‘老公’；你喜欢吃美食，尤其是火锅，所以，我特意为你开了这家火锅店，店名取自你的名字‘约碗饭’，虽然俗气了点，但是，很接地气，跟我一样。之所以没告诉你，是想给你一个惊喜，以后你就是这家店的老板娘，你想吃什么都随你，就算你胖了，我也不嫌弃，毕竟是我自己养胖的。菀儿，你愿意嫁给我吗？我知道，我在你眼中依旧有点笨，但是我会改进的。你看我现在，是不是就已经好了很多？”

这段话，冉素帮他修改过，不过这个最后版本似乎听着更为顺耳。不过看着他深情款款地说出来，竟然瞧不出一点紧张的迹象呢。

冉素跟杨瑞自动退居幕后。

火锅里依旧冒着热气，红油在翻滚，可是此时此刻，却无人顾及。

而宋菀儿早已经哭得稀里哗啦的了。这都什么人？平时那么傻，这会说起情话来有模有样的，真的是。

“约碗饭？这名字谁取的？难听死了，一点儿创意都没有。”宋菀儿抱过花，哭着抱怨，“还有，你要求婚干吗选在火锅店啊，一身的火锅味，一点儿都不美了，我连头都没洗……”

周波站起来轻轻地帮她擦干泪水：“没事，你在我眼中怎么样都好看，至于店名，你想取啥就取啥，反正你是老板娘。”

宋菀儿再也没忍住直接投入他的怀抱，眼泪鼻涕全都擦在他的西装上：“戒指呢，戒指呢。”宋菀儿还惦记着呢。

周波手足无措地在口袋里掏了半天也没掏出来，原来镇定的不过是表面而已。

“我都答应你了，你还紧张啥？”宋菀儿也顾不得他了，直接在他兜里掏出戒指让他给戴上，还不忘问他，“是不是很好看？”

哪能不好看？简直就是仙女本仙了。

周波的这一出求婚戏码，最后以毫无波折、毫无悬念的结局完美落幕，四个人继续坐在火锅旁，把这顿火锅吃完。

不过宋菀儿前后的态度可就不一样了，啥啥都满意，还指着对面的两人大言不惭：“更正一下，这顿是我免费请你们吃。”还特意强调了免费两字。

果真是老板娘，底气都足了。

“怎么？我们这费心费力的，你还打算要我们出钱？”杨瑞辣得嘴巴通红，一边吧唧着嘴，一边反驳，说笑间，好似重新回到了少年时。

而这厢，冉素带着一身的火锅味回到家里，一推门还未来得及开灯，一阵轻柔的吉他声传来，同时伴随着低沉的吟唱，让她止住了动作。

“一定是特别的缘分，才可以一路走来变成了一家人，他多爱你几分，你多还他几分，找幸福的可能，从此不再是一个人，要处处时时想念的都是我们。你付出了几分，爱就圆满了几分……”

张宇的《给你们》，冉素特别喜欢的一首歌。

他多爱你几分，你多还他几分，你付出了几分，爱就圆满了几分。

“阿冉，谢谢你这一路的陪伴与理解，在你没回来之前我想了很多，感觉有很多很多话想对你说的，可是听到开门声的那一刻，却不知道该怎么开口了，这首歌送给你。”

房间一片漆黑，可是冉素能准确地知道他在哪里。

她轻声走过去，在他旁边坐下，拉过他弹吉他的手：“你想要说的，我都知道，我愿意，真的，我愿意。”

许岩廷一声低笑：“我都还没说呢，你就愿意啦？”

冉素与他十指紧扣，带了些任性：“嗯，不管你说什么我都愿意。还有，你怎么会弹吉他？我都不知道哎，很好听。”

“以后都弹给你听，不过手生了。”黑暗中，许岩廷倾身吻了吻她，“不过，有些话即使你知道，也还是要说的。”继而松开她，单膝跪地，“阿冉，你愿意嫁给我吗？”

冉素喜极而泣，原来幸福是这个模样，只因他的一句话就像是得到了全世界：“我愿意。”

冰凉的触感套上她的手指，混合着他的余温，这是通往心脏的温度。即使偶有悲凉，却始终有暖意相随。

“你知道吗？我刚从周波的求婚仪式上回来，一身的火锅味，本来还嫌弃菀儿穿得太过随意，以后想起来可能会觉得遗憾。可是没想到，自己竟也是这副模样被求婚。不过，无所谓，反正再糗的样子你都见过了。”冉素依偎在他怀里，已经顾不得她这一身的怪味了，心里的喜悦早已冲散了一切。

许岩廷嗅了嗅她发顶：“嗯，味道是有点重。”

“讨厌。”

以前觉得求婚这件事无关男女，示爱也无关谁先主动，因为喜欢，便一切皆自在。可是现在，她觉得仪式感很重要。

睡觉前，冉素跟宋菀儿视频，说起这事，竟没想到两人会在同一天被求婚，也算是难得的巧合与缘分。

宋菀儿随口道：“那要不要到时一起结婚？”

冉素看了一眼正躺在床上看书的许岩廷，摸了摸刚戴上不久的钻戒，思索良久，选择了拒绝。

因为她想留一份独有的、只关乎彼此的记忆。

翌日，许岩廷与冉素一同回了老宅。听蒋叔说，这几日张曼丽的情绪很是稳定，每日还会自己去院子里坐坐，甚至有时会与他说上几句话，不过翻来覆去都是那几句老生常谈。

不过不管怎样，这都是好征兆。

“只是夫人这段时间经常说起先生，说先生想她了，她要去陪先生了。”蒋叔说，“我担心夫人会不会……”蒋叔有些哽咽，陪伴了这么多年，自是不舍。老人家总有些信奉神明，难免多虑了些。

冉素跟张曼丽聊了些生活琐碎，观察她的症状，确实是比起之前要有很大的改变，人也稍微有了些许生气，不再那么死气沉沉。只是，确实如蒋叔所言，张曼丽对许雷生的想念深重，同时对许岩廷也心存愧疚，一心两难安。

张曼丽得知许岩廷向冉素求婚的消息后，眼神清明，甚至闪烁着光亮，迫不及待地翻箱倒柜，翻出一个木匣子，从里面拿出一个玉镯子，晶莹剔透，一看便知价值不菲。

张曼丽硬要塞给她，还说这是传家宝，不论如何她都要接受，还说她可能参加不了他们的婚宴了，希望他们能平安顺遂，婚姻和谐。

冉素听着心揪得生疼，她不知张曼丽说这话是什么意思，却总给她一种不太好的预感。

她跟许延廷说起这事，许岩廷唯有沉默。

有些心结即使打开，却也回不到当初；即使心里有千言万语，却还是不知如何开口。能说的，说出口的，到头来也都不过是些安心之句。

经过一年多，隆瑞的进展已经到了内部测验阶段，经过一次又一次的测验改进，最终的测试结果良好。

外界对隆瑞的进展一直抱有期待，毕竟这是新能源与互联网两大势头的结合。在电源方面，始终保持了隆欣的优势，而在移动车载系统上，增加了诸多项目，对导航的定位也更加清晰准确，对路面指标扩大射程，对停车场信息系统的接入、路况信息的及时反馈、停车定位的指导、安全事故发生后的自动报警系统以及能对家庭电器进行一键调控等一系列功能的扩充。

在发布会上，许岩廷表示为了能够听取更多真实的潜在消费者的想法和意见，有利于接下来对产品、软件、销售、交付、维修等工作的优化，服务好用户，提出先内部预售两千辆，之后再择定时间进行公开预售。

内部预售结束后，各路人士在使用后进行反馈，针对一些不足进行新一轮的改正，而车评人在网络也有褒贬不一的看法，但大多都表示对网络的开发颇为满意。

在再度进行改善后，正式进行公开预售。

办公室里，许岩廷、江念云、林俊平三人一齐看着销售数据的曲线呈稳步直线上升趋势，内心皆暗自高兴。

与互联网的联手，算是初试牛刀，但是效果不错。之后市场对于车联网的概念将会更加的深入。而隆瑞公开预售当天的销量便创造了破四千的记录。

冉素曾对隆瑞做过数据上的预测，首月销售量将有可能破两万，而现在的数据确实可观，破两万皆有可能。

看着隆瑞的销售数据，冉素不得不感叹，之后新能源车的市场确实将是整个车企的未来。而用户对于车的需求，也将更多地体现在互联网上。

盛世涛约见许岩廷，在他的意料之外，却也是意料之中，而他也大概能知道盛世涛的用意，如果华盛能跟隆欣合作，一起打下新能源车市场的话，将是更高级的战略合作。

许岩廷以前想过合作的事，只是当时心存怨念。如今想来，企业与企业之间，合作本谓双赢，是自己被蒙蔽了双眼。

华盛是老品牌，硬件设施过硬，而隆欣这些年虽也在不断改进，却始终还是有诸多不足。

“岩廷啊，今天我找你来，并不是想说我们之间的私事，这次你们推出的隆瑞确实不错，但是依旧存在问题，比如座椅并不是那么舒适、间距也不是那么合理，不过这些都是小问题，而我们华盛是做这些起步的，你愿不愿意跟我们华盛合作？”

盛世涛说的这些问题，其实隆欣一直在改进，虽然现在的问题已经小了很多，但是比起专业的隆欣产品，在这些硬件设施上面确实始终存在差距：“可是，华盛不是自己也有了研究基地吗？在电源方面，其实你们也并不弱。”

“但如果最优秀的硬件，加上最优秀的软件呢？”

强者联合自然是好事。

只是，他仍要想一想。

许岩廷跟江念云、林俊平说起此事的时候，他们两人皆神色平静。

“你们怎么看？”许岩廷问。

“如果说真的想做更完美更理想的车的话，合作无疑是最好的方法。”江念云分析道，“只是，隆欣跟华盛在很多方面其实是有共通点的，假以时日，隆欣的硬件说不定能做得更好。”

这也是许岩廷还在犹豫的地方。

硬件的改善需要时间，又或者说，硬件做得好的不止华盛一家。如果隆欣之后实力大了，可以收购其他车企的话，硬件问题不是不能解决。

如此的话，他便觉得与华盛的合作，于他而言少了些必要性。

不过林俊平倒是有另外的看法，他觉得合作并不影响收购，如果与华盛合作能推出一款全民满意的车的话，这是绝对的双赢。

华盛、隆欣、科瑞三家的合作最终确定，一时之间，全民的期待值更为高涨。冉素问许岩廷为什么突然就决定合作了，许岩廷想了想，说：“其实企业之间的合作、竞争再平常不过，如果隆欣想要走上更大的舞台，借助华盛可能会跳得更快，而对于科瑞来讲，就更加具备优势，他们本就不是做车的，现在他们只需提供互联网技术，便能从中分一杯羹，这算是一件好事吧。”

许岩廷对隆欣未来的发展方向一直明确，他要将其做成国内最好的新能源品牌车，甚至是踏上国际舞台。

所以，他需要跳板。

冉素问他，后不后悔踩上这块跳板迟了这么多年？

许岩廷轻笑，哪有什么后悔不后悔，隆欣之前的发展都是在稳扎稳打，也因为这些年的脚踏实地，华盛才会愿意合作。

这倒也是。

对于之后推出的带着他希冀的车，虽不知会有怎样的效果，却是满怀希望。

华盛继承人盛凯与华沙时代千金沙越的婚事敲定，冉素与许岩廷都在受邀行列，而且请帖是分开给的，冉素受邀于女方，许岩廷受邀于男方。

看着别出心裁的喜帖，冉素是发自内心地替他们高兴，而许岩廷却有些别扭。冉素笑他："怎的，一点容人之心都没了？作为合作方，你自然是要去的，还这般不乐意？"

许岩廷捏了捏她鼻头："我还以为我是作为情敌去的呢。"

"瞎想什么呢。"

"想着等他们结婚完我们就结婚，到时只给他们一张请帖。"

冉素觉得这人怎么好生幼稚："本来就只要给一张，人家早已是夫妻一体。"

"对了，我是不是要先去拜见拜见岳父岳母大人？"之前一直忙来着，然后两人也都没急着说非要什么时候结婚，倒把这事给丢下了。

而冉素也一直都觉得她与许岩廷的相处并无多少不同，便也没有跟自家父母说起结婚的事。老陈也不知为何，每次跟她聊天时都刻意地不往这个方面提，所以她也就没有主动说起，想来也是时候跟他们坦白了。

只是冉素没想到，本来一个好事，她刚说完，竟惹得老陈老泪横流，弄得她不知所措。

“冉冉啊，我一直都不敢催你们结婚，老头子也一个劲地让我不要催你们，说你们忙，压力大，我们不能再给你们压力，我就一直憋呀憋呀。可是我怕啊，你们现在的年轻人都主张什么只恋爱不结婚，那这跟耍流氓有什么区别啊！我就担心啊，今天我这心总算是放下了。结婚好啊，结婚好，我看看日子，选个良辰吉日，就赶紧把这事给办了吧。”

老陈一边说，一边怨，一边担心。

冉素怎会不知她的顾虑：“他哪会耍什么流氓啊，您就放心吧。”

“嗯，现在我是放心了。不过现在你们年纪也不小了，结婚了就赶紧备孕，到时生了孩子，我们还可以帮着带，你看你们整天忙得跟什么一样的，到时又是请保姆什么的，都是钱，而且也不放心。趁着我们身体还行，最好连着生了。”

一说到这个，老陈就开始兴奋，连泪水都收得迅速。

冉素与许岩廷大眼瞪小眼，结婚这事他们是打算了，但是生孩子这事还没提上日程呢。不过老冉还是很懂老陈的，见她说个没完，一个眼神就阻止了她，惹得她又开始抱怨：“你就知道在我面前逞威风，这些你不舍得我说，那还不得是我来说，我一说，你们都还不喜欢。”

冉素哭笑不得。

因为他们都知道许岩廷的家庭情况，也没提说两家家长见面之类的话，不过还是想着要去老宅见见他母亲，一些事情也总得说道说道。

趁着老陈在厨房里忙活，老冉把他们俩叫到书房。

“哎，以前还总担心你真的不结婚之类的，现在看着你要结婚了吧，又舍不得。时间过得真快，我跟你妈都有白发了，你也都这么大了。你这孩子总喜欢什么都憋着，瞒着，所以我也不敢让你妈在面前念叨，以后这日子啊，可就是你们俩自己过了，会过成什么样，我们谁都不知道，但是总归是要奔着好的去。婚姻里面最重要的就是相互理解、信任、平等，你们都是读过书的人，想法自然比我们多，但是过来人总是有些经验的，虽不适合于每个人，但也算是点教训。我以前总想着跟你结婚的对象会是个普通上班族，然后过着平凡普通的日子，可谁知最后你找了个人中龙凤。我们普通人都讲究门当户对，可能你们年轻人更讲究灵魂伴侣，我作为一个父亲，你妈作为一个母亲，都只是希望你们能过得幸福。”

老冉说得郑重其事，冉素听着不自觉地泪水在眼眶里打转。

父母永远是最希望孩子幸福的人，而孩子却总有自己的考量。

“爸，我们会的。”

他们会幸福的。

老冉让冉素先出去，他还有些话要单独跟许岩廷聊聊。她稍微一想便知是些嘱咐的话，也不担心老冉为难他，便去了厨房帮老陈打下手。

老陈喜欢唠叨，冉素便在一旁静静听着，竟莫名觉出一股幸福感。

老陈与老冉来老宅的那一天，天气不是很好，阴沉沉的，像是暴风雨即将来临，老陈还叨叨着选了个不太好的天气。

老冉笑她尽是些封建思想。

许岩廷已经吩咐蒋叔准备好了一桌好菜，张曼丽与他们同桌吃饭，有些呆呆的，老陈看着更加心疼许岩廷。

饭后，老陈陪着张曼丽聊了会儿天，两个年纪相仿的妇人，双手交叠在一起，轻轻拍着，像是在嘱托。

张曼丽念念叨叨地跟老陈说了一些，大抵意思是让她帮忙多照顾着点孩子，说自己没用了，也帮不上什么忙了。

回到公寓后，老陈还跟冉素说起这件事，还说瞅着张曼丽总觉得没什么精气神，让他们有时间就多去陪陪她。

只是让所有人都没想到的，双方家长见面后的第三天，张曼丽突然去世了。

当天蒋叔给许岩廷打电话让他赶紧回老宅，当时他们恰好在一起，冉素便也跟着一起过来了。

张曼丽躺在床上，气血虚弱，像是揣着最后一口气等着许岩廷过来。

许岩廷见到张曼丽那一刻，脸色苍白，一个大男人突然泪水直流。他跪在张曼丽床边，握着她的手，一直说着“我错了”。

张曼丽微微一笑，眼神清明，她说“雷生很孤单，我去陪陪他”。

话落的那一刻，手便垂下了。她走得很安详，可是连一句话都没有给他。许岩廷就在这一刻，号啕大哭。

冉素流着泪跪在一旁，她不知道应该怎么安慰他。

很多话，在此刻都显得没有一点色彩。

张曼丽走了，成了许岩廷心里再也无法弥补的伤痛。

之后的时间里，许岩廷没有再哭，只是冷静地处理着张曼丽的后事，做得周到又稳重。可只有冉素明白，他心里的痛又增加了一重。

或许他们都明白，张曼丽的去世于她自己而言，或许是一种解脱，可是于许岩廷来说，却成了永远的枷锁。

张曼丽的葬礼如同她的去世一样，安静、祥和。许岩廷只通知了母亲往日的一些老友。有的到场了，有的缺席了，总之，也算是有人送她最后一程。

盛世涛、谢东山出席了葬礼，对许岩廷表示安慰。可是，一切的安慰都显得那么没有意义。

盛世涛或许是理解他的，他轻拍着他肩膀：“孩子，伤痛是你成长的勋章，有些勋章不那么好看，但它仍旧是勋章，而你要做的就是把这些勋章挂起来，或警醒，或奋发，或鼓励。”

许岩廷只是看着他，良久无语，最后点了点头。

当所有事情落下帷幕，当喧嚣褪去，一切回归尘土。

许岩廷久久呆坐在张曼丽的房间，看着所有的摆设，往日的一幕幕都成了他心底的回忆，从今往后，他真的成了没妈的孩子。

冉素知他想要一个人静静，便也没去打扰他，只是心跟着难受得紧。

因为张曼丽去世，老陈与老冉特意来老宅住了几日，说是照顾他们。偌大的院子，张曼丽刚又去世，家里没点人气容易滋生不好的情绪。

老冉跟蒋叔合得来，两人种种花草，聊聊天，下下棋。老陈忙着给他们准备一日三餐，冉素每天下班后也都回老宅，倒也确实热闹不少。

许岩廷沉寂的时间不多，几日后便去了公司。冉素嘱托林俊平多照顾着点他，多关注点他的情绪。他这人容易瞎想，然后陷入死胡同，任谁都拉不出来。

林俊平问她这样的生活会不会觉得很累，其实这个问题之前许岩廷就问过她，当时她是怎么说的呢？

既然决定要一起走下去，就算是累，那也是心甘情愿，一段感情，没有谁的是只有甜没有苦。

但是她希望，他们的以后只有甜。

“其实岩廷一路走来都挺辛苦的，他这个人，情绪太暗，有时跟他相处会很累，谢谢你的出现，成为他的依靠。”

林俊平突然而来的感谢让她措手不及。不过，她也感谢他，感谢这么多年一直伴他左右，助他成长。

“也谢谢你这些年的帮助，不然也不会有他的今天。”

两年后。

隆欣、华盛、科瑞联合合作推出的以实现“车联网”为概念的

“SLR”系列新能源车，一时之间打响整个市场，“SLR”从硬件到软件都冲向了一个新的高度。

外形更为流畅高端大气，内饰更加舒适完美上档次，电源耐用性更为持久，提速也更为顺畅，因此获得一致好评。

发布会上，盛凯、江念云、许岩廷皆一袭黑色西装，三人精神奕奕地并排站在台上，格外养眼。

盛凯说：合作创造双赢。

江念云说：互联网成就未来。

许岩廷说：新能源改变格局。

而台下的沙越、贺又西、冉素皆满眼桃花眼地看着台上的男人，那是她们于万千人中选中的，也是之后将一起携手走向未来的人。

他们身披荣光，正向她们缓缓走来。

冉素与许岩廷的婚礼定在三月十八，老陈算来算去最后定下来的良辰吉日。

冉素不想大肆操办，本来她最初的想法就是带着婚纱礼服，走遍自己想去的地方，尽兴地来一场旅行婚礼。

然而她还来不及说自己的想法，就被老陈拍板：婚礼必须隆重，宴请各方亲朋好友，至于蜜月，你们想去哪儿就去哪儿。

因为老陈的执着，加之许岩廷也觉得有必要许她一个婚礼，她便只能答应了。

老陈热衷于忙活，热心地操办婚礼的大大小小的事务，本来许岩廷想着自己来弄的，但是老陈非要体贴他忙，得好好休息，让他们只要去照照婚纱照，做做请帖就好了。

冉素是懒得连婚纱照都不想照，只是突然想起来，好像他们之间都没有合照来着，瞬间觉出了婚纱照的重要性，连带着积极性也变高了。

“你说我妈弄婚礼能弄出个什么模样来？直接交给婚庆公司不是挺好的吗？就喜欢瞎受累。”冉素实在想不出以老陈的旧时代审美能弄出多美轮美奂的婚礼来。

“妈是想着给你一个回忆，也算是一个对外的公告。放心吧，估计也差不到哪里去的。”许岩廷现在唤老陈为妈，一口一个顺溜。

而老陈对自己这个女婿自然也是越看越顺眼，怎么着都觉得心疼。

“你说要折腾也是你来折腾是吧，哎，她也是不怕累。”冉素想想都觉得麻烦，偏生老陈忙活得忘乎所以。

许岩廷笑而不语。

当天的婚礼场景水墨为骨，青绿为颜，一切美得就像一幅画卷，冉素第一眼便深深地喜欢上了。

白色与浅绿色，两者相互交融；白色气球冉冉升空，水晶天鹅立于水波澄澄的湖面，倒映出最美的样子；白色玫瑰点缀整个会场，香味袭人。

宋菀儿感叹画面之美，冉素也跟着感叹。她原以为当真是老陈亲自操刀，却不料这一切竟都是许岩廷精心策划的，场地的设计也是她最喜欢的一位婚礼策划师亲自策划的，所有的格调都是按照她的喜好来的。

说不感动是假的。

在此之前，她真的对此一无所知，他竟隐瞒得如此彻底，还联合起她爸妈一起骗她。

“你这眼泪留着等会儿流哈。”宋菀儿见她眼泪快要溢出框，立马阻止，“你这妆刚化好，可不能还没出场就毁了。”

这倒也是。

“对了，为了要给你惊喜，可是连彩排都没有，等下你就真刀真枪地上哈。”宋菀儿一边帮她拉扯着婚纱，一边叮嘱她各种需要注意的细节，“对了，顺便告诉你一个秘密，这婚纱贼贵了，还是意大利高定，你们家许总可是下了血本的。”

啊？

冉素这一刻觉得自己就像个傻子，竟真的什么都不知道：“所以，你们都知道？”

“当然，要不然怎么配合？”宋菀儿无比骄傲，而后又觉得有些丧，“之前觉得我的婚礼也挺好的，可是跟你的一对比，还是弱爆了。”

“你比这个干啥？傻！”冉素再次染上哭腔，宋菀儿再次唬她：“不准哭！”当真是凶。

随着音乐的响起，宋菀儿牵着她走至入口处，将她交到老冉手里。

老冉今日一身黑色西服，竟也是格外的帅。

“爸。”冉素开始有些哽咽。

老冉拍了拍她手：“不哭，今天你可是最美的。”

“嗯。”

音乐声渐响，老冉携着冉素缓慢地走上红毯，最后在许岩廷面前停下，将她的手递给许岩廷，这代表爱的传递。

老冉将他们的双手放在一起，轻轻拍了拍，似有千言万语，最后却汇成了含泪一笑。

当老冉退到他的位置坐好，冉素看着他们老两口，忍了一路的泪水再也止不住地哗哗往下。

许岩廷抬手帮她轻轻擦拭着泪水，轻柔而又怜爱。

可越擦她哭得越狠，竟像是打开了闸的河流，一泻而下。

即使宋菀儿再三嘱咐她不要哭得太难看，可是，她还是想哭。

直到宋菀儿抱着一捧花，唱着张宇的《给你们》朝他们缓缓走来，冉素才由哭转笑，因为宋菀儿唱跑调了。

不过她也是很厉害，跑了能回来，回来还能继续跑。

一首歌唱得冉素又是哭又是笑的。

冉素想，这一路走来，她要感谢的人太多太多了。

当仪式进行到父母讲话时，老陈和老冉竟然都没有没怎么说，只是对许岩廷说："孩子，以后我们就是你的爸妈了，记得常常回家。"

只是简简单单的一句话，冉素发现许岩廷眼眶已经盛满了泪水。

他使劲地抱了抱老两口，很多话，想说，却无从说起。

而他们都知道。

最后彼此交换戒指，为对方许下一生的承诺。

许岩廷说："我爱这世间万物，可是，他们都不如你。"

冉素直直地看着他，眼里尽是柔情，她说："因为你，所以我爱这世间万物。"

他说：世间万物皆不及她一寸。

她说：因为你，我才爱这世间万物。

想要感谢的人太多，一路走来，不算跌宕起伏，却也算有所经历。感谢所有的同事、朋友、亲人、爱人，一直陪伴于我左右，给我爱，给我鼓励，给我坚持，是你们教会我成长，让我懂得感恩，懂得善待身边的一切，变得温柔。以前的我，不算优秀，但是，谢谢你们包容不那么优秀的我。

亲爱的云智的所有同事，我们处事多年，早已成了彼此信任的战友，从一无所有开始，到现在拥有了战无不胜的战袍，而之后，我们将继续奋战。感谢你们，让我变得丰富。

亲爱的菀儿、老杨、依依，我所有的老朋友、新朋友，我们一起长大，从青葱岁月到嫁作他人妇，走过数十载的岁月，我们早已成了亲人，你们知道我所有的糗事，却依旧对我不离不弃。感谢你们，让我变得更加坚强。

亲爱的爸爸妈妈，你们给了我生命，让我畅通无阻地长大，你们包容我所有的缺点，可我为你们做的却少之又少。谢谢那么爱我的你们，是你们让我变得知感恩，知良善。

亲爱的爱人，直到遇到你，我开始感受到美好，是你给了我重生的力量，我懂你的脆弱，你懂我的伪装。我们因为爱，一路相伴，我知道你很累，可是一切都已成为过去，请让自己变得轻松点吧。以前总听到别人说，遇到那个人了你就知道是他了，我一直以为这句话是骗人的，直到遇到你，所有的巧合、所有的相遇串联起来，就成了我们的命中注定。也是你让我明白，其实爱是一件很简单的事情，我知道需要你的时候，你一定会在我身边。老公，我爱你，也感谢你，让我变得如此温柔。我们是黑洞，但是遇见了彼此，然后就有了光。

亲爱的我爱过的人，你给了我年少最纯洁的爱恋，感谢你教会我成长，教会我如何去爱。谢谢，你们未来会更好，而我们也会更好。

——终